KB243783

셜록 홈즈 전집
3

셜록 홈즈 전집 *3*

Sherlock Holmes

바스커빌 가문의 개 | 아서 코난 도일

The Hound of the Baskervilles | 백영미 옮김

황금가지

차례

셜록 홈즈 —————————— 9

바스커빌가의 저주 —————— 22

문제 —————————————— 39

헨리 바스커빌 경 ——————— 55

끊어진 세 가닥의 실 ————— 77

바스커빌관 ————————— 96

메리핏가의 스태플턴 오누이 ——— 114

왓슨 박사의 첫 번째 보고서 ——— 140

왓슨 박사의 두 번째 보고서 ——— 153

왓슨 박사의 일기장 ————— 183

바위산 위의 사나이 ————— 201

황무지에서의 죽음 ————— 223

그물망 좁히기 ——————— 245

바스커빌가의 사냥개 ————— 267

회고 ————————————— 287

셜록 홈즈 전집의 한국어판은 미국의 Bantam Books에서 출간된 『*Sherlock Holmes: The Complete Novels and Stories*』를 저본으로 삼았습니다.

친애하는 로빈슨에게

나는 자네한테 서부 지방의 어느 전설을 듣고 난 다음에

이 작품을 착상하게 되었네.

그 이야기에 대해, 그리고 그것을 발전시켜 나가는 과정에서

자네가 준 도움에 대해 깊이 감사하네.

— 진실한 벗, A. 코난 도일

셜록 홈즈

밤을 새운 날이 아니라면 으레 느지막이 일어나는 셜록 홈즈가 식탁에 앉아서 조반을 들고 있었다. 사실 그가 밤을 새우는 것은 종종 있는 일이지만. 나는 벽난로 앞의 깔개 위에 서서 전날 밤 우리를 찾아왔던 손님이 남겨두고 간 지팡이를 손에 들고 있었다. 그것은 손잡이가 뭉툭하게 불거진 놈으로 묵직한 고급 나무로 만들었으며 '페낭 로여'라는 이름으로 알려져 있는 지팡이였다. 손잡이 바로 밑에는 폭이 3센티미터는 족히 될 듯한 넓은 은판(銀板)이 붙어 있었다. 그 위에는 '1884'라는 숫자와 함께 '영국 외과 의사회 회원인 제임스 모티머에게, C.C.H.의 친구들이.'라는 글이 새겨져 있었다. 그것은 구식 개업의가 지니고 다닐 듯한 품격과 견고함을 갖춘 바로 그런 지팡이였다.

"여보게 왓슨, 그걸 보고 무엇을 알아냈나?"

홈즈는 이쪽으로 등을 돌리고 있었고, 나는 지금 보고 있는 물건에 대해 한마디도 하지 않은 상태였다.

"내가 이걸 살펴보고 있는 걸 어떻게 알았지? 자네는 뒤통수에도 눈이 달렸나 보군."

"글쎄, 반들반들 윤이 나는 은제 커피 주전자가 하나 앞에 놓여 있긴 하지."

홈즈가 말했다.

"그런데 어서 말해 보게, 왓슨. 우릴 찾아왔던 손님의 지팡이를 보고 무엇을 알아냈나? 우리는 운이 없던 탓에 그 손님을 보지 못했고 손님이 무슨 용건으로 여길 찾아왔는지 몰라. 그러니 그가 깜빡하고 놓아두고 간 지팡이는 중요한 단서가 되지. 어디, 그 지팡이를 관찰한 다음에 그 손님에 대해 어떻게 추리했는지 들려주게."

"내 생각에는 말일세."

나는 최대한 친구의 방식을 따라 하려고 애썼다.

"모티머 선생은 자기 분야에서 성공을 거둔 늙은 의사야. 아는 사람들이 이렇게 감사 표시를 한 걸 보니 꽤 인정받는 축에 드는 게 분명하네."

"괜찮은데! 훌륭하이!"

홈즈가 말했다.

"또 모티머 선생은 걸어서 왕진 다니는 일이 많은 시골의 개업의일 가능성이 높아."

"그건 왜?"

"왜냐하면 이 지팡이는 원래 아주 근사한 물건이었는데 지금은 상당히 닳았거든. 그런데 도시 의사가 이런 걸 가지고 다닐 리는 없을 것이네. 지팡이 끝의 두툼한 물미가 닳은 정도를 봐선 이걸 들고 꽤 많이 걸어 다닌 게 분명해."

"완벽하군!"

홈즈가 말했다.

"그리고 또 'C.C.H.의 친구들이.'라는 글이 여기 있네. 나는 이 H가 지역의 무슨 수렵(Hunt) 단체 같은 걸 가리킨다고 생각하네. 모티머 선생이 이 단체의 회원을 수술해 줬거나 했겠지. 그래서 치료받은 사람이 작은 선물로 성의 표시를 한 것이 틀림없어."

"정말이지 왓슨, 감탄하지 않을 수 없군."

홈즈는 말하며 자리에서 일어나 담뱃불을 붙였다.

"한 가지 꼭 말해 두고 싶은 게 있다네. 자네는 여태까지 훌륭하게 설명하면서도 습관적으로 자신의 능력을 과소평가해 왔어. 하지만 내가 변변찮은 성공이나마 거두게 된 것은 자네에게 힘입은 바크지. 자네는 스스로 빛을 내는 존재는 아닐지 몰라도 빛을 끌어당기는 능력을 가지고 있네. 개중에는 천재성을 갖고 있지는 않지만 천재를 자극하는 범상치 않은 능력을 발휘하는 이들이 있지. 고백건대 친애하는 벗이여, 나는 자네에게 큰 빚을 지고 있다네."

홈즈에게 이런 말을 들은 것은 처음이었는데, 사실 나는 그 말을 듣고 벅찬 기쁨을 누를 길이 없었다. 그의 논리 정연한 방식에 대한 나의 감탄과 그것을 만천하에 알리려는 나의 노력에 대해 홈즈 자

신은 항상 무관심한 태도를 취했고 나는 그 때문에 심술이 난 적이 한두 번이 아니었기 때문이다. 또 내가 그의 체계에 완전히 통달하여 그것을 적용하는 데 있어 그의 인정을 받을 정도가 되었다고 생각하니 마음 뿌듯하기 짝이 없었다. 이제 그는 내 손에서 지팡이를 받아 들고 육안으로 몇 분간 요모조모 살폈다. 그리고 흥미를 느끼는 듯 창가로 가더니 담배를 내려놓고 확대경을 통해 그것을 다시 들여다보았다.

"별것 아니지만, 재미있군그래."

홈즈는 즐겨 앉는 긴 의자의 자기 자리로 돌아가며 말했다.

"지팡이에는 한두 가지 표시가 분명하게 남아 있네. 우리는 그것을 기초로 해서 몇 가지 유추를 해볼 수 있겠어."

"내가 뭐 빠뜨린 거 있나?"

나는 의기양양하게 물었다.

"중요한 점은 내가 다 지적했을 텐데?"

"여보게 왓슨, 유감스럽지만 자네가 내린 결론은 결함투성이로 보이네. 솔직히 말하면, 아까 내가 자네에게 자극받는다고 했던 말의 의미는, 자네가 범한 오류를 주목하는 과정에서 진실에 이끌리는 일이 종종 있었다는 의미였어. 물론 이번에 자네가 완전히 틀린 건 아니야. 어제 온 손님은 시골 의사임에 틀림없어. 그리고 아주 많이 걸어 다니는 사람이고 말이지."

"그럼 내 말이 맞잖는가."

"거기까지는 그렇지."

"하지만 그거 말고 다른 게 더 있나?"

"물론 그렇다네, 왓슨. 예를 들면, 의사에 대한 선물 증정은 수렵 단체보다는 병원에서 이루어질 가능성이 더 높지. 'C.C.'라는 머리글자를 병원(Hospital) 앞에 놓으면 '채링 크로스 병원'이라는 단어가 아주 자연스럽게 떠오르거든."

"그럴듯하군그래."

"일단 가능성은 그쪽 방향에 있네. 그리고 이것을 유효한 가설로 받아들일 때 우리는 어제 온 손님의 정체에 대해 추측할 수 있는 새로운 근거를 갖게 되지."

"좋아, 그러면 'C.C.H.'가 '채링 크로스 병원'을 말한다고 치고. 그 다음에는 어떻게 추리하지?"

“그다음에 뭐 생각나는 거 없나? 자네는 내 방법론을 알고 있어. 그것을 적용해 보게!”

“내가 생각할 수 있는 건 모티머 선생이 시골로 내려가기 전에 분명히 도시에서 근무했을 거라는 정도인걸.”

“내 생각엔 그보다는 좀 더 과감하게 추측할 수 있을 것 같네. 이 지팡이에 대해 이런 식으로 생각해 보세. 즉 이런 선물을 하는 것이 주로 어느 때일까? 친구들이 돈을 모아 마음의 표시를 하는 것이 어느 때일까? 그것은 분명 모티머 선생이 개업하기 위해 병원을 그만둘 때였을 걸세. 우리는 선물 증정이 있었다는 사실을 알고 있네. 또 그가 도시 병원에서 시골 의원으로 옮겼다고 확신하고 있지. 그러면 선생이 도시의 병원을 그만둘 때 선물 증정이 있었다고 추리할 수 있지 않겠나?”

“그럴듯하군.”

“그리고 모티머 선생이 그 병원의 정교수였을 리는 없네. 왜냐하면 런던에서 웬만큼 자리 잡은 의사가 아니고선 그런 자리를 차지할 수 없으니까 말일세. 또 그런 위치에 있는 사람이라면 뭐하러 시골로 내려가려 하겠나. 그러면 그는 채링 크로스 병원에서 어떤 위치에 있었을까? 모티머 선생이 그 병원에서 근무했지만 정교수는 아니었다면 그는 고작 내과나 외과 레지던트였을 것일세. 그것은 실습 학생보다 별로 나을 게 없는 위치이지. 그리고 그는 5년 전, 지팡이에 새겨진 해에 병원을 그만두었어. 여보게 왓슨, 이렇게 되면 자네가 말한 늙고 근엄한 개업의는 온데간데없이 사라지고 사람 좋고 별 야심 없고 정신을 홀랑 빼놓고 다니는 서른 미만의 젊은 친구가 나타나네. 또 그에게는 애견이 한 마리 있다네. 대충 테리어보다는 크고 마스티프보다는 작은 개라고 말할 수 있지."

나는 못 믿겠다는 듯이 웃었고, 셜록 홈즈는 몸을 젖히고 담배 연기를 물결치는 고리 모양으로 만들어 천장을 향해 뿜어냈다.

"개에 관해서라면 확인할 길이 없네."

나는 말했다.

"하지만 자네가 말한 나이와 경력을 갖춘 실재 인물을 찾아보는 건 그리 어려운 일이 아니지."

나는 의학 서적을 꽂아둔 작은 서가에서 의업(醫業) 사전을 꺼내 '모티머'라는 성을 찾아보았다. 모티머 씨는 여럿이지만 어제 우릴 찾아온 손님으로 생각되는 이는 단 한 사람이었다. 나는 그의 기록을 소리 내어 읽었다.

"영국 외과 의사회의 제임스 모티머, 데번 주 다트무어 그림펜 구. 1882년부터 1884년까지 채링 크로스 병원에서 외과 레지던트로 근무. 「질병은 전도 상태인가?」라는 논문으로 잭슨상 비교 병리학 부문에서 수상. '스웨덴 병리학회'의 통신 회원. 「격세 유전의 돌연변이」(《란셋》, 1882년), 「인간은 진보하는가?」(《정신과학회지》, 1883년 4월)의 저자. 하이배로 소슬리 그림펜의 의무관."

"여보게 왓슨, 지방의 수렵 단체 얘기를 빼면 말일세."

홈즈는 장난스럽게 웃으며 말했다.

"어제 온 손님이 시골 의사일 거라는 자네 추측은 정확히 들어맞

왔군. 난 내 추리가 지극히 옳다고 생각하네. 내가 정확히 기억하고 있는지 모르겠지만, 나는 조금 전에 모티머 선생을 가리켜 사람 좋고 별 야심이 없고 정신없는 사람이라고 했네. 한데 그렇게 말한 이유를 설명하지. 내 경험에 따르면 이 세상에서 감사의 선물을 받는 사람치고 나쁜 사람은 없어. 또 야심만만한 인간이 런던 시내의 일자리를 박차고 낙향할 리도 없고 말일세. 또 자네 방에서 한 시간이나 기다린 뒤에 명함 대신 지팡이를 놓고 간 걸 보면 정신을 빼놓고 다니는 사람임에 틀림없지 않은가?"

"그러면 개는?"

"개는 이 지팡이를 물고 주인 뒤를 따라다니는 습관이 있네. 지팡이가 무겁기 때문에 개는 가운데 부분을 꽉 물어야 하지. 여기 개의 이빨 자국이 아주 선명하게 보이는군. 이것을 분석해 보면, 테리어의 이빨 자국이라고 보기에는 간격이 좀 넓고 마스티프라고 보기엔 좀 좁아. 그 개는 아마……, 저런, 그렇군. 그건 털북숭이 스패니얼일세."

홈즈는 말을 하다가 자리에서 일어나 창가로 다가가 있었다. 그가 마지막 말을 너무 자신 있게 했으므로 나는 놀란 얼굴로 그를 쳐다보았다.

"여보게, 자넨 어떻게 그렇게 자신 있게 말할 수 있나?"

"왜냐하면 나는 그 개가 지금 우리 집 계단 위를 오르는 모습을 보고 있거든. 저런, 개 주인이 벨을 누르는군. 아서, 여기 그냥 있어주게, 왓슨. 손님은 자네와 같은 의업에 종사하는 사람이네. 자네가 여기 있는 게 나한테도 도움이 될 걸세. 아, 이제 가슴 조이는 운명의 순간이 다가오고 있군. 정체불명의 방문객이 계단을 오르는 발소리가 점점 가까워지고 있어. 의학자 제임스 모티머 선생은 범죄 전문가 셜록 홈즈에게 무엇을 부탁하려는 것일까? 아, 들어오십시오!"

평범한 시골 의사려니 하고 생각하고 있던 나는 손님의 모습을 보고 놀라지 않을 수 없었다. 그는 키가 훌쩍 크고 깡마른 사나이였다. 긴 매부리코에 미간이 좁았고, 날카로운 회색 눈동자가 금테 안경 너머에서 유난히 반짝거렸다. 정장을 했지만 옷맵시에는 거의 신경 쓰지 않는 듯, 프록코트에는 때가 묻어 있었고 바지는 해져 있었다. 아직 젊긴 했지만 긴 등은 벌써 구부정했고 고개를 빼고 걷는 경향이 있었다. 전체적으로는 따뜻한 분위기를 풍겼다. 홈즈가 들고 있는 지팡이가 얼핏 눈에 들어오자 그는 기뻐 소리 지르며 쏜살같이 그곳으로 달려갔다.

"정말 반갑군요."

그가 말했다.

"이걸 여기에 두고 갔는지 아니면 선박 회사 사무실에 두고 갔는지 헷갈리고 있었거든요. 이 세상을 다 준다 해도 이 지팡이와는 바꾸지 않을 겁니다."

"선물로 받으셨군요."

홈즈가 말했다.

"그렇습니다."

"채링 크로스 병원에서요?"

"제가 결혼할 때 그곳 친구들 두엇이 이걸 선물했지요."

"저런저런, 이거 틀렸군!"

홈즈는 고개를 설레설레 흔들며 말했다.

모티머 선생은 약간 놀란 듯 안경 너머로 눈을 깜빡거렸다.

"뭐가 틀렸다는 겁니까?"

"우리들의 추리가 보기 좋게 뒤집혔습니다. 결혼할 때 이걸 받으셨다고요?"

"그렇습니다. 전 결혼하면서 그 병원을 그만두었고, 그와 함께 교수 전문의가 되려는 꿈도 물거품이 되었지요. 그건 제힘으로 가정을 꾸려야 했기 때문이었습니다."

"아하, 그렇군요. 결국 우리가 그렇게 많이 틀린 것은 아니군요."

홈즈가 말했다.

"그러면 자, 제임스 모티머 박사님……."

"아닙니다. 그냥 모티머 선생이라고 불러주십시오. 저는 단지 외과 의사회 회원일 뿐입니다."

"그리고 명민한 과학적 정신의 소유자임에 틀림없으시지요."

"그저 과학을 즐긴달 뿐이지요. 드넓은 미지의 바닷가에서 조개껍데기를 줍는 사람입니다, 홈즈 선생님. 저와 지금 말씀을 나누고 있는 분이 셜록 홈즈 선생 아니십니까?"

"그렇습니다. 이쪽은 제 친구 왓슨 박사입니다."

"이렇게 뵙게 돼서 반갑습니다. 친구분과 함께 선생님의 존함이 회자되는 것을 많이 들었습니다. 홈즈 선생님, 선생님은 대단히 흥미로운 외모를 갖고 계시군요. 저는 안면의 상하 길이가 그렇게 긴 장두(長頭)는 처음 봅니다. 또 그 정도로 발달한 전두골도 처음이고요. 실례지만 머리의 관상 봉합 부분을 만져봐도 될까요? 어느 인류학 박물관이든 선생의 두개골 모형을 가져다 놓으면 훌륭한 장식이 될 것입니다. 듣기 좋은 말을 하려는 것이 아니라, 정말 선생님의 두개골은 탐이 납니다."

셜록 홈즈는 이 특이한 손님을 의자에 앉혔다.

"저도 그렇지만 모티머 선생도 무엇을 한번 시작하면 거기에 아주 푹 빠지는 분이신 것 같습니다."

홈즈는 말했다.

"검지를 보니 궐련을 피우시는 분이 분명하군요. 어서 한 대 태우십시오."

모티머 선생은 종이와 담배를 꺼내더니 교묘한 손놀림으로 순식간에 담배를 말았다. 가늘게 떠는 그의 긴 손가락은 곤충의 더듬이처럼 예민해 보였다.

홈즈는 침묵하고 있었지만 쏘는 듯한 시선은 그가 이 묘한 손님에게 흥미를 느끼고 있다는 것을 보여주고 있었다. 홈즈가 마침내 입을 열었다.

"물론 선생께서는 제 두개골이나 관찰할 목적으로 어젯밤과 오늘 연속해서 이곳을 찾는 영광을 베푸신 것은 아니겠지요?"

"아, 그런 것은 아닙니다. 물론 홈즈 선생님의 두상을 관찰할 기회를 갖게 된 것이 기쁘긴 합니다만. 홈즈 선생님, 제가 여기 온 것은 저 자신이 별로 쓸모있는 사람이 못 된다는 사실을 깨달았기 때문입니다. 저는 갑자기 아주 중대하고, 또 이상한 일을 겪게 되었습니다. 저는 선생님이 유럽 제2의 전문가라는 사실을……."

"저런, 모티머 선생! 그런데 유럽 제일이라는 영광을 차지한 사람이 누구인지 물어봐도 되겠소?"

홈즈는 약간 무뚝뚝하게 물었다.

"엄밀한 과학적 정신의 소유자에게 베르티용(1853-1914년. 실존 인물로 파리 경찰의 범죄 감식 반장 — 옮긴이)의 작업은 항상 강렬한 호소력을 갖습니다."

"그렇다면 그 사람한테 가서 상담하는 게 더 낫지 않을까요?"

"홈즈 선생님, 저는 엄밀한 과학적 정신의 소유자에게 그렇다고 말씀드렸습니다. 그러나 현실의 문제에 관해서는 선생님이 단연 최고이십니다. 제가 아무 생각 없이 여길 찾아온 것은……."

"잠깐, 모티머 선생."

홈즈는 말했다.

"이제 본론으로 들어가는 것이 어떨까요? 제 도움이 필요한 문제가 어떤 것인지 간결하게 설명해 주신다면 고맙겠습니다."

바스커빌가의 저주

"제 주머니에는 필사한 문서가 하나 들어 있습니다."

제임스 모티머 선생이 말했다.

"선생이 이 방에 들어오실 때 그것을 보았습니다."

홈즈가 말했다.

"오래된 문서지요."

"위조한 것이 아니라면 18세기 초에 작성된 것입니다."

"아니, 그걸 어떻게?"

"그것이 선생의 주머니에서 삼사 센티미터가량 빠져나와 있어서 나는 선생이 말하는 동안 계속 그것을 관찰할 수 있었습니다. 문서의 작성 연대를 10년 안팎의 오차 범위 내에서 맞히지 못한다면 전문가라고 할 수 없지요. 나는 그런 주제에 대한 논문을 발표한 적도 있는데 그걸 읽어보셨는지 모르겠군요. 나는 그 문서의 작성 연대를 1730년으로 봅니다."

"정확한 연도는 1742년입니다."

모티머 선생은 셔츠 주머니에서 문서를 꺼냈다.

"이것은 세 달 전에 갑자기 비극적인 죽음을 맞이하여 데번 지방을 떠들썩하게 만든 찰스 바스커빌 경께서 제게 맡기신 것으로 바스커빌가에 대대로 전해 내려온 문서입니다. 저는 그분의 주치의이자 친구였습니다. 그분은 강인할 뿐 아니라 매사에 빈틈없고 현실적인 분이셨지요. 또 제가 그렇듯이 그다지 상상력이 풍부한 분은 아니었습니다. 그러나 경은 이 기록을 대단히 심각하게 받아들였고, 자신에게 다가올 그런 최후를 마음속으로 예견하고 계셨습니다."

홈즈는 손을 뻗어 문서를 받아 들고 그것을 무릎 위에 펼쳐놓았다.

"왓슨, 이것 좀 보게. 긴 's'와 짧은 's'를 번갈아 사용하고 있어. 문서의 작성 연대를 알아내는 데 이것도 한 가지 지표가 된다네."

나는 홈즈의 어깨 너머로 잉크 색이 바랜 노란 종이를 들여다보았다. 꼭대기에는 '바스커빌관'이라고 쓰여 있었고 맨 밑에는 흘려 쓴 글씨로 '1742'라는 숫자가 큼직하게 박혀 있었다.

"이것은 무슨 보고서 같군요."

"그렇습니다. 그것은 바스커빌가에 전해 내려오는 어떤 전설에 대한 보고입니다."

"하지만 나는 선생께서 상담하고자 하시는 것이 좀 더 현대적이고 실제적인 문제인 줄 알았는데요?"

"그렇습니다. 아주 현대적이고 실제적일 뿐 아니라, 24시간 내에 판단을 내려야 하는 대단히 긴급한 문제입니다. 하지만 이 기록은 짧을뿐더러 제가 상담하고자 하는 사건과 관계가 깊습니다. 허락해 주신다면 제가 이것을 읽어보겠습니다."

홈즈는 할 수 없다는 듯 의자에 등을 기대고 양손을 포갠 다음 눈을 감았다. 모티머 선생은 밝은 쪽으로 문서를 펼쳐 들고 톤이 높은 갈라진 목소리로 다음과 같은 기이한 옛날이야기를 읽어나갔다.

바스커빌가의 개가 어떻게 출현했는지에 관해서는 설이 구구하다. 그러나 나는 휴고 바스커빌의 직계 자손이고, 이 이야기를 내 아버님으로부터 들었고 내 아버님은 또 당신의 아버님으로부터 이 이야기를 들으셨다. 내가 여기에 기술할 그 사건에 관해, 나는 그런 일이 정말 있었다는 것을 믿어 의심치 않는다. 그리고 나는 너희 아들들에게, 죄에 대해서 벌을 내리시는 정의의 신께서는 또한 가장 자비롭게 그것을 용서할 수도 있다는 것을, 아무리 호된 저주라도 기도와 속죄로 풀어내지 못할 것은 없다는 것을 알리고자 한다. 너희들은 이 이야기를 교훈 삼아 과거의 유산을 두려워하지는 말되 금후에는 심사숙고하여 신중하게 처신하는 법을 배우도록 하여라. 또한 우리 가문에 그토록 견디기 힘든 고통을 안겨준 그 혐오스러운 정열이 다시 발동하여 우리 집안을 파멸로 몰아넣는 일이 없도록 경계하여라.

그때는 청교도 혁명의 시대였다(박학하신 클래런던 경의 역사 기록이 그중 제일 볼만하니라.). 바스커빌 영지의 주인은 휴고 바스커빌이었는데 그의 사람 됨됨이가 누구보다 거칠고 상스러우며 신을 두려워할 줄 몰랐다는 것은 부인할 수 없는 사실이다. 사실 이웃 사람들은 그러한 점에 대해서는, 이 지역에 성인이 출현한 적이 없다는 사실에 비추어 그를 용서했을지도 모른다. 그러나 휴고 바스커빌에게는 어떤 방종하고 잔인한 기질이 있었고 그 때문에 그는 서부 지방에서 흉측한 망나니로 악명을 떨쳤다. 그런데 이 휴고라는 인물이 어쩌다가 바스커빌 영지 근처에서 땅을 자작하는 어느 자유농의 딸을 사랑(글쎄, 그다지도 음습한 정열이 그토록 찬란한 이름으로 불릴 수 있는지는 모르겠다만)하게 되었다. 그러나 행실이 바르기로 소문났던 어린 처녀는 휴고의 흉악한 이름을 두려워했던 까닭에 늘 그를 피하곤 했다. 그래서 어느 성 미카엘 축일에, 휴고는 놀고먹는 무뢰배 친구들 대여섯 명을 대동하고 처녀의 아버지와 오빠들이 집을 비운 틈을 타서 농장을 덮쳐 처녀를 납치했다. 휴고와 그 친구들은 처녀를 바스커빌 저택으로 끌고 와서 2층 방에 가둬놓았고, 밤마다 으레 하던 대로 떠들썩한 술판을 벌였다. 2층의 불쌍한 처녀는 온 신경을 곤두세우고 아래층에서 들려오는 노랫소리와 고함 소리, 차마 입에 담지 못할 욕지거리에 귀를 기울였을 것이다. 전해 오는 이야기에 따르면, 휴고 바스커빌이 술에 취해 있을 때 하는 말들은 그 말을 한 당사자까지 혼비백산하게 만들 정도였다고 했으니까. 공포가 극에 달하자 처녀는 마침내 한창 때의 가장 용감한 남자라도 꺼려했을 일을 감행했다. 남쪽 벽을 덮고 있는 담쟁이덩굴(아직도 거기 있느니라.)을 타고 내려와 히스 꽃이 자라는 황무지 저쪽의 집을 향해 줄달음치기 시작한 것이다. 처녀의 집은 바스커빌 저택에서 14킬로미터 넘게 떨어진 곳에 있었다.

그런데 잠시 후, 휴고가 포로에게 먹을 것과 마실 것 ― 더 흉측한 것도 가지고 갔을 테지만 ― 을 가져다주기 위해 2층으로 올라갔다. 그러나 새장은 텅 비고 새는 날아가고 없었다. 바로 그 순간 그의 속에 악마가 한 마리 들어앉게 된 성싶다. 휴고는 1층의 식당으로 뛰어 내려가 커다란 식탁 위로 뛰어올랐다. 포도주 병과 고기 접시가 난무하는 가운데, 그는 모든 친구들 앞에서 자신은 오늘 밤 그 계집을 다시 붙들기 위해서라면 악마에게 제 몸과 영혼이라도 바치겠노라고 울부짖었다. 흥청망청 즐기던 객들이 주인의 폭풍 같은 분노 앞에서 놀라 멍하니 서 있는 동안, 그중에서 좀 더 악질적인 자가, 아니 좀 더 술에 취한 자였는지도 모르겠다만, 사냥개를 풀어놓으라고 외쳤다. 휴고는 당장 밖으로 뛰쳐나가 마부들에게 자신의 암말에 안장을 얹으라고 소리 지르는 한편 사냥개를 풀어놓고 개들에게 처녀의 손수건을 던져주라고 명령했다. 사냥개들을 길에 풀어놓자 교교한 달빛이 비치는 황무지는 순식간에 개 짖는 소리로 가득 찼다.

홍청망청 즐기던 객들은 순식간에 벌어진 일을 이해하지 못하고 잠시 멍하니 서 있었다. 그러나 이내 그들은 술 취한 정신으로나마 황무지에서 벌어질 일이 어떤 것인지 깨닫게 되었다. 이제는 모든 일이 소란스럽게 진행되었다. 어떤 자는 권총을 가져오라고 소리쳤고, 어떤 자는 말을 끌어오라고 고함을 질렀다. 술을 더 가져오라고 악을 쓰는 치들도 있었다. 그러나 마침내 어느 정도 정신이 들자, 도합 열세 명의 망나니들은 말을 타고 추적에 나섰다. 달은 휘영청 밝았고, 이들은 처녀가 제집에 가기 위해 필시 택했으리라고 짐작되는 길로 나란히 말을 타고 내달렸다.

3킬로미터쯤 정도 달린 이들은 황무지에서 야간 번을 서는 양치기를 만나자 혹시 추적하는 사람을 보지 못했느냐고 소리쳐 물었다. 전해 오는 이야기에 따르면 말할 수 없을 만큼 겁에 질려 있던 그 양치기는 간신히, 자신은 그 불운한 처녀뿐만 아니라 그 뒤를 쫓아가는 사냥개들도 보았노라고 말했다. '제가 본 것은 그뿐만이 아닙니다요.' 양치기는 말했다. '검은 말을 탄 휴고 바스커빌이 제 곁을 지나가는데 그 뒤를, 신께서 제 곁에 오는 것도 금하셨을 무서운 사냥개 한 마리가 조용히 쫓아가고 있었습니다요.' 그러자 술 취한 시골 신사들은 양치기에게 냅다 욕을 퍼붓고 다시 달려가기 시작했다. 그러나 곧 그들은 간담이 서늘해지는 것을 느꼈다. 입에 하얀 거품을 문 검은 암말이 빈 안장에 고삐를 늘어뜨린 채 쏜살같이 달려와 옆을 지나쳐 갔기 때문이다. 섬뜩한 느낌이 들었던 이들은 서로 바짝 붙어서 달리기 시작했다. 만일 주변에 아무도 없었다면 이들은 기꺼이 말 머리를 돌려서 돌아갔을 터였다. 이런 모양으로 천천히 달리던 이들은 마침내 사냥개 떼를 만났다. 용맹하기 짝이 없는 명견들이었지만 지금은 깊은 구렁 앞에 떼로 모여 낑낑거리고 있었다. 어떤 개들은 꼬리를 내리고 슬금슬금 달아나고 있었고, 어떤 개들은 목덜미의 털을 곤두세운 채 눈앞의 협곡을 내려다보고 있었다.

너희들도 짐작할 터이지만, 출발할 때에 비하면 그래도 술이 많이 깬 패거리가 걸음을 멈추었다. 대개는 더 이상 나아가지 못하고 주춤거렸지만 그중 제일 용감한 셋, 혹은 그중 술이 가장 덜 깬 치들이었는지도 모르겠다만 말을 타고 협곡 아래로 내려갔다. 협곡은 널따란 평지로 통해 있는데 그곳엔 이름 모를 옛사람들이 세워놓은 거대한 선돌 두 개가 놓여 있었다. 그 돌은 아직도 그곳에 가면 볼 수 있느니라. 휘영청 달은 밝은데 빈터 한가운데는 불운한 처녀가 피로와 공포로 인해 숨이 끊어진 채 쓰러져 누워 있었다. 그러나 용감무쌍한 세 술꾼을 기겁하게 만든 것은 처녀의 시체도, 그 옆에 누워 있는 휴고 바스커빌의 시체도 아니었다. 그것은 휴고의 몸뚱이를 딛고 올라서 그의 목을 물어뜯고 있는 무시무시한 짐승이었다. 덩치가 산만 한 검은 짐승은 생김새는 사냥개 같았지만 세상의 그 어느 개보다도 컸다. 그리고 세 사람이 쳐다보고 있는 동안에도 그것은 휴고 바스커빌의 목덜미를 물어뜯고 있었다. 그러다 그 짐승이 불길이 이는 눈과 피에 젖은 턱을 들어 세 사람을 바라보자 이들은 공포에 찬 비명을 지르며 말 머리를 돌려 달아났다. 세 사람은 끊임없이 비명을 지르며 황무지를 가로질러 삼십육계 줄행랑을 놓았다. 전해 오는 이야기에 따르면, 셋 중 하나는 그날 밤 안으로 죽었고 나머지 둘은 남은 평생을 폐인으로 지냈다고 한다.

아들들아, 바로 이것이 그 후부터 우리 가문에 그토록 큰 재앙을 가져왔다는 그 사냥개의 출현에 관한 이야기이다. 내가 이 이야기를 굳이 기록해 두는 것은 막연한 짐작과 추측으로 아는 것보다는 한 점 의혹 없이 밝히 아는 것이 덜 두렵기 때문이다. 또 우리 가문에서 유난히 많은 사람들이 원인 모르게 급사하거나 사고사를 당하는 불운을 겪은 것은 부인할 수 없는 사실이기도 하다. 그러나 우리는 우주 만물을 주재하시는 분의 무한한 자비로움에 몸을 의탁할 수 있으니, 그분께서는 서너 대 아래의 죄 없는 후손들을 언제까지나 벌하려고 하시지는 않을 것이다. 아들들아, 이로써 나는 너희들에게 악의 세력이 승하는 밤 시간에는 부디 황무지를 지나는 일을 삼가줄 것을 간곡히 권유하노라.

— 휴고 바스커빌의 후손으로 태어난 로저와 존에게,
누이 엘리자베스에게는 이 이야기를 반드시 비밀로 할 것을 당부하며.

모티머 선생은 이 기이한 이야기를 읽기를 마친 다음 안경알을 이마 위로 밀어 올리고 셜록 홈즈를 건너다보았다. 홈즈는 하품을 하고 담배꽁초를 벽난로 속에 던져 넣었다.

"그런데요?"

홈즈가 말했다.

"재미있는 이야기 아닙니까?"

"옛날이야기를 수집하는 취미가 있다면."

모티머 선생은 주머니에서 꼬깃꼬깃 접은 신문지를 꺼냈다.

"홈즈 선생님, 그러면 좀 더 최근의 사건에 대해 알려드리겠습니다. 이것은 올해 5월 14일 자《데번 주 소식》입니다. 그 며칠 전에 찰스 바스커빌 경이 급사한 사건에 대한 간략한 기사가 실려 있습니다."

내 친구는 집중하는 표정으로 자세를 고쳤다. 손님은 안경을 고쳐 쓰고 다시 읽기 시작했다.

최근 찰스 바스커빌 경이 갑작스럽게 사망한 사건으로 인해 데번 주 전체가 술렁이고 있다. 찰스 경은 다음 선거에서 자유당을 대표하여 중부 데번 지역구에서 출마할 유력한 후보로 꼽혀온 인물이기도 하다. 비록 경이 바스커빌관에 기거한 기간은 길지 않았지만 그 온화하고 따뜻한 성품으로 인해 경을 알게 된 사람은 누구나 애정과 존경의 염을 품지 않을 수 없었다. 신흥 졸부들이 양산되는 이 시대에, 데번 주의 유서 깊은 가문의 후손이 스스로 재산을 일구어 한때 몰락했던 가문을 일으켜 세우기 위해 이곳에 다시 돌아온 것은 훈훈한 화젯거리였다. 주지하다시피, 찰스 경은 남아프리카로 건너가 투자하여 그곳에서 목돈을 거머쥐었고 적당한 시기에 이익을 거두어 영국으로 돌아오는 투자의 지혜를 발휘했다. 경이 바스커빌관에 거처를 정한 것은 2년 남짓밖에 안 되지만, 건물 보수 및 재건축에 관해 원대한 구상을 가지고 있었고, 이것이 경의 죽음으로 하루아침에 물거품이 되었다는 것은 널리 알려진 사실이다. 슬하에 자녀가 없었던 찰스 경은 살아생전에 자신이 모은 재산을 지역 전체를 위해 사용하고 싶다는 희망을 공개적으로 피력해 왔으니, 이는 많은 이들이 개인적으로 경의 때 이른 죽음을 애도해야 할 이유가 되기도 할 것이다. 본지에서는 경이 지역의 자선 단체에 관대하게 기부한 일을 빈번히 취재하여 보도해 왔다.

찰스 경의 사망과 관련된 제반 정황이 수사를 통해 완전히 밝혀졌다고 볼 수는 없으나, 적어도 이 지역의 미신에서 비롯된 소문이 근거 없다는 것은 밝혀졌다. 타살이나 초자연적 원인에 의한 죽음을 의심할 만한 이유는 전혀 없다. 일찍이 상처(喪妻)한 찰스 경은 남다른 기질의 소유자라고도 할 수 있을 터인데, 재산이 적지 않음에도 검소하게 생활해 왔고 바스커빌관에도 배리모어 부부 두 사람을 각각 집사와 가정부로 두었을 뿐이다. 배리모어 부부를 비롯하여 찰스 경의 여러 친구들은 경의 건강이 한동안 좋지 않았고, 특히 심장에 이상이 있었다는 사실을 이구동성으로 증언하고 있다. 경은 안색이 나빴고 호흡 곤란과 갑작스러운 우울증의 발병으로 고통받아 왔다고 한다. 고인의 친구이자 주치의인 제임스 모티머 박사도 같은 증언을 했다.

사건 자체는 단순하다. 찰스 바스커빌 경은 밤마다 잠자리에 들기 전에 바스커빌관의 유명한 주목(朱木) 산책로를 거니는 버릇이 있었다. 배리모어 부부의 증언에 따르면 이것은 경의 오랜 습관이었다. 5월 4일, 찰스 경은 배리모어 집사에게 다음 날 런던에 갈 예정이니 짐을 꾸려놓으라고 지시했다. 그리고 그날 밤 경은 밖에 나갔다. 경은 야간 산책을 하면서 도중에 담배를 피우는 습관이 있었기 때문이다.

그러나 경은 집에 돌아오지 않았다. 밤 열두시, 배리모어는 그때까지 현관문이 열려 있는 것을 발견하고 깜짝 놀라 등불을 켜 들고 주인을 찾아 나섰다. 그날은 유난히 습도가 높았으므로 산책로에는 찰스 경의 발자국이 선명하게 찍혀 있었다. 주목 산책로의 중간쯤에는 황무지로 통하는 쪽문이 있는데 그곳에는 경이 한참 지체했던 흔적이 남아 있었다. 그러나 경은 다시 길을 따라 내려갔고, 산책로 끝나는 지점에서 경의 시신이 발견되었다. 배리모어의 증언 가운데는 한 가지 설명되지 않은 사실이 있다. 그것은 경의 발자국이 황무지로 통하는 쪽문을 지난 다음부터 모양이 달라졌다는 것이다. 거기서부터는 마치 발꿈치를 들고 걸은 것처럼 보였다고 한다. 당시 그곳에서 별로 멀지 않은 황무지에는 머피라고 하는 집시 말 장수가 있었는데 그 자신의 고백에 따르면 술에 잔뜩 취해 있었다고 한다. 그는 비명 소리를 들었지만 그 소리가 어느 방향에서 들려왔는지는 알 수 없다고 진술했다. 찰스 경의 몸에선 외상이 전혀 발견되지 않았지만, 모티머 박사의 증언에 따르면 경의 얼굴이 너무도 심하게 일그러져 있어서 처음에 박사는 눈앞에 누워 있는 사람이 바로 자신의 환자이며 친구라는 사실을 알아보기 힘들 정도였다고 한다. 그러나 심장마비로 사망했거나 호흡 곤란이 있었을 때에는 이러한 현상이 드물지 않게 나타난다고 한다. 부검을 통해 고인이 만성 질환을 앓고 있다는 사실이 드러났고, 검시 배심원단은 이러한 의학적 판단을 근거로 판결을 내렸다. 이것은 그나마 다행스러운 일인 바, 찰스 경의 상속자가 바스커빌관에 정주(定住)하여 안타깝게 중단된 선업을 계속하기 위해서 이것은 매우 중요하기 때문이다. 부검의가 합리적인 판단을 통해, 이 사건과 관련하여 항간에 떠도는 여러 허무맹랑한 이야기에 일침을 가하지 않았다면 바스커빌관의 주인을 찾는 일은 지난한 작업이 되었을 것이다. 지금까지 알려진 바에 따르면, 상속자는 찰스 바스커빌 경의 아우님의 아드님 되시는 헨리 바스커빌 씨이다. 헨리 바스커빌 씨는 현재 미국에서 거주하는 것으로 알려져 있는데 그를 찾는 작업이 활발하게 진행되고 있는 바, 곧 막대한 상속 재산에 관해 상속자에게 통지할 수 있게 될 전망이다.

모티머 선생은 신문을 접어서 다시 주머니에 집어넣었다.

"홈즈 선생님, 여기까지가 찰스 바스커빌 경의 죽음에 관해 알려진 공식적인 사실입니다."

"먼저 감사의 말씀을 드려야겠군요."

셜록 홈즈가 말했다.

"명백히 흥미를 끄는 요소들이 있는 사건에 대해 이렇게 알려주셨으니 말입니다. 나도 그 사건에 관한 기사를 읽은 기억이 납니다만 나는 그때 바티칸 카메오 사건을 해결하느라 영국 내의 흥미로운 사건들에 주목하지 못했습니다. 교황 성하에게 봉사하느라 마음이 바빴던 거지요. 그런데 이 기사가 공식적으로 알려진 사실의 전부입니까?"

"그렇습니다."

"그러면 이제는 비공식적인 사실에 대해 말씀해 주시지요."

홈즈는 몸을 젖히고 손을 포갰다. 그의 얼굴에 대단히 냉정하고 침착한 표정이 떠올랐다.

"그렇게 하겠습니다."

모티머 선생은 아까부터 흥분을 억누르지 못하고 있었다.

"제가 이제 털어놓으려는 얘기는 아무에게도 한 적이 없는 얘기입니다. 검시관이 수사할 때도 이 얘기를 털어놓지 않은 것은, 과학자로서 공개적으로 대중의 미신에 영합하는 태도를 취할 수 없었기 때문입니다. 게다가 신문 기사에도 나온 것처럼, 바스커빌관에 대해 그렇잖아도 꺼림칙한 얘기들이 떠도는 판국에 그런 선입견을 조장하는 얘기를 했다가는 그곳에 들어가 살 사람이 아무도 없을 것 같았지요. 그래서 저는 제가 아는 것의 일부에 대해 입을 다물고 있는 편이 낫다고 생각했습니다. 얘기를 다 해봤자 별 실익이 없을 게 뻔했으니까요. 하지만 홈즈 선생님에게라면 솔직히 털어놓지 않을 이유가 없습니다.

황무지에는 극히 적은 세대만이 살고 있기 때문에 가까이 사는 이웃들은 금세 친해집니다. 제가 찰스 바스커빌 경을 자주 뵙게 된 것은 다 그 때문이지요. 또 래프터관의 프랭클랜드 씨와 박물학자인 스태플턴 씨를 빼면 인근에는 이렇다 하게 교육받은 사람들이 없었지요. 찰스 경은 원래 조용한 분이었지만 병을 앓으면서 저와 가까워졌습니다. 또 과학에 대한 관심이 서로 비슷해서 우린 더욱 친해졌지요. 그분은 남아프리카에서 상당한 양의 과학적 정보를 수집해 오셨습니다. 그래서 우리는 저녁때 만나서 부시맨과 호텐토트 부족 간의 비교 해부학에 대해 토론하며 즐거운 시간을 보낸 적이 많았지요.

지난 몇 달 동안, 제 눈에는 찰스 경의 신경이 점점 날카로워져서 폭발 직전의 상태에 이른 것이 분명하게 보였습니다. 찰스 경은 가문에 내려오는 전설을 마음속으로 심각하게 받아들이고 있었지요. 경이 영지 안을 산책하긴 했지만 한밤중에 당신을 황무지로 유혹할 만한 것은 전혀 없었는데도 말입니다. 선생님은 이해하기 힘드시겠지만 그분은 바스커빌가의 후손들에겐 어떤 두려운 운명이 예비되어 있다는 것을 마음 깊이 확신하고 있었습니다. 경은 윗대 조상들의 기록만 봐도 알 수 있다고 생각하셨지요. 그분은 어떤 초자연적 존재에 대한 생각을 그치지 않았고 제게도 밤에 왕진을 다니다가 어떤 괴물을 본 적은 없는지, 또는 사냥개가 울부짖는 소리를 들은 적은 없는지에 대해 여러 차례 물었지요. 경은 사냥개에 관한 질문을 여러 번 되풀이했는데 그때마다 경의 목소리는 흥분으로 떨려 나왔습니다.

저는 그 운명적인 사건이 있기 3주 전에 바스커빌관에 갔던 일을 기억합니다. 저녁 무렵이었는데 경은 그때 마침 현관에 나와 계셨습니다. 이륜마차에서 내려 경에게 다가가던 저는 그분이 제 뒤쪽을 뚫어지게 쳐다보고 있다는 사실을 깨달았습니다. 그분의 얼굴은 공포에 질려 있었지요. 재빨리 뒤를 돌아본 저는 커다란 검정 송아지 한 마리가 저 위쪽을 지나가는 모습을 얼핏 보았습니다. 경이 상당히 놀라고 흥분한 듯했으므로 저는 송아지가 지나간 길로 나가 보지 않을 수 없었지요. 송아지는 이미 가고 없었지만 그 사건은 그분의 마음에 최악의 충격을 준 것 같았습니다. 저는 저녁 내내 그분 곁을 지켰지요. 찰스 경이 당신의 심경을 솔직히 털어놓고 아까의 문서를 제게 맡긴 것도 바로 그때였습니다. 그 일을 굳이 말씀드리는 것은, 그다음에 일어난 비극적인 사건에 비추어보았을 때 그 일이 상당히 의미심장하다고 느껴지기 때문입니다. 하지만 그 당시에 저는 그 일에 대해 별다른 의미를 부여하지 않았고 경의 두려움을 근거 없는 것으로 치부해 버리고 말았습니다.

찰스 경은 저의 권유에 따라 런던에 가기로 결정했습니다. 저는 그분의 심장이 약하다는 사실을 알고 있었고, 또 아무리 근거 없는 것이라 해도 그렇게 끊임없는 불안 속에서 살다가는 큰 탈이 날 게 뻔했습니다. 저는 몇 달이라도 도시의 정신없는 생활 속에 묻혀 있다 보면 경이 완전히 새사람이 될 거라고 생각했습니다. 경의 몸 상태에 대해 저와 걱정을 나누던 스태플턴 씨도 같은 의견이었지요. 그런데 마지막 순간에 무서운 파국이 온 것입니다.

그날 밤, 집사 배리모어는 마부 퍼킨스 편에 찰스 경의 사망 소식을 전해 왔습니다. 마침 저는 밤늦게까지 자지 않고 있었기 때문에

사건이 일어난 지 한 시간 안에 바스커빌관에 도착할 수 있었지요. 저는 아까의 신문 기사에 난 모든 사실을 직접 확인했습니다. 저는 발자국을 따라 주목 산책로를 내려갔습니다. 황무지로 통하는 쪽문 앞에 이르자 경이 그곳에서 한참 지체했던 흔적이 남아 있었습니다. 또 그 지점에서부터 발자국의 모양이 변했다는 것도 확인할 수 있었지요. 저는 자갈이 깔린 길 위에 집사의 발자국 외에 다른 사람의 발자국은 없다는 것까지 눈여겨본 다음에 조심스럽게 시신을 검사하기 시작했습니다. 시신은 그때까지 전혀 손대지 않은 상태였습니다. 경은 땅에 엎드린 자세로 쓰러져 있었고 두 팔을 벌린 채 손톱을 땅에 박고 있었습니다. 어떤 강렬한 감정으로 인해 심한 안면 경련을 일으킨 듯했는데 그 때문에 얼굴을 알아보기가 힘들 정도였습니다. 몸에 외상이라곤 전혀 없었지요. 그러나 수사 과정에서 배리모어 집사는 한 가지 틀린 진술을 했습니다. 집사는 시신 주변에 다른 발자국은 전혀 없었다고 말했습니다. 다른 것을 전혀 보지 못했던 것입니다. 그러나 저는 보았습니다. 그것은 시신에서 약간 떨어진 위치에, 그러나 아주 선명하게 찍혀 있었지요."

"발자국이?"

"발자국이."

"남자 발자국이었습니까, 아니면 여자 발자국이었습니까?"

모티머 선생은 일순 야릇한 표정으로 우리를 응시했다. 그리고 들릴락 말락 한 목소리로 대답했다.

"홈즈 선생님, 그것은 엄청나게 큰 개의 발자국이었습니다!"

문제

　나는 그 말을 듣고 온몸에 소름이 끼쳤다는 것을 고백한다. 모티머 선생 자신도 심하게 동요한 듯 목소리가 떨려 나왔다. 홈즈는 흥분해서 몸을 내밀었는데 눈빛이 번쩍거리는 품이 뜨거운 호기심을 느끼고 있는 듯했다.

　"선생께서 보셨습니까?"

　"제 눈으로 똑똑히 봤습니다."

　"그런데 그것에 관해 아무 말도 안 하셨다고요?"

　"말해 봤자 무슨 소용이 있겠습니까?"

　"다른 사람들은 전혀 보지 못했다는데 그건 어떻게 된 일입니까?"

　"개의 발자국은 시신에서 18미터가량 떨어져 있었고 그래서 아무도 그것에 신경 쓰지 않았지요. 저도 그 전설을 몰랐다면 그렇게까지 샅샅이 살피지는 않았을 겁니다."

"황무지에는 양치기 개들이 많지 않습니까?"

"많지요. 하지만 그것은 양치기 개의 발자국이 아니었습니다."

"발자국이 아주 컸다고 하셨지요?"

"엄청나게."

"그런데 그 발자국이 시신에 접근하지는 않았다고요?"

"예."

"그날 밤 날씨는 어땠습니까?"

"습기 차고 쌀쌀했지요."

"비가 내리진 않았고요?"

"예."

"산책로는 어떻게 생겼습니까?"

"늙은 주목이 길 양쪽으로 빈틈없이 늘어서 있습니다. 주목 울타리의 높이는 3.6미터 정도 되는데 밖에서 뚫고 들어갈 수 없을 만큼 나무가 빽빽하게 우거져 있지요. 그 가운데로 폭이 2.5미터가량 되는 산책로가 나 있습니다."

"울타리와 산책로 사이에 다른 건 없나요?"

"산책로 좌우로 폭 2미터가량의 풀밭이 있습니다."

"주목 울타리 안으로 들어갈 수 있는 문이 한 군데 있다고 하셨지요?"

"예. 황무지로 통하는 쪽문이 있습니다."

"다른 개구멍 같은 건요?"

"없습니다."

"그렇다면 주목 산책로 안으로 들어서려면 바스커빌관을 통하거나 황무지의 쪽문을 이용할 수밖에 없겠군요?"

"산책로 맨 끝에 여름 별장으로 통하는 출구가 있습니다."

"찰스 경은 그곳까지 갔나요?"

"아니요. 그분은 여름 별장에서 50미터가량 못 미친 곳에 쓰러져 있었습니다."

"그렇다면, 모티머 선생, 이 점이 제일 중요한데 선생이 발견한 개 발자국은 분명히 풀밭이 아니라 산책로 위에 찍혀 있었습니까?"

"풀밭에는 발자국이 찍히지 않습니다."

"개의 발자국은 황무지 쪽으로 나 있었습니까?"

"예. 개 발자국은 산책로 가장자리에 찍혀 있었는데 황무지와 가까운 쪽이었지요."

"대단히 흥미로운 사건이군요. 한 가지 더. 그 쪽문은 닫혀 있었나요?"

"닫힌 채 자물쇠가 채워져 있었습니다."

"쪽문의 높이는 얼마나 됩니까?"

"한 1미터쯤."

"그러면 그 문을 뛰어넘는 건 식은 죽 먹기겠군요?"

"예."

"그런데 쪽문 옆에 다른 발자국은 없었습니까?"

"특별한 건 없었습니다."

"맙소사! 그곳을 조사해 본 사람이 없었나요?"

"아니요, 제가 조사해 보았습니다."

"그런데 아무것도 없었다고요?"

"그게 정말 이상했습니다. 찰스 경은 그곳에서 5분이나 10분가량 지체했던 것이 틀림없거든요."

"그걸 어떻게 알았지요?"

"그분의 시가에서 떨어진 담뱃재가 수북했으니까요."

"훌륭해요! 탐정 못지않군요. 그런데 발자국은?"

"찰스 경은 쪽문 옆의 자갈길에 자신의 발자국을 무수히 남겨놓았습니다. 하지만 다른 사람의 발자국은 눈에 띄지 않았습니다."

셜록 홈즈는 못 참겠다는 듯 무릎을 쳤다.

"내가 거기 있어야 했던 건데!"

홈즈는 탄식했다.

"정말 흥미진진한 사건인데 말이야. 과학적으로 사고하는 전문가에게는 흔치 않은 기회였을 텐데. 내가 그 자갈길 위에 있었더라면 수많은 것을 읽어냈겠지만, 지금 그 길은 빗물에 씻기고 호기심에 가득한 농부들의 발에 짓밟힌 지 오래일 테니…… 아, 모티머 선생, 모티머 선생, 왜 날 부르지 않으셨소! 풀지 못한 의혹이 너무나 많군요."

"홈즈 선생님, 제가 선생님을 불렀다가는 세상이 다 그 일을 알게 되었을 겁니다. 하지만 아까 말씀드렸다시피 저는 그렇게 되는 것을 원치 않았습니다. 게다가, 게다가……."

"무슨 말이기에 그렇게 망설이십니까?"

"아무리 명석하고 경험이 풍부한 탐정이라 할지라도 어떻게 손써 볼 수 없는 영역이 있으니까요."

"그것은 어떤 초자연적인 존재가 있다는 의미입니까?"

"아니, 꼭 그런 것은 아닙니다."

"아니요, 선생은 그런 생각을 하고 있는 것이 분명하군요."

"홈즈 선생님, 그 비극적 사건이 있은 후에, 저는 자연법칙과 도저히 양립할 수 없는 몇몇 사건들에 대한 이야기를 듣게 되었습니다."

"예를 들면?"

"그 무서운 사건이 있은 뒤에 저는 황무지에 어떤 괴물이 출현했다는 얘기를 들었습니다. 그것은 과학적으로 확인된 어떤 짐승과도 닮지 않은, 바스커빌가의 전설에 나오는 악마라고 할 수밖에 없는

괴물이었지요. 그 괴물을 목격한 사람들은 이구동성으로 그것이 엄청나게 크고 빛을 뿜어내는 유령 같은 짐승이었다고 했습니다. 저는 목격자들을 일일이 만나보았지요. 그중 한 사람은 완고하기 짝이 없는 시골 사람이고, 또 한 사람은 편자공, 또 한 사람은 황무지의 농사꾼이었는데 한결같이 무서운 유령을 보았다고 하더군요. 그들이 본 것은 전설에 나오는 지옥의 개 바로 그것이었습니다. 분명한 것은 현재 그 지역에 공포심이 만연해 있다는 것입니다. 소심한 치들은 밤중에 황무지를 지나다니지도 못하지요."

"그러면 과학을 신봉하는 모티머 선생께서는 그 짐승이 초자연적 존재라는 얘기를 믿으십니까?"

"도대체 뭘 믿어야 할지 잘 모르겠습니다."

홈즈는 어깨를 으쓱했다.

"지금까지 내 조사는 이 세계에 한정된 것이었습니다."

홈즈는 말했다.

"나는 합리적인 방식으로 악에 맞서왔고, 그래서 악마와 싸우는 일은 내게 지나치게 야심에 찬 과제일 것 같습니다. 하지만 선생도 개 발자국이 물리적으로 존재했다는 점은 인정하시겠지요?"

"전설 속의 개도 물리적으로 존재했으니 한 남자의 목덜미를 물어뜯을 수 있었겠지요. 하지만 그 개는 또한 악마적이기도 했습니다."

"이제 보니 선생은 초자연주의의 편으로 넘어간 것이 틀림없습니다그려. 하지만 모티머 선생, 그런 생각을 가지고 있으면서 나에게 상담하러 온 이유는 대체 무엇입니까? 찰스 경의 죽음에 대해 조사해 봤자 소용없다고 해놓고, 이제 와서 뒤늦게 조사를 의뢰하는 겁니까?"

"저는 찰스 경의 죽음에 대해 조사해 달라고 말한 적이 없습니다."

"그러면 어떻게 도와드릴까요?"

"헨리 바스커빌 경이 워털루 역에 도착하면 제가 어떻게 해야 하는지에 대해 조언해 주십시오."

모티머 선생은 시계를 들여다보았다.

"꼭 한 시간 15분 남았습니다."

"그분이 상속자인가요?"

"그렇습니다. 찰스 경이 사망한 다음부터 이 젊은 신사분을 찾기 시작했습니다. 알고 보니 캐나다에서 농사를 짓고 있더군요. 우리 손에 들어온 보고서에 따르면 그분은 어느 모로 보나 나무랄 데 없는 분이십니다. 저는 지금 의사로서가 아니라 찰스 경의 대리인이자 유언 집행인으로서 말씀드리는 것입니다."

"다른 상속자는?"

"없습니다. 우리가 알아낸 바에 따르면 불운한 찰스 경은 3형제의 장남이었습니다. 둘째 아우는 일찍 죽었는데 그가 남겨놓은 혈육이 바로 이 헨리라는 젊은이지요. 막내인 로저는 집안의 골칫덩이였답니다. 유서 깊은 바스커빌가의 후손으로 태어난 로저는 가문의 전설에 등장하는 휴고 바스커빌과 쌍벽을 이룬다고 할 정도였답니다. 로저는 온갖 못된 짓을 한 끝에 더 이상 이곳 영국에서 살 수 없게 되자 중앙아메리카로 달아났습니다. 그리고 1876년에 그곳에서 황열병으로 죽었지요. 헨리는 바스커빌가의 마지막 적자입니다. 한 시간 5분 뒤에 저는 워털루 역에서 헨리 경을 만나게 됩니다. 저는 오늘 아침에 헨리 경에게서 사우샘프턴에 도착했다는 전보를 받았습니다. 자, 홈즈 선생님, 제가 이제 어떻게 하면 좋을까요?"

"헨리 경이 조상 대대로 물려온 그 집으로 들어가면 안 되는 겁니까?"

"그렇게 하는 게 자연스럽긴 합니다. 하지만 저택에 들어간 바스커빌의 후예는 한결같이 불행한 운명을 맞았습니다. 찰스 경이 사망하기 전에 제게 말을 할 수 있었다면 그분은 틀림없이 가문의 유일한 적자이자 거대한 부의 상속자인 헨리 경을 그 죽음의 저택으로 데려오지 말라고 했을 것입니다. 하지만 인근의 헐벗은 지역민들의 장래가 바스커빌관의 운명에 달려 있는 것도 부인할 수 없는 사실입니다. 바스커빌관을 비우게 된다면 찰스 경이 추진해 온 모든 자선 사업은 중단되고 말 것입니다. 저는 저 자신의 이해관계로 인해 이 일에 대해 객관적인 태도를 취하지 못할까 봐 걱정입니다. 제가 이곳에 찾아와 선생님의 조언을 구하는 것은 바로 그 때문입니다."

홈즈는 잠시 생각에 잠겼다.

"간단히 말하면 문제는 이런 것이군요."

홈즈는 말했다.

"선생이 보기에 다트무어의 황무지에는 어떤 악마적인 힘이 있어서 바스커빌가 사람이 그곳에 사는 것은 위험하다는 것이어죠?"

"제 말은 적어도 그에 대한 증거가 있다는 것입니다."

"좋습니다. 하지만 선생의 초자연주의적인 설명이 맞는다면 헨리라는 젊은이는 데번에 있으나 런던에 있으나 위험하기는 매한가지일 것입니다. 악마가 무슨 교구 위원회처럼 정해진 지역에서만 세력을 행사한다는 것은 어불성설이니까요."

"홈즈 선생님, 선생님은 문제를 좀 가볍게 보시는군요. 하지만 선생님께서 그런 일을 직접 접하셨다면 생각이 달라졌을 것입니다. 그러면 선생님께서는 헨리 경이 런던에 있으나 데번에 있으나 매일반이라고 생각하시는 건가요? 헨리 경은 50분 후에 도착합니다. 어떻게 하는 게 좋을까요?"

"선생, 우선 마차를 불러서 우리 집 현관문을 긁어대고 있는 저 스패니얼을 데리고 워털루 역으로 가십시오."

"그다음에는요?"

"그다음에는 내가 그 문제에 대한 검토를 끝낼 때까지 헨리 바스커빌 경에게 한마디도 하지 마세요."

"시간이 얼마나 걸릴까요?"

"24시간입니다. 모티머 선생, 내일 열시에 이리로 와주시면 정말 감사하겠습니다. 그리고 헨리 바스커빌 경과 함께 오신다면 앞으로의 계획을 세우는 데 큰 도움이 되겠습니다만."

"그렇게 하겠습니다, 홈즈 선생님."

모티머 선생은 셔츠 소맷동에다 약속 시간을 갈겨쓰고 그 이상한, 살피는 것 같기도 하고 방심한 것 같기도 한 태도로 서둘러 방

을 나갔다. 홈즈는 층계참에서 그를 불러 세웠다.

"모티머 선생, 한 가지만 더 묻겠습니다. 찰스 바스커빌 경이 사망하기 전에 황무지에서 유령을 본 사람들이 있다고 하셨지요?"

"모두 세 사람입니다."

"그다음에도 그것을 본 사람이 있습니까?"

"그다음에는 그런 얘기를 들어본 적이 없습니다."

"감사합니다. 안녕히 가십시오."

마음에 꼭 드는 일을 맡게 되었을 때 으레 그렇듯, 홈즈는 내심 만족의 빛이 가득한 조용한 얼굴로 다시 자리에 앉았다.

"외출할 건가, 왓슨?"

"자네를 도울 만한 일이 별로 없을 것 같아서."

"자네 말이 옳으이. 자네의 도움이 필요한 것은 행동에 돌입해야 할 때지. 하지만 어떤 점에서 보면 지금 이 시간은 내게 가장 빛나는 시간이라네. 가는 길에 브래들리네 가게에 들러서 제일 독한 담배 500그램만 이리로 올려 보내라고 일러주게. 고맙네. 물론 자네가 저녁때까지 집을 비워주면 편리할 걸세. 그리고 밤에 만나서 오늘 아침에 접수한 이 흥미로운 사건에 대한 견해를 나눌 수 있다면 좋겠지."

나는 내 친구가 모든 증거의 편린을 모아 경중을 나누고 여러 가지 가설을 세워본 다음 그것들을 서로 견주어보고 본질적인 것과 사소한 것을 구분하고 판단하는, 고도로 집중하는 시간에는 누구의 방해도 받지 않고 혼자 있을 필요가 있다는 것을 잘 알고 있었다. 그래서 나는 하루 종일 클럽에 나가 시간을 보냈고 저녁 늦게야 베이커가로 돌아왔다. 거실에서 홈즈와 다시 한번 마주 앉은 것은 거의 아홉시가 다 된 시각이었다.

거실 문을 열었을 때 나는 집에 불이라도 난 줄 알았다. 방에는 연기가 자욱해서 탁자 위의 등잔불이 흐려 보일 정도였다. 그러나 방에 들어선 나는 코를 찌르는 매운 연기가 사실은 지독한 담배 연기라는 사실을 깨닫고 마음을 놓았다. 나는 기침을 터뜨렸다. 홈즈가 실내복 차림으로 검은색 도자기 파이프를 입에 문 채 안락의자에 비스듬히 앉아 있는 모습이 연기 속에서 뿌옇게 보였다. 주위에는 종이 두루마리 몇 뭉치가 흩어져 있었다.

"감기 걸렸나, 왓슨?"

홈즈가 물었다.

"아니, 이 독한 공기 때문이야."

"자네 말을 들으니 실내 공기가 꽤 탁한 것 같군."

"탁하다고? 숨 쉬기 힘들 정도라네."

"그럼 창문을 열게! 자네는 하루 종일 클럽에 가 있었군."

"놀라워!"

"어떤가, 내 말이 맞지?"

"그렇다네. 그런데 어떻게?"

홈즈는 내가 어리둥절한 표정을 짓자 껄껄 웃었다.

"왓슨, 자네한테는 아주 귀엽고 천진한 구석이 있다네. 그래서 내가 가진 작은 능력을 발휘해서 자네를 놀라게 하는 것은 정말 재미있지. 생각해 보게, 비가 와서 길이 온통 진창이 된 날 한 신사가 외출했네. 그런데 그 신사는 모자와 신발에 흙탕물 한 방울 묻히지 않은 깨끗한 모습으로 저녁때 귀가했어. 하루 종일 어딘가에 틀어박혀 있다가 돌아온 것이 틀림없지. 그런데 그에게는 친한 친구가 없다네. 그러면 그 신사는 어디에 있다가 온 것일까? 뻔한 것 아닌가?"

"그렇군, 확실히 그래."

"세상에는 명백한 것들로 가득 차 있지만 아무나 다 그것을 볼 수 있는 것은 아닐세. 자네는 오늘 내가 어디에 있었다고 생각하나?"

"자네도 이곳에 틀어박혀 있었겠지."

"틀렸네. 나는 데번에 갔었다네."

"마음속으로?"

"그렇지. 내 몸은 이 의자에 앉아 있었지만, 마음이 여행을 떠난 사이에 유감스럽게도 커피를 두 주전자나 마시고 줄담배를 피워댔지. 자네가 외출한 뒤에 나는 스탬퍼드 상점에 사람을 보내서 데번 지방의 지도를 구해 왔네. 내 마음은 하루 종일 그곳을 배회했지. 그래도 길을 제대로 찾을 수 있었으니 마음이 뿌듯하이."

"대축척 지도겠지?"

"그렇지, 아주 큰 지도야."

홈즈는 한 장의 지도를 무릎 위에 펼쳐놓았다.

"이곳이 우리가 주목하고 있는 지역일세. 가운데 있는 것이 바스커빌관이라네."

"주변에 숲이 있군."

"그래. 이 지도에는 표시되어 있지 않지만, 나는 그 주목 산책로가 이 선을 따라 뻗어 있을 거라고 생각하네. 보다시피 그 오른쪽에 있는 게 황무지일세. 이쪽의 작은 건물들은 친애하는 모티머 선생이 살고 있는 그림펜 마을이고. 보다시피 여기서 반경 8킬로미터 안쪽에는 몇 집이 드문드문 있을 뿐이라네. 이 집이 모티머 선생이 언급한 래프터관이야. 여기 이 집은 스태플턴이라던가 하는 박물학자의 집이고. 이쪽에 있는 게 황무지의 하이 토르와 풀미르 농장이네. 그리고 여기서 20킬로미터 떨어진 곳에 기결수를 수용하는 프린스타운 교도소가 있네. 그 사이에 흩어진 점들은 버려진 황무지를 나타내지. 비극이 벌어진 무대가 바로 이곳이고, 그 비극이 어떤 것이었는지 우리가 밝혀내야 할 공간도 바로 이곳이라네."

"황량한 곳이겠군."

"그래. 무대 장치로는 이상적이지. 만일 악마가 인간사에 간섭하려고 작심했다면 말일세."

"그러면 자네도 그 초자연주의적인 설명에 마음이 기운 것인가?"

"악마의 대리자는 피와 살로 된 육신을 가지고 있을 것이네. 그렇지 않은가? 가장 기본적인 의문은 두 가지일세. 하나는 애당초 어떤 범죄 행위가 있었는지 여부, 또 하나는 범죄 행위가 있었다면 그것이 어떤 것이고 어떤 방식으로 저질러졌는가 하는 것이지. 물론 모티머 선생의 추측이 옳다면 우리는 초자연적인 힘과 맞서고 있고, 그렇다면 우리의 조사는 그것으로 끝일세. 하지만 모티머 선생의 의견에 동조하기 전에 우리는 모든 가설을 다 규명해 봐야 하네. 그런데 이제 저 창문을 좀 닫는 게 어떨까? 물론 내가 유난스러운 편이긴 해. 그렇지만 밀폐된 공기는 생각을 집중하는 데 도움이 되거든. 물론 내가 생각을 집중하기 위해 상자 속으로 기어든 적은 없지만 밀폐된 곳일수록 좋다네. 그런데 자네는 이 사건에 대해서 생각 좀 해보았나?"

"응, 하루 종일 생각해 봤지."

"그래, 결론이 뭔가?"

"정말 당황스러운 사건이라는 거야."

"이것은 상당히 특이한 사건임에 틀림없네. 그런데 몇 가지 눈에 띄는 대목이 있어. 예를 들면, 중간에 발자국의 모양이 바뀐 것. 자네는 그것에 대해 어떻게 생각하나?"

"모티머 선생은 찰스 경이 중간 지점부터 발꿈치를 들고 걸은 것 같다고 했네."

"모티머 선생은 어떤 바보가 조사관에게 한 말을 그대로 옮겼을 뿐일세. 대체 발꿈치를 들고 산책로를 걸어야 할 이유가 뭐란 말인가?"

"그러면 어떻게 된 거지?"

"뛴 거야, 왓슨. 찰스 경은 살기 위해, 필사적으로, 심장이 터져 고꾸라질 때까지 뛰고 또 뛰었던 것일세."

"무엇에 쫓기고 있었나?"

"문제는 바로 그것일세. 찰스 경은 뜀박질을 하기 전에 공포심에 사로잡혔던 것이 틀림없어."

"어떻게 그렇게 말할 수 있지?"

"난 찰스 경에게 공포를 안겨준 것이 황무지 쪽에서 나타났을 거라고 추측하고 있네. 만약 그것이 사실이라면, 찰스 경은 혼비백산한 상태에서 집을 향해서가 아니라 집과 반대되는 방향으로 뛰기 시작했던 것일세. 그 집시의 증언이 사실이라면 찰스 경은 도와줄이가 나타날 리 없는 방향으로 뛰어가면서 도와달라고 소리쳤던 것이네. 그런데 찰스 경은 그 밤에 누구를 기다리고 있었을까? 그리고 도대체 무엇 때문에 자기 집을 놔두고 산책로에서 그를 만나려고 했을까?"

"자네는 찰스 경이 누굴 기다리고 있었다고 생각하나?"

"찰스 경은 적지 않은 나이에 건강도 좋지 않았어. 아무리 저녁마다 산책하는 습관이 있다 해도 땅은 젖어 있었고 밤공기는 쌀쌀했지. 모티머 선생이 담뱃재를 보고 추리한 것처럼 ― 이 점에 대해서는 모티머 선생의 실제적인 감각을 좀 더 칭찬해 줬어야 했는데 ― 찰스 경이 5분이나 10분 정도 서서 기다렸다고 보는 게 자연스럽지 않을까?"

"하지만 찰스 경은 매일 밤 산책을 했네."

"나는 경이 매일 밤 황무지로 통하는 쪽문 앞에서 누굴 기다렸다고 생각하지는 않네. 오히려 경이 황무지에 가까이 가는 걸 꺼렸다는 증거가 있지. 그날 밤 경은 쪽문 앞에서 누군가를 기다렸네. 그것은 경이 런던에 가기로 한 바로 전날 밤이었어. 이제야 가닥이 잡히는군. 전후 맥락이 이해가 돼. 왓슨, 그 바이올린 좀 집어주게. 이 사건은 내일 아침 모티머 선생과 헨리 바스커빌 경을 만날 때까지 잠시 접어두는 게 좋겠어."

헨리 바스커빌 경

우리는 일찌감치 아침 식사를 끝냈고, 홈즈는 실내복 차림으로 약속된 만남을 기다렸다. 손님들은 약속 시간을 정확하게 지켰는데, 모티머 선생이 젊은 준남작과 함께 방에 들어서자마자 벽시계가 열 시를 알렸다. 헨리 바스커빌 경은 서른 살가량의 나이에 행동거지가 민첩한 사나이였다. 키는 작았지만 몸은 다부져 보였고 숯으로 그린 듯 짙은 눈썹에 검은 눈동자, 싸움꾼처럼 강한 얼굴을 하고 있었다. 빨간 트위드 정장을 입은 그는 얼굴이 그을린 것으로 보아 주로 야외에서 활동하는 것 같았고, 침착한 눈빛과 자신감 넘치는 조용한 태도가 그의 사람 됨됨이를 말해 주고 있었다.

"이쪽은 헨리 바스커빌 경이십니다."

모티머 선생이 말했다.

"예, 제가 헨리 바스커빌입니다."

그가 말했다.

"참 이상한 일이군요, 홈즈 선생님. 만약 오늘 아침 내 친구가 여기 오자고 하지 않았다면 내 발로 찾아왔을 겁니다. 선생께서는 어려운 문제를 잘 해결하신다고 들었는데, 오늘 아침에 내 머리로는 도저히 이해되지 않는 문제가 생겼거든요."

"헨리 경, 부디 이리로 앉으십시오. 그런데 방금 하신 말씀은 런던에 도착한 뒤에 어떤 이상한 일을 겪었다는 뜻입니까?"

"뭐, 그렇게 큰일이라고 볼 순 없지요. 십중팔구 단순한 장난일 겁니다. 여기 이 편지를 좀 봐주십시오. 오늘 아침에 배달된 건데 이걸 편지라고 할 수 있을지도 모르겠군요."

헨리 경은 편지를 탁자 위에 꺼내놓았고 모두들 그것을 들여다보았다. 편지 봉투는 흔한 회색 봉투였다. 주소란에는 조잡한 필체로 '노섬버랜드 호텔, 헨리 바스커빌 경'이라고 쓰여 있었고 '채링 크로스' 소인이 찍혀 있었다. 소인이 찍힌 날짜는 어제저녁이었다.

"경이 노섬버랜드 호텔에 체류한다는 것을 아는 사람이 누굽니까?"

홈즈는 손님에게 날카로운 시선을 던지며 물었다.

"아는 사람이 있을 리 없습니다. 호텔은 모티머 박사를 만난 뒤에 정한 것이니까요."

"하지만 모티머 선생은 이미 그 호텔에 여장을 푸셨겠지요?"

"아닙니다. 저는 친구 집에서 묵고 있습니다."

의사가 말했다.

"헨리 경이 숙소를 그 호텔로 정할 거라는 얘기는 아무에게도 한 적 없습니다."

"흠! 누군가 경의 일거수일투족에 대단한 관심을 쏟고 있는 모양입니다."

홈즈는 봉투에서 편지를 꺼냈다. 그것은 반의반 크기로 접혀 있었다. 홈즈는 편지를 탁자 위에 펼쳐놓았다. 글은 편지지 한복판에 딱 한 문장으로 인쇄된 단어를 대강 오려 붙여 만든 글이었다.

자신의 삶과 이성을 가치 있게 생각한다면 황무지에 접근하지 말 것.

'황무지'라는 단어만 잉크로 쓰여 있었다. 헨리 바스커빌 경이 말했다.

"홈즈 선생님, 도대체 이게 무슨 의미인지, 그리고 어떤 자가 내일에 그렇게 관심이 많은지 말씀해 주시지 않겠습니까?"

"모티머. 선생, 이걸 보니 어떤 생각이 드십니까? 어쨌거나 이 사건에 초자연적 존재 따윈 없다는 사실을 인정하시겠지요?"

"인정합니다. 하지만 이 편지는 그 사건이 초자연적인 것이었다고 확신하는 누군가가 보낸 것일 수도 있잖습니까?"

"사건이라니요?"

헨리 경이 날카롭게 물었다.

"두 신사분께서는 내 일에 대해 나보다 더 많이 알고 계시는 것 같군요."

"헨리 경, 우리가 아는 사실은 조금 이따가 전부 다 말씀드리도록 하겠습니다. 약속하지요."

셜록 홈즈가 말했다.

"허락하신다면 지금은 우선 이 흥미로운 편지에 관해서만 얘기를 나누었으면 합니다. 이것은 어제저녁에 작성해서 부친 게 틀림없군요. 왓슨, 어제 나온 《타임스》를 어디에 두었지?"

"이쪽에 있네."

"수고스럽더라도 그것 좀 이리 갖다주게. 그 안쪽의 사설이 실린 쪽이 필요하거든."

홈즈는 사설을 재빨리 훑어보았다.

"여기 자유 무역에 관한 사설이 있군요. 제가 잠시 읽어보도록 하겠습니다. '사람들은 보호 관세가 자신의 무역 거래나 자신의 산업을 발전시킬 거라고 믿고 싶어 한다. 그러나 이성적으로 생각한다면 보호 관세 제도는 결국 부(富)에 접근하지 못하게 하고, 수입품의 가치를 떨어뜨리며, 삶의 전반적 수준을 저하시킬 것임에 틀림없다.' 왓슨, 이 글에 대해 어떻게 생각하나?"

홈즈는 만족스러운 듯 손을 비비며 흐뭇하게 물었다.

"그럴듯한 주장 아닌가?"

모티머 선생은 흥미를 느끼는 듯 홈즈를 바라보았고 헨리 바스커빌 경은 어리둥절한 눈으로 내게 눈길을 주었다.

"나는 관세 같은 것에 대해서는 잘 모릅니다."

헨리 경이 말했다.

"하지만 이 신문 기사가 편지와 관계있다고 말씀하시는 것은 뭔가 오해 아닐까요?"

"전혀 그렇지 않습니다. 헨리 경, 우리는 지금 열심히 단서를 찾고 있습니다. 여기 왓슨은 내 방법에 대해서는 웬만큼 알고 있지요. 하지만 저 친구도 이 문장의 의미를 완전히 이해하지는 못했을 것입니다."

"맞아, 나도 자네가 이 사설을 읽은 이유를 통 모르겠네."

"하지만 왓슨, 이 문장은 저 편지에 쓰인 낱말과 밀접한 관계가 있다네. '자신의', '삶', '이성', '가치', '생각한다면', '접근하지' 등의 말을 생각해 보게. 이 단어들을 어디서 오려냈는지 이제 알 만하지 않은가?"

"아하, 정말 그렇군요! 뭐 그다지 좋은 일은 아니지만 말입니다!"

헨리 경은 감탄을 금치 못했다.

"'생각한다면'과 '접근하지'라는 말이 통째로 오려진 걸 보면 바로 이 사설에서 단어를 취한 것이 틀림없네."

"이제 보니 정말 그렇군요!"

"홈즈 선생님, 선생님은 정말 상상을 초월하는 분이군요."

모티머 선생이 놀란 눈으로 내 친구를 쳐다보며 말했다.

"단어를 신문에서 오려냈다는 것을 알아낸 정도라면 이해할 수 있겠지만, 선생님은 신문 이름과 이것들이 사설에 들어 있는 단어라는 것까지 맞히셨습니다. 정말 이렇게 신기한 일은 처음 봅니다. 그런데 어떻게 그걸 알아내셨지요?"

"나는 모티머 선생이 흑인과 에스키모의 두개골을 구분할 수 있다고 생각합니다."

"그건 당연하지요."

"왜 그럴까요?"

"왜냐하면 저의 각별한 취미가 그것이니까요. 흑인과 에스키모의 차이는 뚜렷합니다. 전두골의 상안와 돌출부, 안면각, 상악골의 굴곡, 또……."

"그런데 나의 각별한 취미는 바로 이것입니다. 내 눈에는 부자들이 보는《타임스》기사의 정연한 활자체와, 되는대로 찍어낸 서 푼짜리 석간신문의 활자체는 흑인과 에스키모의 두개골만큼 많은 차이를 드러내지요. 범죄 전문가에게 활자체를 구분할 줄 아는 것은 대단히 기본적인 능력에 속하지만 사실 나도 애송이 시절에는《리즈 머큐리》와《웨스턴 모닝 뉴스》를 혼동했던 적도 있었답니다. 하지만《타임스》의 기사는 차이점이 뚜렷하기 때문에 이 단어들을 다른 곳에서 오려냈다고 생각할 수는 없습니다. 그리고 이 편지는 어제 쓰인 것이니까 당연히 어제 날짜의 신문을 사용했을 가능성이 가장 높고요."

"그러면 홈즈 선생님."

헨리 바스커빌 경이 말했다.

"제가 이해한 바에 따르면, 누군가 이 단어를 가위로 오려내서……."

"손톱깎이용 가위입니다."

홈즈가 말했다.

"자, 보십시오. '생각한다면' 위쪽을 두 번에 오려낸 것을 보면 날이 아주 짧은 가위를 쓴 것임에 틀림없습니다."

"정말 그렇군요. 그러면 누군가가 날이 짧은 가위로 단어를 오려내서 풀로……."

"고무풀입니다."

홈즈가 말했다.

"고무풀로 종이에 붙였군요. 그런데 '황무지'라는 단어를 손으로 써야 했던 특별한 이유가 있습니까?"

"왜냐하면 신문에서는 그 단어를 찾을 수 없었으니까요. 다른 단어들은 전부 간단한 것이고 어디서나 흔히 볼 수 있는 말들입니다. 하지만 '황무지'란 흔히 쓰이는 말이 아니지요."

"아, 그렇게 설명할 수 있겠군요. 그런데 홈즈 선생님, 이 편지에서 무슨 별다른 점을 발견하진 못하셨습니까?"

"한두 가지 눈에 띄는 점들이 있군요. 우선 이 편지를 보낸 사람은 단서를 남기지 않으려고 무척 애쓴 것 같습니다. 보다시피 주소는 조잡한 글씨체로 쓰여 있습니다. 하지만 《타임스》는 주로 식자층에서 보는 신문입니다. 따라서 이 편지를 작성한 것은 교육 수준이 높은 사람이지만 못 배운 사람으로 가장하려고 했습니다. 또 필체를 감추려고 애쓴 걸로 보아 그의 필체가 이미 경에게 알려져 있거나, 또는 알려질 가능성이 높다는 사실을 알 수 있지요. 또 편지를 들여다보면 풀로 단어를 붙여놓은 품이 엉성하다는 것을 알 수 있습니다. 글씨가 들쭉날쭉하게 붙어 있지 않습니까. 예를 들면 '삶' 이란 단어는 위로 솟아 있습니다. 이것은 편지 작성자가 부주의했기 때문일 수도 있지만 서둘렀던 탓일 수도 있습니다. 나는 후자 쪽의 가능성이 높다고 봅니다. 사안의 중요성을 감안할 때 이런 편지를 쓰는 사람이 부주의했을 거라고 생각되지는 않습니다. 만약 그가 서두른 것이 사실이라면 무엇 때문에 그렇게 서둘러야 했는지에 관한 흥미로운 질문이 제기되지요. 어떤 편지든 아침에 배달되도록 표시된 것은 헨리 경이 호텔을 나오기 전까지는 배달될 것입니다. 편지 작성자는 누가 방해할까 봐 걱정했던 것일까요? 그러면 그를 방해할 사람은 누구일까요?"

"이제 우리는 본격적인 추리의 영역으로 들어섰습니다그려."

모티머 선생이 말했다.

"말하자면 여러 가지 가능성을 견주어보고 그중에서 가장 타당한 것을 선택하는 영역으로 들어섰다고 할 수 있지요. 그것은 상상력을 과학적으로 사용하는 일이지만, 우리에겐 항상 여러모로 상상을 펼쳐볼 수 있는 어떤 물질적 토대가 있습니다. 여러분들은 못 믿을지도 모르겠지만 나는 이 주소가 호텔에서 쓰였다는 것을 거의 완전히 확신합니다."

"도대체 그걸 어떻게 아십니까?"

"이 주소를 자세히 보면 글씨를 쓸 때 펜과 잉크가 둘 다 문제를 일으켰다는 걸 알 수 있습니다. 펜은 한 단어를 쓰는데 두 번이나 잉크를 튀겼고, 또 잉크병에 잉크가 부족했던지 짧은 주소를 쓰는

데 세 번이나 잉크를 다시 찍어야 했습니다. 그런데 생각해 보십시오. 집에서 쓰는 펜과 잉크병이 이런 상태에 있는 일은 별로 없습니다. 더구나 펜과 잉크병이 동시에 말썽을 일으키는 일은 더욱 드물지요. 하지만 호텔에 비치되어 있는 잉크와 잉크병은 오히려 이런 상태에 있는 것이 정상입니다. 내 생각에는 채링 크로스 근방의 호텔을 돌며 쓰레기통을 뒤져서 가위로 오려진 《타임스》 사설을 찾아낸다면 이렇게 이상한 편지를 작성한 인물이 누군지 알아낼 수 있을 것 같습니다. 하하! 어떻습니까?"

홈즈는 편지를 눈앞에 바짝 대고 정밀 조사를 했다.

"어떤가?"

"아무 특징도 없어."

홈즈는 편지를 내려놓으며 말했다.

"이건 투명 무늬조차 넣지 않은 흰 종이일 뿐이야. 우리는 이 재미있는 편지에서 알아낼 만한 것은 다 알아낸 것 같아. 그런데 헨리 경, 런던에 와서 다른 재미있는 일은 없었습니까?"

"글쎄요, 홈즈 선생. 별로 특별한 일은 없었던 것 같은데요."

"뒤를 따라다니거나 지켜보는 사람은 없었나요?"

"내가 갑자기 무슨 탐정 소설 한복판으로 뛰어들기라도 한 것 같군요."

손님이 말했다.

"도대체 어떤 놈이 왜 나를 따라다니고 지켜본단 말입니까?"

"우리는 이제 그 부분에 대해 이야기를 할 겁니다. 그런데 그 전에 언급할 만한 가치가 있는 색다른 일은 없었습니까?"

"글쎄요, 어떤 것까지를 언급할 만한 일로 봐야 하는지가 좀……."

"일상적이지 않은 일은 다 얘기할 만한 가치가 있다고 사료됩니다."

헨리 경은 씩 웃었다.

"나는 평생을 주로 미국과 캐나다에서 살았기 때문에 영국인의 생활에 대해서는 잘 모릅니다. 하지만 구두가 한 짝만 없어지는 것이 이곳에서 일상적으로 일어나는 일은 아니기를 바랍니다."

"구두 한 짝을 잃어버리셨나요?"

"헨리 경, 어딘가에서 나오지 않겠습니까? 호텔에 돌아가면 제자리에 돌아와 있겠지요. 그렇게 사소한 일로 홈즈 선생님을 괴롭혀

드릴 필요가 있을까요."

모티머 선생이 큰 소리로 말했다.

"아, 선생께서 일상적이지 않은 사건에 대해 얘기해 달라고 해서."

"바로 그겁니다."

홈즈가 말했다.

"아무리 터무니없는 일처럼 보인다 해도 말이지요. 구두 한 짝이 없어졌다고 하셨지요?"

"아, 어딘가에서 나오겠지요. 어쨌든 지난밤에 방문 밖에 구두 한 켤레를 내놓았는데 아침에 보니 한 짝만 남아 있습다. 구두 닦는 아이를 붙잡고 물어봤지만 어떻게 된 건지 영문을 모르더군요. 그런데 그 구두는 바로 어젯밤에 스트랜드에 가서 산 새 구두였거든요. 아직 한 번 신어보지도 못했는데."

"신지도 않은 새 구두를 닦으려고 밖에 내놓았다는 겁니까?"

"그것은 무두질한 가죽 구두였지만 아직 광을 내지는 않습니다. 그래서 내놓았지요."

"그러면 어제 런던에 도착하자마자 당장 나가서 구두를 한 켤레 사셨다는 말씀입니까?"

"저는 어제 물건을 꽤 많이 샀습니다. 여기 모티머 박사랑 같이 돌아다녔지요. 데번에 내려가서 시골 지주가 된다면 그에 합당한 옷차림을 해야 하는데, 나는 그간 서부에서 살면서 옷차림 같은 것에는 별로 신경 쓰지 않고 지냈지요. 그런데 그중에서 하필이면 6달러짜리 갈색 구두를, 신어보기도 전에 한 짝을 도둑맞은 겁니다."

"훔쳐봤자 별 쓸모도 없을 텐데."

셜록 홈즈가 말했다.

"나도 모티머 선생과 같은 생각입니다. 없어진 구두는 금방 돌아올 거라고 생각합니다."

준남작이 결연한 목소리로 말했다.

"자, 그러면 신사 여러분, 나는 내가 겪은 사소한 일까지 시시콜콜 다 말씀드렸습니다. 이제 여러분이 약속을 지킬 차례입니다. 도대체 이 모든 일이 어떻게 된 건지 자초지종을 말씀해 주십시오."

"지당한 요구입니다."

홈즈가 대답했다.

"모티머 선생, 어제 우리에게 들려주신 이야기를 지금 이분에게 해드리는 것이 좋을 것 같군요."

과학적 정신이 투철한 우리 친구는 홈즈의 재촉을 받고 어제 아침 우리에게 보여준 문서를 주머니에서 꺼내 읽기 시작했다. 헨리 바스커빌 경은 온 정신을 모아 귀 기울이다 간간이 탄성을 터뜨렸다.

"휴, 나는 복수와 유산을 함께 상속받은 것 같군요."

모티머 선생이 읽기를 다 마쳤을 때 헨리 경이 말했다.

"물론 나는 아주 어렸을 때부터 그 사냥개 얘기를 들었습니다. 그것은 온 가족이 즐겨 했던 이야기였지만 난 한 번도 그 얘기를 진짜로 믿어본 적은 없습니다. 하지만 숙부의 죽음에 관해서는……, 글쎄요, 지금은 머릿속이 뒤죽박죽이라 명확한 판단이 서질 않습니다. 여러분도 아직 그것이 경찰에 신고해야 할 일인지 아니면 목사님의 힘을 빌려야 할 일인지 갈피를 못 잡고 계신 것 같고요."

"그렇습니다."

"그런 데다가 이런 편지가 호텔로 배달되는 사건이 생겼군요. 저는 이것이 다른 맥락의 사건이라고 생각되진 않습니다."

"황무지에서 벌어진 일에 관해 우리보다 더 많이 알고 있는 자가 있는 것 같아요."

모티머 선생이 말했다.

"또 경에게 위험을 경고해 온 것을 보면 그쪽에서 악의를 품고 있는 것은 아닌 듯합니다."

"어쩌면 딴 꿍꿍이가 있어서 나를 쫓아버리고 싶어 하는 건지도 모르지요."

"아, 물론 그런 추측도 가능합니다. 모티머 선생, 어쨌든 이렇게 여러 가지 추리가 가능한 흥미진진한 일에 대해 알게 된 것은 순전히 선생 덕분입니다. 하지만 헨리 경, 무엇보다 우리는 지금 경이 바스커빌관으로 들어가는 것이 바람직한지 여부를 결정해야 합니다."

"내가 그곳에 가면 안 되는 이유라도 있습니까?"

"위험하지 않을까 걱정하는 것이지요."

"위험한 것은 우리 집안의 악귀입니까, 아니면 인간입니까?"

"허허, 우리가 알아내야 할 문제가 바로 그것이지요."

"위험한 것이 어느 쪽이든 나는 이미 마음을 정했습니다. 홈즈 선생, 세상에 악마는 없습니다. 그리고 세상의 어느 누구도 내가 조상이 물려준 보금자리로 들어가는 것을 막지 못합니다. 이 결심은 절대로 바뀌지 않을 것입니다."

헨리 경은 상기된 얼굴로 시커먼 눈썹을 꿈틀거리며 말했다. 바스커빌가의 불같은 기질이 이 마지막 후예에 와서 사그라든 것은 아니었다.

"그런데 나는 방금 들은 얘기에 대해서 충분히 생각할 시간이 없었습니다. 사건의 중대성에 비춰볼 때 지금 당장 전모를 이해하고 판단하는 것은 무리인 것 같습니다. 나 혼자 조용히 생각할 시간이 필요합니다. 자, 홈즈 선생, 지금 시각은 열한시 반이고 나는 곧장 호텔로 돌아갈 생각입니다. 선생과 친구분이 두시까지 그 호텔로 오셨으면 합니다. 함께 점심 식사라도 하고 싶습니다. 그때쯤이면 내 생각에 대해 좀 더 분명하게 말씀드릴 수 있을 것 같군요."

"왓슨, 자네는 시간이 어떤가?"

"좋네."

"그러면 그때 뵙기로 하지요. 마차를 불러드릴까요?"

"여기서 한참 흥분했으니 그냥 걸어가는 게 낫겠습니다."

"걷는 것은 나도 대찬성입니다."

모티머 선생이 말했다.

"그러면 두시에 뵙기로 하지요. 안녕히 계십시오!"

손님들이 계단을 내려가는 발소리, 현관문이 쾅 하고 닫히는 소리가 들려왔다. 순간, 홈즈는 꿈꾸는 몽상가에서 행동하는 인간으로 돌변했다.

"왓슨, 모자하고 신발! 어서! 꾸물댈 시간이 없네!"

실내복 차림으로 자신의 방으로 달려간 홈즈는 눈 깜짝할 사이에 프록코트로 갈아입고 나왔다. 우리는 계단을 뛰어내려 거리로 나섰다. 모티머 선생과 헨리 경은 200미터가량 앞에서 옥스퍼드가를 향해 걷고 있었다.

"가서 붙잡을까?"

"그건 절대로 안 되네. 여보게, 왓슨. 자네만 좋다면 나는 자네와 단둘이 걷는 것에 대만족이네. 우리 친구들은 현명한 선택을 했군. 걸어가기에 딱 좋은 상쾌한 아침이야."

홈즈는 앞서가는 사람들과의 거리가 절반 정도로 좁혀질 때까지 걸음을 재촉했다. 그리고 100미터가량의 거리를 두고 우리는 두 사람의 뒤를 따라 옥스퍼드가로, 거기서 다시 리젠트가로 들어갔다. 앞서가는 두 사람이 걸음을 멈추고 상점의 진열장을 들여다보면 홈즈는 똑같은 행동을 했다. 갑자기 홈즈가 조그맣게 기쁨의 함성을 올렸다. 그가 정신없이 쳐다보고 있는 것은 길 건너편의 이륜마차였다. 그것은 서 있다가 서서히 움직이기 시작했다. 그 안에는 한 남자가 타고 있었다.

"저자야, 왓슨! 따라가자고! 최소한 저 친구의 얼굴은 똑똑히 볼 수 있을 걸세."

순간 마차의 옆 창문으로 수북이 자란 검은 턱수염이 얼핏 보이더니 찌르는 듯한 시선이 이쪽을 향하는 게 느껴졌다. 곧 마차의 지붕 창문이 벌컥 열리면서 날카로운 고함 소리가 마부를 향해 날아갔고 마차는 미친 듯이 리젠트가를 질주하기 시작했다. 홈즈는 다른 마차를 찾아 사방을 두리번거렸지만 빈 마차는 없었다. 그러자 그는 마차의 물결 속으로 뛰어들어 힘껏 추격하기 시작했다. 그러나 그것은 이미 사라지고 없었다.

"운이 지독히 안 좋았고 나도 지독히 서툴렀어! 그렇지 않은가?"

홈즈는 숨을 헐떡이며 마차의 물결을 헤치고 나와서 말했다. 그의 얼굴엔 약이 바짝 올라 있었다.

"왓슨, 왓슨, 자네가 정직한 사람이라면 나의 성공담 옆에 오늘의 이 사건도 나란히 기록해 주게!"

"그 남자는 누구였을까?"

"전혀 짐작도 안 가는군."

"밀정일까?"

"글쎄, 아까 들은 얘기에 비추어볼 때 그것은 틀림없네. 헨리 경은 런던에 도착한 이후 누군가에게 계속 미행당했어. 그렇지 않고서야 경이 노섬버랜드 호텔에 투숙했다는 사실을 어떻게 그리 빨리 알아냈겠는가? 나는 저들이 첫날 경을 미행했다면 둘째 날도 역시 경을 미행할 거라고 생각했네. 아까 모티머 선생이 옛날이야기를 읽는 동안 내가 창가에 두 번 다가간 것 기억나나?"

"응."

"나는 거리에서 어슬렁거리는 자들이 있는지 찾아보고 있었네. 하지만 그런 자는 눈에 띄지 않더군. 왓슨, 우리가 상대하고 있는 자는 비상한 두뇌의 소유자야. 사건이 복잡한 탓에 나는 아직 상대가 선의를 갖고 있는지 또는 악의를 갖고 있는지 판단하지 못했어. 하지만 내 감각의 촉수에는 어떤 의지와 음모가 탐지되고 있네. 우리 친구들이 출발했을 때 나는 보이지 않는 미행자를 찾아내기 위해 즉각 뒤를 쫓았지. 하지만 교활한 상대는 걷지 않고 마차를 이용했네. 마차에 타고 있으면 슬슬 뒤를 따라가다가 들켰을 때는 재빨리 달아날 수도 있으니까. 또 우리 친구들이 마차를 잡아타면 즉각 그 뒤를 쫓아갈 수도 있으니 일석이조 아니겠나. 하지만 그 방법에는 한 가지 불편한 점이 있네."

"마부의 시선을 피할 수 없는 것이지."

"바로 그걸세."

"이런, 마차 번호를 봐놨어야 하는 건데!"

"여보게 친구, 내가 비록 서툰 짓은 했지만 마차 번호도 놓쳤을 거라고 생각하나? 그자가 탄 마차는 2704번이었어. 하지만 그걸 알아봤자 지금 당장에는 아무짝에도 쓸모가 없군."

"자네가 그 이상 더 잘할 수는 없었을 걸세."

"아니야, 그 마차를 보자마자 나는 즉각 뒤돌아서서 걸어야 했어. 그러다가 틈을 봐서 빈 마차를 잡아타고 적당한 거리를 두고 그 마차의 뒤를 쫓아야 했지. 아니, 앞질러 노섬버랜드 호텔로 가서 기다리고 있는 게 더 나았을지도 모르네. 그 정체를 알 수 없는 자가 헨리 경을 집요하게 따라다닐 때 우리는 거꾸로 그자를 미행해서 그가 어디로 가는지 알아내야 했던 걸세. 그런데 부주의하게 뒤를 쫓다가 놀랍도록 기민한 상대에게 들키고 말았으니."

우리가 이런 대화를 나누면서 리젠트가를 느릿느릿 걷는 동안 앞서가던 두 사람은 어느새 시야에서 사라져버리고 말았다.

"이제는 저 사람들의 뒤를 쫓을 이유가 없어졌네."

홈즈가 말했다.

"미행하던 자는 가버렸고 다시 돌아오지 않을 테니까. 이제 우리는 앞으로 어떻게 해야 할지 판단해야 하네. 자네, 그 마차에 타고 있던 남자의 얼굴을 기억할 수 있겠나?"

"생각나는 건 그 수염뿐인걸."

"나도 그래. 그런데 십중팔구 그 수염은 가짜이기 쉽네. 그렇게 교묘하게 미행할 줄 아는 자에게 턱수염은 오직 얼굴을 감추기 위해서만 필요할 걸세. 자, 이리로 들어오게, 왓슨!"

홈즈는 어느 심부름센터로 들어갔고 그곳의 지배인은 그를 반갑게 맞아들였다.

"아, 윌슨, 내가 다행스럽게도 자네를 도울 수 있었던 그 사건에 대해 아직 잊지는 않았겠지?"

"그럴 리가 있겠습니까, 선생님. 선생님께서 저에게 씌워진 누명을 벗겨주셨으니 제 목숨을 구하신 거나 마찬가지입니다."

"핫핫, 자네도 과장이 심하군. 윌슨, 그런데 자네가 데리고 있는 애들 중에 카트라이트라는 아이가 있었던 것 같은데. 조사 과정에서 일을 꽤 잘했지, 아마?"

"예, 녀석은 아직도 제 밑에 있습니다."

"전화로 그 애를 좀 불러주겠나? 고맙네! 그리고 이 5파운드짜리 지폐를 잔돈으로 바꿔주게."

영리하게 생긴 열네 살의 소년이 지배인의 호출을 받고 나왔다. 소년은 존경심이 가득 담긴 눈으로 유명한 탐정을 바라보고 섰다.

"호텔 명부를 좀 가져다주겠니?"

홈즈가 말했다.

"고맙구나! 자, 카트라이트, 여기 스물세 개의 호텔이 있다. 모두 채링 크로스 근방에 있는 호텔이지. 보이니?"

"예, 선생님."

"이곳들을 전부 찾아가라."

"예, 선생님."

"어딜 가든 먼저 문밖 짐꾼에게 1실링씩 주어야 한다. 여기 23실링 있다."

"예, 선생님."

"그 사람에게 어제 나온 폐휴지를 보고 싶다고 말해라. 그리고 중요한 전보가 잘못 배달되었는데 그걸 찾고 있는 중이라고 해라. 알겠니?"

"예, 선생님."

"하지만 네가 정말 찾아야 할 것은《타임스》의 가운데 쪽인데 가위로 오려낸 자국이 있지. 여기《타임스》견본이 있다. 이게 그 쪽이고. 내 말 무슨 말인지 알아들었지?"

"예, 선생님."

"어디에서든 바깥의 짐꾼이 호텔 안의 짐꾼을 불러다 줄 거다. 그 사람한테도 1실링을 줘야 한다. 여기 23실링 있다. 그러면 스물세

개의 호텔 중에서 대략 스무 곳에선 어제 나온 폐휴지를 벌써 태웠다거나 치웠다고 말할 거다. 나머지 세 곳에서는 폐지 더미를 보여줄 텐데 그러면 그곳에서 《타임스》의 이 쪽을 찾는 거다. 네가 그걸 찾을 가능성은 아주 희박하다. 무슨 일이 있을지 모르니 10실링을 더 가져가라. 저녁 전까지 베이커가로 전보를 보내다오. 왓슨, 이제는 우리가 할 일만 남았군. 전보로 2704번 마부에 대해 물어보자고. 그리고 본드가의 화랑에서 시간을 보내다 호텔로 가는 게 좋을 듯하이."

끊어진 세 가닥의 실

셜록 홈즈는 마음을 자유자재로 제어하는 뛰어난 능력을 가지고 있었다. 그는 두 시간 동안 자신을 사로잡았던 이상한 사건에 대해서는 까맣게 잊어버린 듯, 현대 벨기에 거장들의 그림에 빠져들었다. 그는 화랑을 나와 노섬버랜드 호텔에 도착할 때까지 오로지 그림에 대해서만 이야기했다. 그러나 사실을 말하자면 그림에 대한 홈즈의 지식은 보잘것없었다.

"헨리 바스커빌 경이 위층에서 기다리고 계십니다."

급사가 말했다.

"도착하시는 대로 위층으로 안내하라는 말씀이 계셨습니다."

"이 숙박부 좀 봐도 되겠나?"

홈즈가 말했다.

"물론입니다."

숙박부에는 바스커빌이라는 이름 아래에 두 개의 이름이 더 있었다. 하나는 뉴캐슬의 테오필러스 존슨과 그 가족이었고, 또 하나는 하이로지의 올드모어 여사와 하녀 앨튼이었다.

"이건 내가 아는 그 존슨임에 틀림없군."

홈즈가 접수계에게 말했다.

"이 사람, 회색 머리에 발을 저는 변호사 아닌가?"

"아닙니다, 선생님. 이분은 탄광주이신 존슨 씨입니다. 아주 쾌활한 신사분이시지요, 연배는 선생님과 비슷할 겁니다."

"이분이 탄광주가 분명한가?"

"물론입니다, 선생님! 이분은 저희 호텔의 오래된 단골이십니다. 그래서 잘 알고 있지요."

"아, 그렇군. 그런데 이 올드모어 여사도 기억에 있는 이름인 것 같은데. 내 호기심이 지나친 것 같아 미안하네만 친구 하나를 만나러 왔다가 다른 친구를 만나는 일도 종종 있거든."

"올드모어 여사님은 몸이 불편하십니다, 선생님. 부군께서 한때 글루체스터 시의 시장을 지내신 적도 있지요. 런던에 올 때마다 항상 저희 호텔로 오신답니다."

"고맙네, 내가 아는 분은 아닌 것 같군. 왓슨, 우리는 지금 아주 중요한 사실을 확인했네."

홈즈는 2층 계단을 오르면서 나직하게 말했다.

"우리는 이제 우리 친구한테 그토록 깊은 관심을 가진 자들이 이 호텔에 투숙하지 않았다는 사실을 알게 되었네. 우리가 벌써 짐작하고 있는 것처럼, 그들은 헨리 경을 놓칠까 봐 안달하면서도 들키지 않으려고 애쓰고 있는 것이 분명해. 가장 의미심장한 대목이 바로 이 부분일세."

"의미심장하다니?"

"그것은……, 아니, 헨리 경, 도대체 무슨 일입니까?"

우리는 계단 위쪽을 돌아가다가 다름 아닌 헨리 바스커빌과 마주쳤다. 그는 때 묻은 낡은 구두 한 짝을 손에 든 채 화가 나서 얼굴을 붉히고 있었다. 그는 얼마나 화가 났던지 처음에는 말도 못 할 정도였는데, 잠시 후 그의 입에서 나온 말에는 아침에 들었던 것보다 훨씬 심한 서부 사투리가 섞여 있었다.

"이놈의 호텔에서는 나를 완전히 바보 멍청이로 아는 모양입니다."

헨리 경은 펄펄 뛰었다.

"사람을 잘못 본 모양인데 자꾸 이러면 쓴맛을 보여줄 테요. 그리고 그 아이 녀석도 내 신발 한 짝을 찾아놓지 않으면 큰코다칠 거요. 홈즈 선생님, 나는 기분 좋을 땐 장난도 받아줄 수 있는 사람이지만 이치들은 정말 해도 해도 너무하는군요."

"아직도 신발을 찾고 계십니까?"

"그렇습니다, 그리고 꼭 찾아내고 말 겁니다."

"그런데 아침에는 갈색 새 구두를 잃어버렸다고 하지 않으셨던가요?"

"그랬죠. 그런데 지금은 헌 검정 구두 한 짝이오."

"뭐라고요! 그럼 또 다른 신발을?"

"내가 하고 싶은 말이 바로 그겁니다. 내가 가진 구두라곤 갈색 새 구두와 헌 검정 구두, 그리고 지금 신고 있는 에나멜가죽 구두를 합쳐 세 켤레뿐이었어요. 그런데 어젯밤에는 갈색 구두 한 짝을 집어 가더니만 오늘은 검정 구두 한 짝을 훔쳐 갔습니다. 이봐, 내 신발 찾았나? 멀뚱멀뚱 쳐다보고 섰지만 말고 어서 말해, 이 친구야!"

독일인 급사가 어쩔 줄 모르는 얼굴로 옆에 서 있었다.

"그게, 호텔 안을 구석구석 뒤져봤지만 아무 데도 없습니다, 선생님."

"좋아, 오늘 저녁 안으로 그 신발을 찾아오지 않으면 지배인을 불러서 당장 이 호텔을 나가겠다고 말할 테다."

"어딘가에 있을 겁니다, 선생님. 조금만 참아주시면 꼭 찾아드리겠습니다."

"암, 당연히 그래야. 그렇지 않으면 이 도둑놈의 소굴에서 더이상 참고 있지 않을 테니까. 아이고, 홈즈 선생님, 이렇게 사소한 일로 시끄럽게 해드려서 정말 죄송⋯⋯."

"화가 날 만한 일입니다."

"허허, 이 일에 대해 너무 심각하게 생각하시나 보군요."

"경은 이 사건을 어떻게 보십니까?"

"보고 말고 할 것도 없습니다. 이렇게 해괴한 일은 내 평생 처음입니다."

"해괴한 일이라⋯⋯."

홈즈는 생각에 잠겨 말했다.

"홈즈 선생은 어떻게 생각하시는지요?"

"흠, 아직은 잘 모르겠습니다. 이것은 대단히 복잡한 사건입니다. 경의 숙부 되시는 분의 죽음에 대해 생각할 때, 그 사건이 여태까지 내가 조사한 500여 가지의 중요한 사건 중에서 특히 복잡한 사례에 속하는지는 잘 모르겠습니다. 하지만 지금 우리는 몇 가닥의 실을 손에 쥐고 있습니다. 그중 한두 가닥의 실을 통해 우린 진실에 도달할 수 있을 것입니다. 물론 엉뚱한 실을 잡고 시간을 낭비할 수도 있지만 머잖아 맞는 실을 잡아당기게 될 것이 분명합니다."

우리는 즐겁게 점심 식사를 했고, 식사 도중에는 우리를 한 곳으로 불러 모은 사건에 대해 거의 한마디도 언급하지 않았다. 홈즈는 객실에 들어와서야 비로소 헨리 경에게 앞으로 어떻게 할 생각인지를 물었다.

"나는 바스커빌관으로 들어갈 생각입니다."

"언제 말입니까?"

"이번 주말에."

"현명한 결정을 하셨군요."

홈즈는 말했다.

"경이 이곳 런던에서 미행당하고 있다는 증거는 한두 가지가 아닙니다. 그런데 수백만의 사람들이 득실거리는 대도시에서는 상대가 어떤 자들인지, 또는 그들의 목적이 무엇인지 알아내기가 쉽지 않습니다. 저들이 악한 의도를 갖고 있다면 경에게 해를 끼치려 하겠지만 그것을 막아내는 일은 지난한 작업이 될 것입니다. 모티머 선생, 오늘 아침에 두 분이 우리 집에서 나간 뒤 미행을 당했다는 것은 모르셨지요?"

모티머는 대경실색했다.

"미행이라고요? 도대체 누가?"

"안됐지만 그게 누군지는 나도 잘 모릅니다. 혹시 다트무어에 사는 이웃이나 지인들 중에 검은 턱수염을 더부룩하게 기른 사람은 없습니까?"

"없습니다. 아니, 잠깐만……. 아, 있습니다. 찰스 경의 집사 배리모어입니다. 검은 턱수염을 잔뜩 기르고 있지요."

"허! 배리모어는 어디에 살지요?"

"그가 바스커빌관을 관리합니다."

"집사가 진짜로 그곳에 있는지, 아니면 혹시 런던에 와 있는 건 아닌지 확인해 보는 게 좋겠군요."

"하지만 어떻게?"

"전보용지가 있으면 좀 주십시오. '헨리 경을 맞을 준비는 다 됐는지?'라고 쓰면 됩니다. 주소는 바스커빌관, 배리모어 씨 앞입니다. 거기서 제일 가까운 전신국이 어디지요? 그림펜이라, 아주 좋습니다. 그다음엔 그림펜의 전신국장 앞으로도 전보를 보내야 합니다. '배리모어 씨에게 보낸 전보는 반드시 당사자 앞으로 직접 배달할 것. 만약 부재중이면 노섬버랜드 호텔, 헨리 바스커빌 경 앞으로 반송해 주기 바람.' 그러면 오늘 안으로 배리모어가 데번의 자기 위치에 있는지 여부를 알게 될 겁니다."

"그렇군요."

헨리 경이 말했다.

"그런데 모티머 선생, 이 배리모어란 어떤 인물이지요?"

"배리모어 집사는 이미 고인이 된 관리인의 아들입니다. 지금 4대째 바스커빌관의 관리자로 일하고 있지요. 그런데 그곳 사람들이 다 그렇지만 배리모어 부부도 괜찮은 사람들인 것 같던데요."

"하지만 바스커빌관에 주인 일가가 살지 않는다면 그 부부는 고대광실에 살면서 놀고먹을 수 있는 거 아닙니까."

헨리 바스커빌이 말했다.

"하긴 그렇군요."

"찰스 경의 유언에는 배리모어의 몫도 들어 있습니까?"

홈즈가 물었다.

"부부가 각각 500파운드씩 받았습니다."

"허! 그 사람들은 자기들도 유산을 받게 된다는 걸 알고 있었나요?"

"예, 찰스 경은 당신이 남긴 유언에 대해 말씀하시길 즐겨 했으니까요."

"거 재미있군요."

모티머 선생이 말했다.

"홈즈 선생님, 찰스 경에게서 유산을 받은 이들을 모두 의심하시는 것은 아니겠지요? 사실은 저도 1000파운드를 받았으니까요."

"아하, 그렇군요! 유산을 받은 사람이 더 있습니까?"

"이 사람 저 사람 조금씩 받았고, 또 공공 자선 단체에선 막대한 금액을 기부받았지요. 그 나머지가 헨리 경에게 돌아갑니다."

"헨리 경의 몫이 얼마나 됩니까?"

"74만 파운드입니다."

홈즈는 놀라서 입을 다물지 못했다.

"액수가 그렇게 클 줄은 미처 몰랐군요."

"찰스 경이 재산가로 소문나긴 했지만 기실 경의 유가 증권을 조사해 보기 전까지 우리는 재산이 그 정도일 줄은 몰랐습니다. 영지 전체의 가치는 100만 파운드에 육박합니다."

"놀랍군요! 그 정도 재산이라면 충분히 모험을 해볼 만하겠습니다. 그런데 모티머 선생, 한 가지 더. 별로 유쾌하지 않은 가정을 하는 것을 용서해 주시기 바랍니다만, 여기 있는 젊은 분에게 무슨 일이 생긴다면 영지는 누구에게 상속됩니까?"

"찰스 경의 막냇동생 로저 바스커빌이 독신으로 사망했기 때문에, 영지는 먼 사촌뻘 되는 데스먼드 씨에게 돌아갈 겁니다. 제임스 데스먼드 씨는 웨스트모어랜드에 사는 연세 지긋한 목사님이십니다."

"감사합니다. 자세히 알고 보니 대단히 흥미롭군요. 제임스 데스먼드 씨를 만나본 적이 있으십니까?"

"예, 그분은 찰스 경을 찾아오신 적도 있습니다. 풍채가 좋은 목사님인데 성자 같은 생활을 하고 계시지요. 그분은 찰스 경의 경제적 지원도 거절하셨습니다. 경은 물론 고집대로 하셨지만 말입니다."

"그러면 그 소박한 생활을 하시는 분이 찰스 경의 유가 증권을 상속받게 되는 것이로군요."

"그분은 한정부동산권(중세 영국 법상 상속인에게 속하는 부동산에 대한 권리로서, 상속인의 직계 비속에게 자동으로 귀속되며 유언 등으로 제삼자에게 양도할 수 없었다 ─ 옮긴이)에 따라 영지를 상속받게 될 겁니다. 또 현재의 소유주가 따로 유언을 남기지 않는다면 현금 재산도 전부 상속받게 되지요."

"그러면 헨리 경은 유언장을 쓰셨습니까?"

"아니요, 아직 못 썼습니다. 겨우 어제야 상황이 어떻게 돌아가는지를 알았기 때문에 시간이 없었지요. 하지만 나는 어떤 경우든 돈은 작위와 영지를 따라가야 한다고 생각합니다. 그것이 가엾은 숙부님의 뜻이었습니다. 영지를 유지할 만한 돈이 없다면 어떻게 바스커빌가의 영광을 되살릴 수 있겠습니까? 저택, 토지, 현금을 분리해서는 안 될 겁니다."

"그렇군요. 헨리 경, 나는 경이 하루빨리 데번에 내려가는 것이 바람직하다고 생각하는 점에서 경과 생각이 같습니다. 그런데 한 가지 조건이 있습니다. 무슨 일이 있어도 경 혼자 내려가서는 안 됩니다."

"모티머 선생과 같이 갈 겁니다."

"하지만 모티머 선생은 할 일이 있고, 또 집도 바스커빌관에서 멀리 떨어져 있습니다. 아무리 마음이 굴뚝같아도 경을 돕지 못할 수도 있습니다. 헨리 경에게는 항상 옆을 지켜줄 믿을 만한 사람이 필요합니다."

"홈즈 선생께서 동행해 주시면 안 될까요?"

"상황이 급해지면 저도 가급적 경의 옆을 지킬 생각입니다. 하지만 지금은 수많은 사건의 자문 역을 맡고 있는 데다가 여러 지부에서 끊임없는 지원 요청이 들어오기 때문에 장시간 런던을 비우는 것은 불가능합니다. 지금 이 순간에도 어느 공갈범이 영국에서 가장 존경받는 인물을 협박하고 있습니다. 그런데 온 나라를 뒤흔들 스캔들이 터지는 것을 막을 수 있는 사람은 나뿐이지요. 내가 직접 다트무어에 내려가는 것은 불가능합니다."

"그러면 누구와 같이 가는 게 좋을까요?"

홈즈는 내 팔을 잡았다.

"내 친구가 수락하기만 한다면, 곤경에 처했을 때 경의 곁에 잡아

둘 만한 사람으로 이 이상 가는 인물이 없는 것은 분명합니다.”

나는 홈즈의 말을 듣고 깜짝 놀랐지만 무어라 대답할지 생각해 보기도 전에 헨리 경이 내 손을 덥석 붙잡았다.

“오, 왓슨 박사님, 그렇게 해주신다면 정말 감사하겠습니다.”

그는 말했다.

“내가 어떤 상황에 처해 있는지도 잘 아시고, 또 문제에 대해서는 나만큼 잘 알고 계시니까요. 바스커빌관에 오셔서 도와주신다면 그 은혜는 잊지 않겠습니다.”

언제나 그렇듯 모험에 대한 기대는 나를 들뜨게 했다. 게다가 홈 즈에게 칭찬의 말까지 듣고 나서 준남작의 간곡한 권유를 뿌리치기 는 어려웠다.

“기꺼이 동행하기로 하지요.”

나는 말했다.

"이 이상 보람 있는 일이 어디 있겠습니까?"

"그런데 자네는 내게 자세하게 보고해 주어야 하네."

홈즈가 말했다.

"상황이 긴박하게 돌아가면 내가 자네에게 행동 지침을 내려주겠네. 토요일까지는 모두들 준비를 끝낼 수 있겠지요?"

"왓슨 박사님만 괜찮으시다면."

"나는 좋습니다."

"그러면 토요일로 정하지요. 앞으로 별일 없으면 토요일에 패딩턴발 열시 반 기차 시간에 맞춰 만나기로 합시다."

우리가 가려고 일어서는데 헨리 경이 환호성을 지르며 방 한구석으로 달려갔다. 그리고 장식장 밑에서 갈색 구두 한 짝을 끄집어냈다.

"내 신발!"

경이 외쳤다.

"모든 어려움이 이렇듯 쉽사리 해결되기를!"

셜록 홈즈가 말했다.

"거참 이상타."

모티머 선생이 한마디 했다.

"점심 식사 전에 나는 분명히 이 방을 다 찾아보았거든요."

"나도 마찬가지입니다. 이 방을 샅샅이 뒤졌지요."

헨리 바스커빌이 말했다.

"그때는 분명히 여기에 신발이 없었습니다."

"그렇다면 틀림없이 우리가 점심 먹는 사이에 급사가 이 밑에 신발을 넣어놓은 게로군요."

호출을 받고 달려온 독일인 급사는 자신은 전혀 모르는 일이라고 단언했고, 아무리 조사해도 진상은 밝혀지지 않았다. 꼬리에 꼬리를 물고 일어나는, 일견 아무 의미 없어 보이는 이상한 사건들의 연쇄에 또 하나의 묘한 사건이 추가된 것이다. 찰스 경의 죽음에 얽힌 모든 오싹한 이야기는 차치하고라도, 이틀이라는 짧은 기간 동안 설명하기 힘든 여러 사건이 일어났다. 신문 기사를 오려 붙여 만든 편지의 배달, 이륜마차를 탄 검은 턱수염의 미행자, 그리고 새로 산 갈색 구두 한 짝과 검은색 헌 구두 한 짝이 없어지더니 이제는 갈색 구두 한 짝이 돌아온 것이다. 홈즈는 마차를 타고 베이커가로 돌아오는 동안 내내 말이 없었다. 눈살을 찌푸린 채 골똘히 생각에 잠긴 그의 모습을 보니, 그도 나와 마찬가지로 아무 관련 없어 보이는 이 모든 기이한 사건들을 어떤 논리적 맥락 속에 끼워 넣느라 고심하는 모양이었다. 오후 내내, 그리고 저녁 늦게까지 홈즈는 줄담배를 피우며 생각에 잠겨 있었다.

저녁 식사 직전에 전보 두 통이 도착했다. 첫 번째 전보는 다음과 같았다.

배리모어가 저택에 있다는 소식을 방금 들었음.

— 바스커빌

두 번째 전보는 이랬다.

지시대로 호텔 스물세 곳을 찾아다녔지만 오려진 《타임스》를 찾는
데 실패했음.

— 카트라이트

"왓슨, 두 가닥의 실이 끊어졌군. 하지만 모든 것이 다 불리하게
만 돌아가는 사건보다 더 자극적인 것은 세상에 없지. 우리는 제3의
단서를 찾아야 하네."

"미행자를 태워준 마부가 아직 남아 있지 않은가."

"그렇지. 나는 그 마부의 이름과 주소를 알아내기 위해 마차 등기
소에 전보를 쳤다네. 저런, 지금 밖에 온 사람이 혹시 내 질문에 대
한 회신을 갖고 왔는지도 모르겠군."

그러나 밖에 온 사람은 단순히 회신을 가져온 것이 아니었다. 문
이 열리고 우락부락하게 생긴 사나이가 들어섰는데 그는 문제의 마
차를 몰던 마부임에 틀림없었다.

"사무실에서 연락 받고 오는 길입지요. 이 주소에 살고 계신 신사
분이 2704번 마차에 대해 묻고 있다고 해서."

그가 말했다.

"나는 7년째 마차를 몰고 있지만 여태까지 손님들에게 불평 한마
디 들어본 적 없습니다. 난 당사자를 직접 만나서 도대체 뭐가 불만
인지 물어보려고 마차장에서 곧장 이리로 왔지요."

"아니, 나는 아무 불만도 없네."

홈즈는 말했다.

"불만은커녕, 자네가 내 질문에 솔직하게 대답해 주면 사례하기 위해 10실링을 준비해 놓기까지 했지."

"헤헤, 저는 오늘 하루도 실수 없이 일을 잘 해냈습죠."

마부는 싱글거리며 말했다.

"그런데 알고 싶으신 게 무엇인지?"

"다음에 또 연락하게 될지도 모르니까 우선 이름과 주소를 적어 두세."

"존 클레이턴, 서더크 자치구, 터피 3가. 마차는 워털루 역 근처 시플리 마차장에 둡니다요."

셜록 홈즈가 받아 적었다.

"자, 클레이턴, 오늘 자네가 마차에 태운 손님은 오전 열시에 이 앞에 와서 이 집을 감시하다가 나중에 두 신사분의 뒤를 쫓아 리젠 트가까지 미행했네. 그 손님에 대해 아는 걸 전부 말해 주게."

마부는 놀란 듯도 하고 약간 당황한 듯도 했다.

"선생님이 그 일에 대해서 모르시는 게 없는 것 같은데 제가 무슨 말을 더 하겠습니까요."

그는 말했다.

"사실 그 신사분은 자기가 탐정이라고 했습죠. 그리고 아무한테 도 자기 얘기를 하지 말라고 했습니다요."

"여보게, 이건 대단히 중요한 일이네. 그리고 자네가 나한테 하나라도 뭘 숨겼다가는 나중에 틀림없이 후회하게 될 걸세. 손님이 자네한테 자기가 탐정이라고 하던가?"

"예, 그랬습죠."

"언제 그런 말을 하던가?"

"갈 때 그랬습니다요."

"다른 말은 더 안 했나?"

"성함을 말씀해 주셨습지요."

홈즈는 내게 득의양양한 눈길을 던졌다.

"허, 자기 이름을 말해 주었다고? 그것참 경솔한 짓이었군. 그래, 이름이 뭐라고 하던가?"

"셜록 홈즈라고 하던뎁쇼."

마부가 말했다.

내 친구는 마부의 대답을 듣고 아연실색했다. 순간적으로 그는 눈만 깜빡거리며 말없이 앉아 있었다. 그러더니 미친 듯이 웃기 시작했다.

"당했어, 왓슨. 깨끗이 당했어!"

홈즈는 말했다.

"나만큼 훌륭한 솜씨를 가진 것 같군. 나는 벌써 놈에게 보기 좋게 한 방 먹었는데 말이야. 그래, 그자의 이름이 셜록 홈즈라고?"

"예, 선생님, 그 신사분은 그렇게 말씀하셨습죠."

"좋아! 그런데 그자를 어디서 태웠는지, 자초지종을 말해 주게."

"그분은 아홉시 반경에 트라팔가 광장에서 마차를 타셨습지요.

그리고 자기가 탐정이라면서 하루 종일 아무것도 묻지 말고 시키는 대로 잘하면 2기니를 주겠다고 하셨습니다요. 저는 당연히 그렇게 하겠다고 했습지요. 맨 먼저 우리는 노섬버랜드 호텔 앞으로 가서 두 신사분이 나올 때까지 기다렸습니다요. 두 신사분은 마차를 잡아탔고 우리는 그분들을 쫓아왔는데 두 분은 이 근처 어딘가에서 내렸습지요."

"바로 이 집 앞이었겠지."

홈즈가 말했다.

"글쎄, 저야 잘 모르지만 그 손님은 아마 잘 알고 계실 겁니다요. 우리는 반 블록쯤 떨어진 곳에 마차를 세우고 기다렸습지요. 한 시간 반쯤을 기다리니 두 신사분이 옆을 지나서 걸어가는 게 보였습지요. 우리는 두 분을 쫓아서 베이커 가를 지나……."

"그건 알고 있네."

홈즈가 말했다.

"그런데 리젠트가를 4분의 3 정도 내려갔는데 손님께서 갑자기 마차 뚜껑을 벌컥 여시고는 워털루 역을 향해 전속력으로 달려가라고 소리 지르셨습지요. 저는 말을 채찍질해서 10분도 채 안 되는 시간에 역에 도착했습니다요. 그러자 신사분은 흔쾌히 2기니를 치르셨습지요. 그리고 역을 향해 가려다 말고 돌아서서 이렇게 말씀하셨습니다요. '자네가 궁금해할 것 같아서 말해 주네만 오늘 자네가 태우고 다닌 이 사람은 셜록 홈즈라네.' 저는 이렇게 해서 그 신사분의 성함을 알게 되었습니다요."

"알겠네. 그다음에는 그자를 본 적이 없었고?"

"그분이 역으로 들어가시는 걸 본 게 마지막이었습죠."

"그러면 셜록 홈즈가 어떻게 생겼는지 좀 설명해 주겠나?"

마부는 머리를 긁적거렸다.

"참 설명하기가 쉽지 않은 얼굴이었는데. 에, 나이는 대략 마흔 살쯤 되어 보였고 중키였습니다요. 선생님보다 오륙 센티미터쯤 작아 보였습죠. 그리고 상류층의 멋쟁이처럼 차려입었고, 끝을 각지게 다듬은 검은 턱수염에 핏기 없이 창백한 얼굴이었습지요. 그 이상은 어떻게 말해야 할지 잘 모르겠는뎁쇼."

"눈 색깔은?"

"모르겠습니다요."

"더 이상 기억나는 게 없나?"

"예, 전혀 없습니다요, 선생님."

"좋아, 여기 10실링 있네. 그리고 앞으로 아는 걸 더 말해 준다면 그때 10실링 더 주지. 잘 가게!"

"안녕히 계십쇼, 선생님. 그리고 감사합니다요!"

존 클레이턴은 싱글거리며 방을 나갔다. 홈즈는 나를 향해 돌아서서 어깨를 들썩하더니 슬픈 미소를 지었다.

"세 번째 실이 끊어졌군. 우리는 다시 원점으로 돌아왔네."

그는 말했다.

"교활한 작자 같으니라고! 놈은 우리 집 주소를 알게 됐고 헨리 바스커빌 경이 우리에게 자문을 구하러 왔다는 것도 알아냈네. 그리고 리젠트가에서 나를 알아보았고, 또 내가 마차 번호를 기억해 뒀다가 마부를 찾을 거라는 것도 용케 알아맞혔네. 그리고 내게 이렇게 대담한 메시지를 보내온 거지. 왓슨, 이번에 우리는 호적수를 만난 걸세. 나는 런던에서 놈에게 보기 좋게 당한 거야. 자네가 데번에 가게 되면 좀 더 운이 좋기를 바랄 수밖에. 하지만 나는 아직도 불안하이."

"뭐가?"

"자네를 그곳으로 보내는 것이 말이야. 이건 추악한 사건일세, 왓슨. 추악한 데다 위험하지. 알게 될수록 마음에 안 들어. 여보게, 자네는 웃을지 몰라도 나는 자네가 무사히 베이커가로 돌아온다면 더이상 바랄 것이 없네."

바스커빌관

헨리 바스커빌 경과 모티머 선생은 약속한 날짜에 맞춰 준비를 끝냈고, 우리는 예정대로 데번을 향해 출발했다. 셜록 홈즈는 역까지 배웅 나와서 마지막 지시 겸 충고를 했다.

"왓슨, 나는 여러 가지 가설과 의혹에 대해 미주알고주알 늘어놓아서 자네에게 선입견을 불어넣고 싶지는 않네."

홈즈가 말했다.

"나는 자네가 최대한 객관적인 태도로 사실 보고를 해주기만을 바라네. 가설을 세우는 일은 나한테 맡기고 말일세."

"어떤 사실을 말인가?"

나는 물었다.

"무엇이든, 아무리 사건과 무관한 것처럼 보이는 것이라 해도 말일세. 특히 바스커빌가의 젊은 후계자와 그 이웃들 간의 관계나 찰스 경의 죽음에 관한 어떤 새로운 사실을 발견하면 꼭 보고해 주게나. 지난 며칠간 나는 약간의 조사를 벌였지만 결과는 탐탁지 않았네. 한 가지 확실한 것은 다음 상속인인 제임스 데스먼드 씨는 나이가 지긋한 데다 말할 수 없이 온화한 신사분이고, 그래서 이런 일을 벌일 리가 없다는 것일세. 사실 나는 그분은 계산에서 아주 빼도 될 거라고 생각하네. 그러면 남는 것은 황무지에서 헨리 바스커빌 경과 이웃해서 살 사람들이지."

"우선 배리모어 부부를 제외하는 게 낫지 않을까?"

"그건 절대로 안 되네. 그건 치명적인 실수가 될지도 몰라. 그 부부가 범인이 아니라면 조금 미안한 얘기가 될 테지만, 그들이 범인이라면 그것은 진실을 밝혀낼 수 있는 모든 가능성을 원천 봉쇄하는 행동이 될 것이네. 아냐, 그건 절대로 안 돼. 그 부부는 용의 선상에 계속 올려놔야 하네. 그리고 내 기억이 옳다면 바스커빌관에는 마부가 한 사람 있다고 했네. 황무지에 사는 농부도 둘 있고. 또 우리의 친구 모티머 선생도 있지만 내가 보기에는 전적으로 믿어도 될 사람 같네. 또 전혀 미지의 인물인 모티머 부인도 있네. 또 박물학자 스태플턴이 있고, 미모가 뛰어난 처녀라는 그의 누이동생이 있네. 또 래프터관의 프랭클랜드라는 미지의 요소가 있고, 그 밖에도 이웃이 한두 명 더 있네. 이 모든 사람들이 자네가 면밀히 연구해야 할 대상이지."

"내 최선을 다하도록 하지."

"그런데 무기는 가지고 가겠지?"

"응, 아무래도 그러는 게 나을 것 같아서."

"아무렴. 자네의 회전식 연발 권총을 항상 지니고 있게. 절대로 방심하지 말고."

우리의 친구들은 이미 일등실을 예약해 놓고 플랫폼에서 우리가 오기를 기다리고 있었다.

"아니요, 새로운 소식은 없습니다."

모티머 선생은 홈즈의 물음에 이렇게 대답했다.

"한 가지 확실한 것은 지난 이틀간 우리가 미행을 당하지는 않았다는 것입니다. 우린 밖에 나갈 땐 한시도 경계를 늦추지 않았기 때문에 들키지 않고 우릴 미행하는 것은 불가능했을 것입니다."

"그런데 두 분은 항상 같이 있었겠지요?"

"어제 오후만 빼면 그랬지요. 저는 런던에 올 때마다 하루 정도는 순수한 즐거움을 위해 시간을 비워놓는답니다. 어제 오후엔 외과학 박물관에 갔지요."

"그리고 나는 사람들을 구경하러 공원에 갔습니다."

바스커빌이 말했다.

"하지만 아무 문제도 없었지요."

"그래도 그것은 경솔한 행동이었습니다."

홈즈는 고개를 절레절레 흔들며 무겁게 말했다.

"헨리 경, 앞으로는 절대 혼자 다니지 마십시오. 그러다 돌이킬 수 없는 사고가 생길 수도 있으니까요. 신발 한 짝은 마저 찾으셨나요?"

"아니요. 그건 아주 잃어버렸지요."

"정말 흥미로운 일이군요. 그러면, 안녕히 가십시오."

기차가 서서히 움직이기 시작하자 홈즈는 마지막으로 외쳤다.

"헨리 경, 모티머 선생이 읽어준 저 기이한 전설의 한 구절을 명심하여, 악의 세력이 승하는 밤 시간에는 부디 황무지를 지나는 일을 삼가십시오."

나는 기차가 플랫폼을 빠져나갈 때 뒤를 돌아보았다. 키 큰 사나이 홈즈가 미동도 하지 않고 그 자리에 서서 이쪽을 응시하고 있는 모습이 눈에 들어왔다.

기차 여행은 즐거웠다. 나는 빠르게 달리는 기차 안에서 모티머 선생의 스패니얼과 노는 한편 두 길동무와 더욱 친한 사이가 되었다. 몇 시간이 지나자 갈색 대지는 붉은빛으로 바뀌었고, 화강암 바위가 나타났다. 관목 울타리가 서 있는 들판에선 붉은 소들이 풀을 뜯고 있었다. 무성한 수풀과 싱그러운 초목으로 보아 유난히 비가 많고 토양이 비옥한 지역인 듯했다. 바스커빌가의 젊은 후계자는 열심히 창밖을 내다보다가 데번 지방의 낯익은 풍경을 알아보고 기쁨의 함성을 질렀다.

"왓슨 박사님, 나는 이곳을 떠난 뒤 세계 방방곡곡을 돌아다녔지만 이곳에 비할 만한 땅은 아직 찾아내지 못했답니다."

그가 말했다.

"데번에서 태어난 남자치고 맹세할 때 자신의 고향을 내세우지 않는 사람은 아직 못 봤습니다."

나는 대꾸했다.

"그것은 데번이라는 땅뿐 아니라 인종의 영향도 크게 받기 때문입니다."

모티머 선생이 말했다.

"헨리 경의 모습을 자세히 살펴보면 켈트족 특유의 둥근 머리를 알아볼 수 있습니다. 그런 머리형에는 켈트족의 정열과 헌신의 힘이 들어 있지요. 가엾은 찰스 경의 머리는 아주 희귀한 유형에 속했는데, 게일족과 이베리아족의 특징이 반씩 섞여 있었습니다. 그런데 헨리 경이 바스커빌관을 본 것은 아주 어릴 때가 아니었나요?"

"아버지가 돌아가신 건 내가 10대일 때였습니다. 그때까지 나는 바스커빌관을 한 번도 본 적이 없었지요. 그 당시 우리는 남부 해안의 작은 집에서 살고 있었으니까요. 그 뒤에 나는 곧장 미국의 친구에게 건너갔습니다. 나도 왓슨 박사처럼 바스커빌관은 처음입니다. 어서 황무지가 보고 싶군요."

"그러십니까? 그렇다면 금방 소원 성취를 하셨습니다그려. 저기 보이는 땅이 바로 황무지입니다."

모티머 선생은 차창 밖을 가리키며 말했다.

네모지게 구획된 녹색 들판과 야트막한 숲 위로 멀리 음산한 회색 구릉이 솟아 있었다. 지평선이 이상한 기복을 이루고 있는 황무지는, 아득히 먼 곳에 자리 잡은 탓에 꼭 꿈에 나타난 몽환적인 풍경처럼 보였다. 바스커빌은 한동안 그곳에서 눈을 떼지 못했다. 나는 그의 홀린 듯한 얼굴을 보고, 자신의 조상이 그토록 오랜 세월 동안 지배하며 깊은 흔적을 남긴 이상한 땅과 처음 대면한다는 것이 그에게 얼마나 심상치 않은 의미를 갖는지 이해했다. 미국식 영어가 몸에 밴 헨리 바스커빌은 트위드 정장 차림으로 단조로운 기차 객실의 한구석에 앉아 있었다. 그러나 검게 그을린, 표정이 풍부한 그의 얼굴을 바라보는 동안 나는 그가 불같은 기질에 지배적인 성격을 가진 고귀한 핏줄의 후예라는 사실을 다시금 깊이 깨달았다. 그의 짙은 눈썹과 예민한 콧구멍, 커다란 갈색 눈에는 긍지와 용기와 힘이 있었다. 저 금지된 땅 황무지에서 앞으로 어렵고 위험한 조사 활동을 벌이게 되더라도, 이 사람은 위험에 처한 동지 곁을 떠나지 않고 용감하게 지키고자 할 사람임에 틀림없었다.

길가의 자그마한 역에서 기차가 멈춰 서자 우리는 모두 내렸다. 야트막한 하얀 울타리 밖에서 두 필의 말이 끄는 사륜마차가 대기하고 있었다. 역장과 짐꾼들이 우릴 둘러싸고 법석을 떨며 짐을 나르는 것을 보니 우리의 도착이 커다란 사건인 듯했다. 그곳은 소박한 아름다움이 풍기는 시골 역이었다. 그러나 검은 제복을 입은 군인 같은 두 남자가 소총에 몸을 의지한 채 문을 지키고 있는 모습을 보고 나는 깜짝 놀랐다. 두 남자는 우리 일행에게 날카로운 시선을 던졌다. 거칠고 우락부락하게 생긴 마부가 헨리 바스커빌 경에게 인사했다. 그리고 몇 분 뒤 우리는 널따란 하얀 길을 날 듯이 달리고 있었다. 길 양쪽으로는 완만한 기복을 이루는 목초지가 펼쳐져 있었고, 박공지붕을 인 낡은 집들이 무성한 녹색 나뭇잎 사이로 얼굴을 빼꼼 내밀고 있었다. 그러나 햇빛이 비치는 평화로운 시골 풍경 너머에는, 저녁 하늘을 배경으로 더욱 어두워 보이는 황무지가 음울한 굴곡을 그리며 길게 뻗어 있었다. 황무지의 풍경에 변화를 주고 있는 것은 뾰족뾰족한 불길해 보이는 바위산들이었다.

사륜마차는 샛길로 접어들었고, 우리는 수백 년간 마차 바퀴에 깊이 팬 길을 따라 올라갔다. 길은 구불거렸고 길 양쪽으로는 높은 제방이 버티고 서 있었다. 제방을 빈틈없이 뒤덮고 있는 것은 축축하게 젖은 이끼와 다육질의 양치류였다. 청동빛 고사리와 나무딸기가 석양을 받아 빛났다. 마차는 꼿꼿이 서 있는 비좁은 화강암 다리를 지나, 회색 자갈돌 위로 거품을 일으키며 세차게 흐르는 시내를 끼고 올라갔다. 길은 시냇물을 따라 참나무와 전나무 관목이 빼곡히 서 있는 골짜기를 꼬불거리며 올라갔다. 모퉁이를 돌 때마다 바스커빌은 탄성을 터뜨렸고, 사방을 두리번거리며 쉴 새 없이 질문

공세를 퍼부었다. 그의 눈에는 모든 것이 다 아름다워 보이는 모양이었지만, 내가 보기에 그곳은 지나간 세월의 흔적을 고스란히 간직하고 있어 못내 애상(哀想)을 불러일으키는 쇠락한 땅이었다. 달리는 마차 위로 노란 나뭇잎들이 팔랑거리며 떨어져 내려 땅을 덮었다. 덜컹거리는 마차 바퀴가 썩은 나뭇잎 더미에 파묻혀 바퀴 소리는 삼켜지고 말았다. 귀향하는 바스커빌가의 후예를 태운 마차 앞에 자연이 내던지는 선물치곤 씁쓸하지 아니한가, 하는 생각이 문득 들었다.

"맙소사!"

모티머 선생이 외쳤다.

"저게 뭐지?"

멀리, 히스 꽃으로 뒤덮인 가파른 바위산이 황무지에서 돌출해 있었다. 그리고 그 위에는 기마 인물상처럼 단단해 보이는 말 탄 군인이 검게 그을린 무표정한 얼굴로 소총을 겨누고 있었다. 그는 우리가 달리고 있는 길을 감시하고 있었다.

"퍼킨스, 저게 뭔가?"

모티머 선생이 물었다.

마부는 앉은 자리에서 반쯤 고개를 돌렸다.

"프린스타운에서 죄수가 하나 탈출했습니다, 선생님. 오늘로 사흘쨋데, 경비대가 모든 도로와 기차역을 지키고 있습지요. 하지만 아직 놈을 찾아내지는 못했답니다. 이 근방의 농부들은 겁을 먹고 있습니다."

"흠, 신고하면 5파운드를 받게 되겠군."

"그렇습니다, 선생님. 하지만 목이 달아날 수도 있는 판국에 그까짓 5파운드는 아무것도 아니지요. 그놈이 보통 죄수하고는 다르답니다. 세상에 무서운 것이 없는 놈이라고 합니다."

"대체 그자가 누군가?"

"노팅힐 살인범 셀든입니다."

나는 그 사건을 잘 기억하고 있었다. 그 사건은 유난히 잔인하고 흉포했던 까닭에 홈즈가 그것에 관심을 두었기 때문이었다. 사형에서 무기 징역으로 감형한 것은 범죄 행위의 유난스러운 잔학함으로 인해 법정이 범인의 정신 상태를 의심했기 때문이었다. 사륜마차가 언덕에 올라서자 곳곳에 돌무더기가 쌓인 거대한 황무지가 눈앞에 펼쳐졌다. 싸늘한 바람이 몰아쳐 오자 모두들 몸을 떨었다. 황량한 평원 어딘가에 극악무도한 사나이 하나가 야생의 짐승처럼 굴 속에 몸을 숨기고 있는 것이다. 그의 마음은 자신을 내친 종족 전체에 대한 증오로 가득 차 있을 터였다. 버려진 땅, 냉기를 머금은 바람, 어두워져가는 하늘의 불길한 의미를 완성하기 위해 필요한 것은 오직 그뿐이었다. 바스커빌조차 침묵을 지키며 코트 깃을 끌어 올려 단단히 여몄다.

우리는 비옥한 땅을 뒤로하고 계속 올라갔다. 뒤를 돌아보니 사선으로 들어오는 저녁 해가 시냇물을 황금의 실타래로 바꿔놓고 있었다. 막 갈아엎은 붉은 흙과 드넓은 삼림 지대가 저녁 햇살을 받아 빛났다. 눈앞의 붉고 누런 산비탈을 넘어가는 길은 점점 삭막하고 을씨년스러워졌다. 산비탈 여기저기엔 바윗덩이가 구르고 있었다. 길옆으로 황무지의 농가 한 채가 지나갔다. 돌로 벽을 쌓고 지붕을 이은 그 집에는 거친 모습에 변화를 줄 만한 담쟁이덩굴 하나 기어오르고 있지 않았다. 그리고 갑자기 눈앞에 컵처럼 오목하게 파인 분지가 나타났다. 그곳에선 오랜 세월 세찬 바람에 시달려 구부러지고 휘어진 키 작은 참나무와 전나무 들이 숲을 이루고 있었다. 숲 위로 뾰족탑 두 개가 높다랗게 솟아 있었다. 마부는 채찍을 들어 그것을 가리켰다.

"바스커빌관입니다."

마부는 말했다.

저택의 주인은 상기된 얼굴로 벌떡 일어나서 빛나는 눈으로 그곳을 응시했다. 몇 분 뒤 우리는 별관 앞에 도착했다. 별관 정문에는 무쇠로 만든 환상적인 모양의 장식 창살이 달려 있었고, 비바람에 시달린 흔적이 역력한 정문 기둥 두 개는 온통 지의류에 뒤덮여 있었다. 기둥 위에는 바스커빌가의 상징인 수퇘지 머리가 얹혀 있었다. 검은 화강암으로 지어진 별관은 서까래가 그대로 드러난 폐허였으나 그 앞에는 새 건물이 반쯤 짓다 만 채 서 있었다. 그것은 찰스 경이 남아프리카에서 모아온 재산의 첫 결실이었다.

정문을 지나 진입로로 들어서자, 마차 바퀴는 다시 한번 나뭇잎 더미에 파묻혀 소리를 잃어버렸다. 오래된 나무들이 가지를 뻗어 머리 위에서 어둑한 터널을 만들고 있었다. 바스커빌은 길고 어두운 진입로를 바라보며 부르르 몸을 떨었다. 진입로 끝에 서 있는 저

택이 유령처럼 희미한 빛을 발했다.

"이 자리였나요?"

바스커빌이 나지막하게 물었다.

"아니, 아닙니다. 주목 산책로는 저쪽에 있습니다."

젊은 상속자는 우울한 얼굴로 주위를 둘러보았다.

"숙부께서 이런 곳에 사시면서 안 좋은 예감을 가지셨던 것도 무리는 아닙니다."

그는 말했다.

"누구라도 이곳에 오면 기분이 이상해질 겁니다. 나는 반년 내로 이 진입로에 전기 가로등을 설치하겠습니다. 현관문 바로 앞에는 촛불 천 개의 밝기를 가진 전등을 달 겁니다. 그러면 이곳 분위기는 완전히 달라질 겁니다."

진입로는 널따란 잔디밭으로 이어져 있었고 그 너머에 저택이 있었다. 희미한 빛 속에서 거대한 건물의 중앙부와 돌출 현관이 보였다. 건물의 앞면 전체는 담쟁이로 뒤덮여 있었는데 창문이나 문장(紋章)이 있는 곳만 검은 베일이 걷혀 있었다. 건물 중앙부에는 수많은 총안(銃眼)이 뚫려 있는 고풍스러운 쌍둥이 탑이 솟아 있었다. 쌍둥이 탑 좌우로는 검은 화강암으로 지어진 현대식 건물이 잇대어 있었다. 묵직한 세로 창살을 댄 창문을 통해 희미한 불빛이 새어 나왔고, 가파른 지붕에 자리 잡은 높다란 굴뚝에서 한 줄기의 검은 연기가 뭉클뭉클 솟구치고 있었다.

"어서 오십시오, 주인님! 바스커빌관에 오신 것을 환영합니다!"

키 큰 사나이가 현관 그늘에서 걸어 나와 사륜마차 문을 열었다. 한 여자가 현관 앞에 서 있었는데 홀에서 흘러나오는 노란 불빛에 커다란 그림자가 만들어졌다. 여자는 걸어 나와 남자가 짐을 내리는 것을 거들었다.

"헨리 경, 나는 곧장 집으로 가려고 하는데 그래도 괜찮겠지요?"

모티머 선생이 말했다.

"아내가 집에서 기다리고 있습니다."

"같이 식사라도 하시지 않고요?"

"아니요, 가봐야 합니다. 또 미뤄둔 일도 있어서요. 저택을 안내해 드리면 좋겠지만 집 안내라면 배리모어가 훨씬 잘 할 겁니다. 안녕히 계십시오. 그리고 제가 필요할 때는 언제든지 부르십시오. 지체

없이 달려오겠습니다.”

마차는 소리 없이 진입로를 빠져나갔고 헨리 경과 나는 집 안으
로 들어갔다. 등 뒤에서 현관문이 쿵 소리를 내며 무겁게 닫혔다. 우
리가 들어간 곳은 크고 훌륭한 방이었다. 높다란 천장에는 세월의
흐름에 따라 검게 변색된 거대한 참나무 서까래들이 묵직하게 얹혀
있었다. 커다란 고풍의 벽난로에선 장작이 탁탁 소리를 내며 타올
랐고, 벽난로 앞에는 커다란 무쇠 집게가 놓여 있었다. 오랫동안 마
차를 타고 오느라 몸이 얼어 있던 헨리 경과 나는 손을 내밀어 불을
쬐었다. 그리고 높직이 뚫려 있는 오래된 색유리를 끼운 창과 참나
무 창틀, 수돼지의 머리 조각, 벽 위의 문장 들을 둘러보았다. 방 중
앙에 놓인 약한 램프 불빛을 받아 모든 것이 다 어둡고 침침해 보
였다.

"내가 상상한 그대로군요."

헨리 경이 말했다.

"조상 대대로 물려온 집 그 자체가 아닙니까? 바로 이 방에서 나의 조상들이 500년 동안 살아오셨다는 걸 생각해 보십시오. 나는 생각할수록 마음이 숙연해집니다."

그는 검게 탄 얼굴에 소년 같은 호기심을 가득 담은 채 주위를 두리번거렸다. 불빛은 그의 몸에 부딪쳐 벽에 긴 그림자를 만들어냈고 머리 위로는 검은 휘장을 둘렀다. 배리모어 집사가 짐을 들고 방으로 들어왔다. 그리고 제대로 훈련받은 하인답게 조심스러운 태도로 우리 앞에 섰다. 그는 뛰어난 외모의 소유자였다. 키가 크고 유난히 흰 얼굴에 검은 턱수염을 기른 잘생긴 남자였다.

"지금 저녁 식사를 하시겠습니까, 주인님?"

"준비됐나?"

"예, 주인님. 방에는 더운물을 갖다 놓았습니다. 저희 부부는 주인님이 새 하인을 들일 때까지 기쁘게 봉사할 작정입니다. 하지만 종전과는 상황이 다르기 때문에 이 저택에는 꽤 많은 인원이 필요할 것으로 사료됩니다."

"상황이 달라지다니?"

"다른 말씀이 아니오라 찰스 주인님께서는 아주 조용한 생활을 하셨기 때문에 우리 부부 둘이서 주인님을 모시는 것이 가능했습니다. 그런데 새 주인님께서는 당연히 많은 분과 교제하기를 바라실 것이고, 그래서 집안을 꾸리는 데 변화가 따를 거라는 말씀입니다."

"그것은 자네 부부가 이 집을 떠나겠다는 뜻인가?"

"모든 일이 정리된 뒤에 그렇게 하겠습니다."

"하지만 자네 가족은 대대로 이 집에서 살아왔네. 그렇지 않은가? 내가 오래된 가족 관계를 깨는 것으로 이 집 생활을 시작한다면 그건 유감 천만이지."

집사의 흰 얼굴에 어떤 감정이 떠오르는 것이 보였다.

"저도 그렇습니다, 주인님. 제 아내도 마찬가지고요. 하지만 솔직히 말씀드리자면 우리 부부에게 찰스 주인님은 정말 남다른 분이셨습니다. 그래서 찰스 주인님께서 그렇게 가신 것이 저희에게는 감당하기 힘든 충격이었고 그 때문에 이곳에 있는 것이 몹시 힘듭니다. 우리 부부는 바스커빌관에 있는 한 다시는 마음의 안정을 찾지 못할 것 같습니다."

"하지만 여길 떠나면 무엇을 하려는가?"

"주인님, 우리 부부는 무슨 일을 해서든 기반을 잡을 수 있을 것입니다. 찰스 주인님은 너그럽게도 저희들이 독립할 수 있는 수단을 마련해 주셨습니다. 그러면 주인님, 이제는 방을 안내해 드리겠습니다."

오래된 홀에는 두 개의 계단이 있었는데 그것은 2층의 회랑으로 통했다. 2층 중앙부의 회랑 양쪽으로는 두 개의 긴 복도가 건물 끝까지 통해 있었고, 침실로 들어가는 문은 모두 이 복도로 나 있었다. 내 침실은 바스커빌의 침실과 같은 쪽 복도에 있었고 거의 붙어 있다시피 했다. 우리가 쓰는 방은 저택의 중앙부에 비해 훨씬 현대적

으로 꾸며져 있었고, 밝은 색깔의 벽지와 여러 개의 촛불은 이곳에
도착했을 때부터 내 마음에 아로새겨진 음침한 인상을 걷어내는 듯
했다.

그러나 홀과 붙어 있는 식당은 어둠과 그림자의 공간이었다. 긴
식당 방은 높낮이를 다르게 해놓아서 높은 단에는 가족들이 앉고
낮은 자리엔 하인들이 앉게끔 돼 있었다. 한쪽 끝에는 음유 시인을
위한 자그마한 무대가 마련되어 있었다. 머리 위에는 검은 서까래
들이 얹혀 있었고 그 너머로 연기에 그을린 천장이 보였다. 이글거
리는 횃불이 식당 안을 밝혀주고 있다면, 그리고 옛날식 연회의 흥
청거리는 분위기에서라면 이곳은 다소 부드러워 보였을지도 모른
다. 그러나 검은 옷을 입은 신사 둘이 갓을 씌운 램프의 동그란 불

빛 속에 앉아 있는 지금, 말소리는 저절로 기어들고 기분은 가라앉았다. 엘리자베스 시대의 기사에서 섭정기의 멋쟁이에 이르기까지 다양한 복장의 조상들이 줄줄이 서서 우리를 내려다보았고, 우리는 죽은 이들과 같이 말없이 앉아 있다는 느낌에 오금이 저려왔다. 우리는 거의 말을 하지 않았다. 식사가 끝나서 방으로 돌아와 담배를 피울 수 있게 된 것이 나로서는 그지없이 기뻤다.

"맙소사, 식당이란 곳이 별로 기분 좋은 곳은 아니군요."

헨리 경이 말했다.

"저런 분위기를 누그러뜨릴 수는 있겠지만 시간이 좀 걸릴 것 같습니다. 숙부께서 이런 집에서 홀로 사시면서 불안에 떨었던 것은 당연한 일이었는지도 모릅니다. 하지만 괜찮으시다면 오늘 저녁에는 일찍 잠자리에 들기로 하지요. 아침에는 모든 게 좀 더 나아 보일지도 모르니까요."

나는 침대에 들기 전에 커튼을 걷고 창밖을 내다보았다. 밖은 집 앞의 잔디밭이었다. 신음하는 바람이 잡목 숲을 뒤흔들어놓고 지나갔다. 빠르게 달리는 구름 틈새로 반달이 고개를 내밀었다. 잡목 숲 너머로, 차가운 달빛 속에서 바윗덩이가 굴러다니는 음산한 황무지의 길고 야트막한 능선이 바라다보였다. 나는 커튼을 닫으며 이것이 오늘의 마지막 인상일 거라고 생각했다.

그러나 그것은 아직 마지막이 아니었다. 몸은 피곤했지만 눈이 말똥말똥해서 도대체 잠이 오지 않았다. 나는 오지 않는 잠을 청하려 애쓰며 몸을 뒤척였다. 멀리서 시계가 15분마다 종을 쳤지만 그

것만 빼면 죽음 같은 적막이 오래된 저택을 지배했다. 그런데 그 밤중에, 갑자기, 어떤 소리가 내 귀에 선명하게 들려왔다. 그것은 여자의 울음소리였다. 여자가 슬픔에 못 이겨 숨죽여 울고 있었다. 나는 벌떡 일어나 앉아 그 소리에 온 정신을 집중했다. 울음소리는 먼 곳에서 나는 것 같지 않았다. 그것은 분명 집 안에서 나는 소리였다. 그러나 울음소리는 잠깐 들렸을 뿐이다. 나는 30분 정도 온몸의 신경을 곤두세우고 앉아 있었지만 시계 종소리와 담벼락에서 담쟁이가 살랑거리는 소리 말고는 아무 소리도 들리지 않았다.

메리핏가의 스태플턴 오누이

다음 날, 아침나절의 풋풋한 아름다움은 전날 바스커빌관에 와서 받았던 음침하고 칙칙한 인상을 씻어내기에 족했다. 헨리 경과 나는 높은 창문으로 들어오는 햇살을 받으며 아침 식사를 했다. 투명한 햇살이 유리창을 덮고 있는 문장(紋章)을 투과하여 색색의 무늬를 만들어냈다. 검은 창살은 황금 햇살 속에서 청동빛으로 반짝거렸다. 이 방이 전날 저녁에 우리의 영혼에 그토록 무거운 그림자를 드리웠던 바로 그 방인지 의심스러울 정도였다.

"문제는 집이 아니라 바로 우리 자신인 것 같군요!"

준남작이 말했다.

"여행에 지친 데다가 마차를 타고 오느라 몸이 얼어서 이곳이 회색으로만 보였나 봅니다. 잘 자고 상쾌한 기분으로 일어나니 모든 것이 다시 즐겁기만 하군요."

"하지만 모두가 다 상상의 산물이었던 것만은 아닙니다."

나는 대답했다.

"혹시 어젯밤에 여자 울음소리를 듣지 못하셨는지?"

"거참 재미있군요. 나도 언뜻 잠이 든 상태에서 그런 소리를 들었거든요. 하지만 한참을 기다려도 아무 소리도 나지 않기에 내가 꿈을 꾼 줄로만 알았습니다."

"나는 이 귀로 똑똑히 들었습니다. 그것이 여자의 울음소리라는 것은 거의 확실합니다."

"그럼 당장 알아보기로 하지요."

헨리 경은 벨을 눌러 배리모어를 불렀다. 그리고 집사에게 간밤의 울음소리에 대해 설명해 달라고 말했다. 내가 보기에 헨리 경이 말하는 동안 집사의 창백한 낯빛은 더욱 핏기를 잃는 것 같았다.

"주인님, 이 집에 여자라곤 둘뿐입니다."

그는 대답했다.

"한 사람은 식기실 하녀인데 멀리 떨어져 있는 방에서 잡니다. 다른 한 사람은 제 아내입니다. 하지만 결단코 제 아내가 운 적은 없습니다."

그러나 집사의 말은 거짓이었다. 아침 식사 후에 긴 복도에서 그의 아내와 마주쳤을 때 나는 햇살에 훤히 드러난 그녀의 얼굴을 보고 사실을 알았다. 가정부는 투박하게 생긴 무뚝뚝한 얼굴에 입을 굳게 다문 비대한 여인이었다. 그러나 붉게 충혈된 채 퉁퉁 부은 그 눈은 진실을 드러내고 있었다. 밤에 울었던 것은 다름 아닌 그녀였고 남편이 그 사실을 몰랐을 리는 없었다. 그런데 집사는 거짓말을 들킬 위험을 무릅쓰고 사실을 부정했다. 왜 그랬을까? 그리고 가정부는 왜 그렇게 슬피 울었을까? 잘생기고 창백한 얼굴에, 검은 수염을 기른 이 남자의 주변에는 종잡을 수 없는 어두운 분위기가 떠돌고 있었다. 찰스 경의 시체를 처음 발견한 것은 바로 집사였다. 그리고 우리는 찰스 경의 죽음과 관련된 모든 상황에 대해 오직 그의 이야기를 들었을 뿐이다. 혹시 우리가 리젠트가에서 목격한 이륜마차 속의 남자가 배리모어는 아니었을까? 수염은 같은 것일 수도 있다. 마부는 그 남자의 키가 좀 작은 편이라고 했지만 그런 식의 착각이야 얼마든지 있을 수 있는 것 아닌가. 어떻게 해야 사실을 알아낼 수 있을까? 내가 제일 먼저 해야 할 일은 그림펜의 전신국장을 만나서 실제로 전보가 배리모어에게 직접 배달되었는지 여부를 알아내는 것이었다. 사실이야 어떻든, 적어도 셜록 홈즈에게 보고할 거리는 생기는 것이다.

아침 식사를 마친 뒤 헨리 경은 읽어보아야 할 서류가 한둘이 아니었으므로 나는 마침 잘됐다고 생각하고 혼자 탐사를 나가기로 했다. 상쾌한 기분으로 황무지의 가장자리를 따라 6킬로미터쯤 걷자 작은 마을 하나가 나왔다. 높이 솟아오른 큰 건물이 두 채가 있었는데, 나중에 알고 보니 하나는 여인숙이었고 다른 하나는 모티머 선생의 집이었다. 마을에서 식료품점을 겸업하고 있는 전신국장은 그 전보를 똑똑히 기억하고 있었다.

"물론입니다."

전신국장은 말했다.

"그 전보는 말씀하신 대로 배리모어 씨에게 정확하게 전달했지요."

"배달한 사람이 누구지요?"

"여기 있는 우리 아들입니다. 제임스, 너 지난주에 바스커빌관의 배리모어 씨에게 전보를 분명히 전해 드렸느냐?"

"예, 아버지."

"직접 전했니?"

내가 물었다.

"배리모어 씨는 그때 다락방에 올라가 계셔서 직접 만나뵙지는 못했거든요. 그래서 아주머니에게 전보를 드렸고, 아주머니는 곧 아저씨에게 전해 주겠다고 하셨어요."

"배리모어 씨를 보았니?"

"못 봤습니다, 선생님. 그분은 다락방에 계셨으니까요."

"직접 보지도 못했으면서 그 사람이 다락방에 있다는 걸 어떻게 알았지?"

"허 참, 부인은 남편 있는 곳을 똑똑히 알 거 아니오."

전신국장이 퉁명스럽게 말했다.

"그 사람이 전보를 못 받았답디까? 무슨 문제가 있다면 배리모어 씨에게 가서 따지셔야지요."

더 이상 조사를 밀고 나가는 일은 가망 없는 일로 보였다. 그러나 홈즈의 방책에도 불구하고 배리모어가 런던에 없었다는 확증이 없는 것은 분명했다. 찰스 경이 살아 있는 모습을 마지막으로 본 바로 그 사람이, 상속자가 영국에 도착하자마자 그 뒤를 미행했던 것일까? 그렇다면 무엇 때문에? 배리모어의 뒤에는 제3의 인물이 있을까 아니면 그의 마음속에 어떤 흉계가 도사리고 있는 것일까? 대체 바스커빌가 사람들을 쫓아내는 것이 그에게 어떤 득이 된단 말인가? 나는 《타임스》의 사설을 오려 만든 그 이상한 경고 편지를 기억해 냈다. 그것은 그의 작품일까 아니면 누군가 그의 계획을 좌절시키기 위해 꾸민 일일까? 생각할 수 있는 유일한 동기는 헨리 경이 말한 그것이었다. 즉 바스커빌가 사람들이 멀리 도망친다면 저택은 영원히 배리모어의 안락한 보금자리가 된다는 것. 그러나 그것은 젊은 준남작을 옭아 넣기 위해 보이지 않는 그물을 치고 있는 듯한 주도면밀한 계략에 대해서 충분히 설명해 주지 못했다. 홈즈 자신은, 놀라운 사건을 많이 경험해 보았지만 이번 일만큼 복잡한 사건은 없었다고 말했다. 나는 외줄기의 잿빛 길을 되짚어가면서, 내 친구가 하루빨리 그런 선입견을 벗어던지고 이 무거운 책임을 내 어깨에서 벗겨주러 오기를 기도했다.

갑자기 뒤에서 누가 달려오며 나를 부르는 소리에 내 생각은 중단되었다. 나는 모티머 선생일 거라고 생각하며 뒤를 돌아보았지만, 놀랍게도 나를 쫓아오고 있는 사람은 생전 처음 보는 사람이었다. 그는 작은 키에 몸집이 호리호리한 사나이였다. 말끔히 면도한 얼굴은 무표정했고 뾰족한 턱에 머리칼은 연한 황갈색이었다. 30대가량으로 보이는 그는 회색 신사복에 밀짚모자 차림이었다. 어깨에는 식물 표본을 담는 양철 상자를 둘러메고 있었고 한 손에는 녹색 포충망을 들고 있었다.

"초면에 실례가 많습니다만, 왓슨 박사님 아니십니까."

그는 숨을 몰아쉬며 다가와 이렇게 말했다.

"여기 황무지 사람들은 격식 같은 건 따지지 않기 때문에 정식으로 소개받을 때까지 기다리지 않지요. 모티머 선생에게 제 이름은 들어보셨을 것입니다. 저는 메리핏가의 스태플턴이라고 합니다."

"그 포충망과 채집 상자만 봐도 알겠군요."

나는 말했다.

"나도 스태플턴 씨가 박물학자라는 얘기를 들었으니까요. 그런데 어떻게 나를 알아보셨지요?"

"나는 모티머를 만나러 갔었습니다. 그런데 마침 왓슨 박사께서 수술실 창밖을 지나가는 걸 보고 그가 얘기해 주었지요. 나는 우리 집과 방향이 같으니 어서 뒤따라가서 내 소개를 해야겠다고 생각했습니다. 헨리 경께서는 여행하느라 많이 지치셨나 보군요."

"그런 건 아닙니다."

"찰스 경이 안타깝게 가신 후에, 우리 모두는 상속자께서 여기 와서 살지 않겠다고 할까 봐 걱정을 많이 했습니다. 사실 부유한 사람에게 이런 곳에 내려와서 묻혀 살라는 것은 지나친 요구이지만, 이 시골에서 그것이 얼마나 큰 의미를 갖는지는 굳이 말할 필요가 없을 것입니다. 헨리 경께서는 그 문제에 관해 미신적인 공포는 없으시겠지요?"

"그런 것은 없을 겁니다."

"물론 왓슨 박사는 바스커빌 가문에 출몰하는 지옥의 개에 대한 전설을 알고 계시겠지요?"

"들은 적이 있습니다."

"여기 농부들은 얼마나 미신적인지 모릅니다! 너도나도 황무지에서 그런 짐승을 본 적이 있다고 맹세하는 형편이니까요."

그는 웃으며 말했지만 그의 눈빛은 심각했다.

"찰스 경은 잠시라도 그 이야기를 마음속에서 떨쳐버리지 못하셨지요. 나는 찰스 경이 돌아가신 것이 그 때문이라는 것을 믿어 의심치 않습니다."

"하지만 어떻게?"

"찰스 경은 신경이 쇠약해질 대로 쇠약해져 있었습니다. 그래서 어떤 개가 나타났든지 간에 그것은 그분의 병든 심장에 치명적인 영향을 미쳤을 것입니다. 나는 찰스 경이 그날 밤 주목 산책로에서 그와 비슷한 것을 실제로 보았을 거라고 생각합니다. 나는 그분을 정말 좋아했고, 또 그분의 심장이 약하다는 사실을 알고 있었기 때문에 혹시 무슨 나쁜 일이라도 생기면 어쩌나 걱정하고 있었지요."

"경의 심장이 나쁘다는 것은 어떻게 아셨습니까?"

"내 친구 모티머가 말해 주었지요."

"그러면, 찰스 경은 어떤 개한테 쫓기다가 놀라서 사망하셨다는 것입니까?"

"그것 말고 다른 설명이 있을 수 있을까요?"

"글쎄요, 나는 아직 잘 모르겠습니다."

"셜록 홈즈 선생께서는 어떤 생각을 갖고 계십니까?"

순간 나는 깜짝 놀라고 말았다. 그러나 스태플턴의 침착한 얼굴과 고요한 눈빛을 보니 그가 나를 놀라게 하기 위해 일부러 그 얘기를 꺼낸 것이 아님을 알 수 있었다.

"왓슨 박사님, 박사님에 대해 모르는 척하는 게 무슨 소용이겠습니까."

그는 말했다.

"박사님이 쓴 수사 기록은 이 시골구석까지 흘러들어 왔습니다. 박사님은 셜록 홈즈 선생의 이름을 드높이기 위해서 자신의 모습을 드러낼 수밖에 없으셨지요. 모티머가 박사님의 이름을 말했을 때 그는 박사님이 누구인지를 부정할 수 없었습니다. 박사님이 여기 계시다는 것은 당연히 셜록 홈즈 선생도 이 일에 관심이 있다는 것이고, 그래서 나는 자연스럽게 홈즈 선생의 생각이 궁금해진 것입니다."

"그 질문에 관해서는 대답을 드릴 수가 없을 것 같습니다."

"홈즈 선생이 앞으로 이곳을 직접 방문하는 영광을 베푸실 것인지는 물어도 될까요?"

"홈즈는 지금은 런던을 떠날 수 없습니다. 그가 맡고 있는 사건이 한두 가지가 아니라서요."

"이런 섭섭한 일이! 홈즈 선생이라면 아둔한 우리를 깨우쳐주실 수 있을 텐데요. 하지만 왓슨 박사님이 사건을 조사하는 과정에서 제가 조금이라도 도울 일이 있다면 지체 없이 말씀해 주시기 바랍니다. 혹시 나에게 어떤 의심스러운 점이 있다거나, 또는 사건을 조사하는 방법에 관해 조언이 필요하시다면 당장 말씀해 주시지요. 지금 이 자리에서 대답해 드리겠습니다."

"분명히 말씀드리지만 나는 친구 헨리 경을 방문하러 여기 온 것이고, 그래서 어떤 도움도 필요치 않습니다."

"호, 정말 훌륭하군요!"

스태플턴이 말했다.

"정말 신중하고 사려 깊으십니다. 제가 가당찮게 끼어들었으니 꾸중을 들어 마땅하지요. 약속건대 다시는 그 문제를 입에 올리지 않겠습니다."

우리는 갈림길에 이르렀다. 수풀이 우거진 좁은 오솔길이 갈라져서 꼬불꼬불 황무지를 넘고 있었다. 오른쪽으로 돌멩이가 흩어져 있는 가파른 바위산이 보였는데 그곳은 원래 화강암 채석장이었다. 이쪽에서 보이는 면은 바위가 잘려 나간 시커먼 절벽이었고, 바위 틈새에서 양치류와 나무딸기 덤불이 자라고 있었다. 먼 곳의 봉우리 너머에선 회색 연기가 피어올랐다.

"이 황무지 길을 쭉 따라가면 메리핏가가 나옵니다."

스태플턴이 말했다.

"한 시간 정도만 할애해 주신다면 왓슨 박사님에게 제 누이동생을 소개하는 영광을 누릴 수 있을 터인데요."

제일 먼저 떠오른 생각은 헨리 경의 옆을 지켜야 한다는 것이었다. 그러나 경의 책상에 흩어져 있던 영수증과 서류 더미를 생각하니 내가 가봤자 도움 될 일은 없는 것이 분명했다. 그리고 홈즈는 내게 황무지에 사는 이웃들에 관해 알아보라고 분명히 말했다. 나는 스태플턴의 초대를 받아들였고 우리는 함께 갈림길로 접어들었다.

"이곳 황무지는 정말 멋진 곳입니다."

스태플턴은 물결치는 고원을 바라보며 말했다. 긴 녹색 평원 여기저기에는 울퉁불퉁한 화강암괴가 환상적으로 솟아 있었다.

"이곳에 있으면 통 지루한 줄을 모르지요. 이곳이 얼마나 멋진 비밀을 숨기고 있는지 아십니까? 이 황무지는 정말 광대하고 신비로운 불모지입니다."

"그러면 스태플턴 씨는 이곳을 잘 아시는지요?"

"나는 여기에서 고작 2년을 살았을 뿐입니다. 이곳 주민들은 나를 타지 사람이라고 하지요. 우리는 찰스 경이 바스커빌관에 정착한 직후에 들어왔습니다. 하지만 내 취미가 그렇다 보니 나는 이 고장 곳곳을 안 다녀본 곳이 없습니다. 이곳에 대해서 나보다 더 잘 아는 사람은 별로 없을걸요."

"이곳을 잘 안다는 것이 쉬운 일이 아니지요?"

"그렇지요. 예를 들면, 여기서 북쪽으로 묘하게 생긴 봉우리들이 점점이 솟아 있는 대평원을 보십시오. 뭔가 색다른 것이 안 보이십니까?"

"말을 타고 질주하기에 이만큼 좋은 곳은 없겠군요."

"누구나 그런 생각을 합니다. 그런데 저쪽에 밝은 녹색 점들이 흩어져 있는 게 안 보이세요?"

"아, 그쪽은 다른 데 비하면 그래도 비옥해 보이는군요."

스태플턴은 웃음을 터뜨렸다.

"저곳이 그림펜 대늪지입니다."

그는 말했다.

"한 발자국 잘못 디뎠다가는 사람이건 짐승이건 황천행이지요. 어제만 해도 나는 황무지의 조랑말이 저 안으로 걸어 들어가는 것을 보았습니다. 그걸로 끝이었지요. 그 조랑말이란 놈은 늪에 빠진 채 한참 동안 고개를 빼고 있었지만 결국 늪 속으로 빨려 들어가고 말았지요. 건기에도 저곳을 지나다니는 것은 위험하지만 가을장마가 진 뒤에는 아주 무서운 곳이 됩니다. 하지만 나는 늪지 한가운데

까지 들어갔다가 무사히 돌아 나올 수 있답니다. 저런저런, 불쌍한 조랑말이 또 한 놈 들어가는군요!"

갈색 물체가 녹색 사초 한가운데서 버둥거리고 있었다. 조랑말이 애처롭게 긴 목을 빼는가 싶더니 끔찍한 울부짖음이 황무지에 메아리쳤다. 나는 등골이 서늘했지만 스태플턴은 아무렇지도 않은 것 같았다.

"사라졌군요!"

그는 말했다.

"늪이 녀석을 삼켜버렸습니다. 이틀에 두 마리라, 아마 그보다 더 많을 겁니다. 왜냐하면 짐승들은 건기에 저 늪을 지나다니는데 늪이 자신의 발목을 낚아채기 전까지는 저곳이 어떻게 변했는지 알지 못하거든요. 참 흉측한 곳입니다, 그림펜 대늪지라는 곳은."

"그런데 스태플턴 씨는 저 안에 들어갈 수 있으시다고요?"

"그렇습니다. 민첩한 사람이 취할 수 있는 길이 한두 개가 있으니까요. 나는 그것을 찾아냈습니다."

"하지만 굳이 저 끔찍한 곳으로 들어갈 이유가 있습니까?"

"허허, 저 너머에 있는 봉우리들이 보이십니까? 저 봉우리들은 사실 접근 불가능한 습지 한가운데 떠 있는 섬이거든요. 긴 세월 동안 습지는 슬금슬금 저 봉우리들을 에워쌌지요. 저곳에는 희귀한 식물과 나비 들이 서식하고 있습니다. 문제는 저곳까지 가는 것이지요."

"언젠가 나의 운을 한번 시험해 보도록 하겠습니다."

스태플턴은 놀란 얼굴로 나를 쳐다보았다.

"그런 생각일랑 애당초 마음에서 접어두시지요."

그는 말했다.

"불행한 일이 벌어질 겁니다. 왓슨 박사님이 저곳에 들어갔다가 살아 나올 가능성은 거의 없습니다. 내가 늪지를 뚫고 들어갈 수 있는 것은 복잡하기 짝이 없는 일련의 표식을 기억하고 있는 덕분입니다."

"아니, 그런데 저게 무슨 소립니까?"

나는 외쳤다.

형언할 수 없이 구슬픈, 낮은 신음 소리가 오래도록 황무지를 뒤흔들었다. 그 소리는 대기 전체를 가득 채웠지만 어디서 나는 소리인지를 알아내는 것은 힘들었다. 그것은 단조로운 신음 소리에서 우렁찬 울부짖음으로 커졌다가 다시 구슬프게 떨리는 신음 소리로 가라앉았다. 스태플턴은 호기심 가득한 표정으로 나를 쳐다보았다.

"참 묘한 곳입니다, 이 황무지라는 곳은!"

그가 말했다.

"그런데 저게 무슨 소리지요?"

"농부들은 저 소리가 바스커빌가의 사냥개가 먹잇감을 부르는 소리라고 합니다. 전에도 한두 번 들은 적이 있지만 이렇게 큰 소리를 들은 것은 처음입니다."

나는 군데군데 녹색 골풀이 자라고 있는 거대하게 솟아오른 고원을 둘러보았다. 오싹 소름이 끼쳤다. 뒤쪽의 험한 바위산에서 갈까마귀 두 마리가 시끄럽게 우짖고 있을 뿐, 광활한 고원에서 살아 움직이는 것은 아무것도 없었다.

"스태플턴 씨는 교육 받으신 분입니다. 설마 그렇게 터무니없는 이야기를 믿으시는 건 아니겠지요? 저 기괴한 소리가 어디서 난다고 생각하십니까?"

나는 말했다.

"늪은 가끔 이상한 소리를 내지요. 진흙이 가라앉거나 물이 끓어오르거나 할 때 말입니다."

"절대 그건 아닙니다. 아까 그것은 살아 있는 짐승이 내는 소리였습니다."

"흠, 아마 그럴 겁니다. 혹시 알락해오라기의 울음소릴 들어본 적 있으신가요?"

"아니요."

"알락해오라기는 희귀조인데 지금 영국에서는 거의 멸종 상태에 있지요. 하지만 황무지에는 모든 가능성이 다 있습니다. 그럼요, 나는 방금 들은 저 소리가 마지막 남은 알락해오라기의 울음소리라고 해도 놀라지 않을 겁니다."

"내 평생 그렇게 이상하고 사나운 소리는 처음 들어보았습니다."

"예, 이곳은 아주 기괴한 곳이니까요. 저쪽 산비탈을 좀 보십시오. 저게 뭐라고 생각하십니까?"

가파른 산비탈 전체에 고리 모양으로 파인 회색 바위 구조물이 보였다. 적어도 스무 개는 될 것 같았다.

"저게 뭡니까? 양 우린가요?"

"아니요. 저것은 우리 훌륭한 조상들께서 살던 곳입니다. 선사 시대 사람들은 이곳 황무지에서 군거 생활을 했답니다. 하지만 그 이후에는 저곳에 거주한 사람들이 없기 때문에 저곳은 선사 시대 사람들이 만들어놓은 그대로 보존되어 있지요. 여기 이것들은 선사 시대 사람들이 살았던 움집입니다. 지붕은 무너져버렸지요. 하지만 안에 들어가보면 당시에 쓰던 화덕과 침상이 아직 남아 있는 걸 볼 수 있습니다."

"이건 꽤 큰 마을이었겠군요. 어느 시대 것입니까?"

"신석기 시대의 유물이지요."

"그 시대 사람들은 여기서 무엇을 했지요?"

"신석기 시대 사람들은 이곳의 풀밭에 가축을 놓아 길렀답니다.

그리고 청동 칼이 돌도끼를 능가하게 되자 주석을 캐내는 법도 배웠지요. 저쪽 산기슭의 커다란 참호를 좀 보십시오. 저것이 신석기 시대 인간의 표식입니다. 왓슨 박사님, 이곳 황무지에는 대단히 특별한 요소가 많이 있습니다. 아, 잠깐 실례! 저건 키클로피데스가 분명하군요."

스태플턴은 조그마한 파린지 나방인지 하는 것이 팔랑거리며 날아가는 것을 보고 놀라운 힘과 속력으로 그 뒤를 쫓기 시작했다. 당황스럽게도 곤충은 곧장 늪지로 날아갔지만 스태플턴은 한순간도 지체하지 않고 푸른 풀이 깔려 있는 지대를 이리저리 골라 디디며 그 뒤를 쫓아갔다. 녹색 포충망이 허공을 휘저었다. 회색 옷을 입은 그가 갈지자로 경중거리며 나아가는 모습을 보니 꼭 커다란 나방처럼 보이기도 했다. 나는 그의 재빠른 동작에 대한 경탄과, 혹시 불안정한 늪지에 발이 빠지지 않을까 하는 두려움에 마음 졸이며 지켜보고 있었다. 발소리를 들은 것은 그때였다. 뒤를 돌아보니 한 여성이 이쪽으로 다가오고 있었다. 그녀는 연기가 피어오르는 쪽에서 왔지만, 황무지의 움푹 파인 지형 때문에 이곳에 가까이 올 때까지 모습이 보이지 않았던 것이다.

나는 그녀가 스태플턴 양이 틀림없다고 생각했다. 애당초 이 황무지에는 여자들이 별로 없기도 했지만 나는 누군가가 그녀를 가리켜 미인이라고 했던 것을 기억하고 있었다. 나를 향해 다가오고 있는 여성은 미인임에 틀림없었고 게다가 굉장히 보기 드문 미인이었다. 오누이가 달라도 그렇게 다를 수는 없었는데, 스태플턴은 흰 피부, 옅은 색깔의 머리에 회색 눈동자를 가진 반면, 그녀는 내가 만나본 어느 영국 여성보다 더 가무잡잡한 피부에 새까만 머리, 새까만 눈동자를 가졌다. 그러나 그녀는 키가 훌쩍 컸을 뿐만 아니라 늘씬하고 우아했다. 또 이목구비가 반듯하여 민감한 입매와 아름답고 열정적인 검은 눈동자가 아니라면 차가운 인상을 줄 정도였다. 완벽한 육체와 우아한 드레스 덕분에 그녀는 인적이 드문 황무지에서 마치 기묘한 환영처럼 보였다. 내가 뒤를 돌아보았을 때 그녀의 눈은 오빠를 향해 쏠려 있었다. 그녀는 나를 향해 걸음을 재촉했다. 모자를 벗고 막 내 소개를 하려는데 그녀가 완전히 엉뚱하다고밖에 생각할 수 없는 말을 꺼냈다.

"돌아가세요!"

스태플턴 양은 말했다.

"당장 런던으로 돌아가세요."

나는 깜짝 놀라 바보처럼 그녀를 바라보기만 했다. 그녀는 타는 눈동자로 나를 응시하며 초조하게 발을 구르기까지 했다.

"제가 왜 돌아가야 합니까?"

내가 물었다.

"말로 설명할 수는 없어요."

그녀는 나지막한 목소리로 힘주어 말했다. 흥미롭게도 그녀의 말투에는 약간 혀짤배기소리가 섞여 있었다.

"하지만 제발 내가 시키는 대로 하세요. 런던으로 돌아가서 다시는 이 황무지에 발을 들여놓지 마세요."

"하지만 저는 이제 막 여기 왔습니다."

"오, 하느님!"

그녀는 부르짖었다.

"이게 바로 당신을 위한 경고라는 걸 모르시겠어요? 런던으로 돌아가세요! 오늘 밤 당장 출발해요! 무슨 일이 있어도 이곳을 떠나셔야 해요! 쉿, 우리 오빠가 오고 있어요! 내가 한 말을 절대로 입 밖에 내지 마세요. 저기 쇠뜨기말 사이에 있는 난초를 좀 따주시겠어요? 황무지에는 난이 아주 많아요. 하지만 이 황무지의 아름다움을 보기에는 때가 좀 늦었답니다."

스태플턴은 추적을 포기하고 상기된 얼굴로 숨을 몰아쉬며 다가왔다.

"안녕, 베릴!"

스태플턴이 말했는데 그의 목소리는 어쩐지 냉담하게 들렸다.

"오빠, 얼굴이 아주 빨개졌어."

"그래, 키클로피데스를 쫓고 있었거든. 그놈은 늦가을에는 거의 찾아보기 힘든 녀석이지. 꼭 잡았어야 하는 건데 말이다!"

스태플턴은 태연하게 말했지만 그의 작은 회색 눈은 쉼 없이 동생과 나를 살피고 있었다.

"네 소개를 한 것 같은데?"

"응. 헨리 경한테 황무지의 진정한 아름다움을 보기에는 때가 좀 늦었다는 얘기를 하고 있었어."

"뭐라고? 너는 이분이 누구라고 생각하는 거지?"

"나는 헨리 바스커빌 경인 줄 알았는데."

"아니, 아닙니다."

내가 말했다.

"저는 보잘것없는 평민입니다. 하지만 경의 친구지요. 왓슨 박사라고 합니다."

표정이 풍부한 그녀의 얼굴에 당혹의 빛이 스쳤다.

"서로 딴생각을 하고 있었군요."

그녀가 말했다.

"뭐 얘기할 시간이 그렇게 많지는 않았으니까."

오빠는 여전히 묻는 듯한 눈으로 말했다.

"난 왓슨 박사님이 단순한 방문객이 아니라 이곳의 주민이라고 생각하고 말했지."

그녀는 말했다.

"난이 일찍 피는지 늦게 피는지는 박사님에게 별로 중요한 일이 아니군요. 하지만 왓슨 박사님은 저희 집에 오시는 길이지요?"

얼마 가지 않아 퇴락한 집이 나왔다. 한때 번영을 누리던 시절에 이 집은 어느 목축업자의 농장이었으나 지금은 수리를 거쳐 현대적인 주거지로 탈바꿈해 있었다. 집 주위에는 과수원이 조성돼 있었으나 과수목들은 황무지의 다른 나무와 마찬가지로 제대로 자라지 못한 채 뒤틀려 있었다. 이 고장의 전체적인 분위기가 그렇듯 이 집 역시 초라하고 음산했다. 우리를 맞아들인 것은 허깨비처럼 마른, 이 집안과 평생을 같이해 온 듯한 늙은 종복이었다. 그러나 안에 들어가보니 안주인의 취향을 반영하는 듯 우아한 가구들이 놓인 널찍한 방들이 나왔다. 창문을 통해 보니 화강암투성이의 황무지가 먼 지평선까지 끝 간 데 없이 물결치고 있었다. 이렇게 많이 배운 남자와 이렇게 아름다운 여자가 무엇하러 이런 곳에 들어왔는지 놀라울 뿐이었다.

"하필이면 이런 곳을 택하다니, 참 별스럽지요?"

스태플턴은 마치 내 의문에 대답이라도 하듯 말했다.

"하지만 우리는 이곳에서 아주 행복하게 지내고 있습니다. 그렇지 않아, 베릴?"

"정말 행복해."

그녀는 그렇게 말했지만 그것은 건성으로 들렸다.

"저는 과거에 학교를 경영했습니다."

스태플턴이 말했다.

"북부 지방에서였지요. 물론 나 같은 기질의 소유자에게 학교 일
은 기계적이고 지루한 것이었습니다. 하지만 젊은 아이들과 함께
지낼 수 있을 뿐만 아니라, 젊은 영혼을 형성하는 데 영향을 미칠
수 있었습니다. 또 아이들은 나의 성품과 이상에 깊은 인상을 받기
도 했습니다. 이러한 것들이 내게는 더없이 소중한 특권으로 여겨
졌지요. 그런데 운명의 여신이 내 편은 아니었던지 무서운 전염병
이 학교를 휩쓸어서 세 아이가 죽었습니다. 학교 경영은 치명적인
타격을 입었고 자본은 거의 바닥났지요. 하지만 아이들과의 즐거운
생활을 잃어버린 것만 아니라면 나는 그 불행을 오히려 기꺼워했을
것입니다. 왜냐하면 나는 식물학과 동물학에 관심이 깊었고 이 분
야에 할 일이 무한히 많다는 걸 알고 있었으니까요. 게다가 내 동생
은 나처럼 자연을 사랑합니다. 왓슨 박사님, 창문을 통해 황무지를
내다보는 박사님의 얼굴에는 이 모든 것에 대한 궁금증이 드러나
있었습니다."

"여기 사는 게 좀 지루할 것 같다는 생각은 했지요. 스태플턴 씨
는 몰라도 누이동생 되시는 분께는 말입니다."

"아뇨, 아니에요. 난 하나도 지루하지 않아요."

그녀가 얼른 대답했다.

"우리한테는 책도 있고 연구 과제도 있습니다. 재미있는 이웃들
도 있고요. 모티머 선생은 자기 분야에 대해 누구보다 조예가 깊은

사람입니다. 가엾은 찰스 경도 존경할 만한 어른이었지요. 우리는 그분하고 아주 친했는데 나는 말할 수 없이 그분이 그립습니다. 오늘 오후에 헨리 경을 방문해서 인사를 나누고 싶은데 혹시 폐가 되지 않을는지요?"

"경은 반가워하실 겁니다."

"그러면 헨리 경에게 제가 찾아뵙겠다고 했노라 좀 전해 주십시오. 우리는 경이 새로운 환경에 익숙해질 때까지 가급적 매사를 편안하게 해드리기 위해 미력이나마 다하고 싶습니다. 왓슨 박사님, 2층으로 올라가서 제가 만든 나비 표본을 좀 보시렵니까? 영국 남서부를 통틀어 이만큼 완전한 표본은 없다고 자신합니다만. 표본을 구경하시는 동안 점심 식사도 얼추 준비될 것 같군요."

하지만 나는 얼른 돌아가서 내 의무를 다하고 싶었다. 음산한 황무지, 불쌍한 조랑말의 죽음, 바스커빌가의 불길한 전설을 떠올리게 하는 섬뜩한 울음소리, 이 모든 것이 내 마음에 어두운 그림자를 드리웠다. 그리고 이 모든 다소 모호한 인상 위에 스태플턴 양의 분명한 경고가 더해진 것이다. 그 뜨거운 목소리를 생각하면 뭔가 그럴 만한 이유가 있다는 것을 확신할 수밖에 없었다. 나는 점심을 먹고 가라는 권유를 뿌리치고 곧장 메리핏가를 나섰다. 그리고 아까 지나온 풀밭 길을 되짚어가기 시작했다.

그러나 어딘가 지름길이 있는 모양이었다. 갈림길을 벗어나기도 전에 스태플턴 양이 앞질러 나와 길옆의 바위에 걸터앉아 있었던 것이다. 나는 깜짝 놀랐다. 여기까지 뛰어온 듯 그녀는 얼굴을 아름다운 빛으로 물들인 채 손을 옆구리에 대고 있었다.

"왓슨 박사님, 저는 박사님을 따라잡으려고 여기까지 내내 뛰어왔답니다."

그녀는 말했다.

"모자를 쓸 시간도 없었지요. 얼른 가봐야 해요. 그렇지 않으면 오빠가 제가 없어진 걸 알게 될 거예요. 저는 아까 박사님을 헨리 경으로 착각하고 바보 같은 실수를 한 점에 대해 사과드리고 싶었어요. 부디 아까 제가 한 말은 잊어주세요. 박사님한테는 해당되지 않는 얘기니까요."

"하지만 스태플턴 양, 저는 잊을 수가 없습니다."

나는 말했다.

"저는 헨리 경의 친구이기 때문에 경의 안위는 제게도 아주 중요하지요. 헨리 경이 런던으로 돌아가야 한다고 아까 그렇게 강조하신 이유를 들려주십시오."

"왓슨 박사님, 그건 여자의 변덕스러운 마음 때문이었답니다. 저를 아시면 제 말과 행동에 항상 무슨 이유가 있는 것은 아니라는 걸 알게 되실 거예요."

"아니요, 아닙니다. 저는 당신의 떨리는 목소리를 기억합니다. 저는 당신의 눈빛을 기억합니다. 제발, 제발 솔직하게 말해 주십시오, 스태플턴 양. 이곳에 온 이후로 저는 항상 사방에 깔려 있는 그림자를 의식하게 되었습니다. 삶은 발 디딜 곳도 없고, 길잡이도 없이 어디에서나 발이 푹푹 빠지는 그림펜의 대늪지와 같은 것이 되었지요. 무슨 생각으로 그런 말씀을 하셨는지 말해 주신다면, 당신의 경고를 반드시 헨리 경에게 전하겠습니다."

스태플턴 양의 얼굴에 순간적으로 망설이는 표정이 떠올랐지만 그녀는 다시 냉정한 얼굴로 돌아왔다.

"왓슨 박사님, 박사님은 제 말을 지나치게 심각하게 받아들이고 계십니다."

그녀는 말했다.

"오빠와 나는 찰스 경의 죽음에 크게 충격 받았어요. 찰스 경은 황무지를 가로질러 우리 집까지 걸어오는 걸 좋아하셨고, 그래서 우린 그분과 절친한 사이가 되었지요. 그분은 가문에 내린 저주에 몹시도 신경을 쓰셨어요. 그래서 비극적인 사건이 터졌을 때 저는 자연스럽게 그분이 그렇게 무서워하신 데에는 어떤 이유가 있을 거라고 생각했지요. 바스커빌가의 상속자가 다시 이곳에 내려왔을 때 몹시 걱정했던 것은 다 그 때문이에요. 저는 눈앞에 닥친 위험에 대해 경고해 줘야 한다고 생각했습니다. 그래서 그런 말씀을 드리게 된 것이었어요."

"그런데 그 위험이란 어떤 것이지요?"

"박사님도 바스커빌가의 얘기를 아시잖아요?"

"저는 그런 터무니없는 얘기는 믿지 않습니다."

"하지만 나는 믿어요. 만약 박사님이 헨리 경에게 어떤 영향력을 발휘할 수 있다면, 바스커빌가에게는 항상 불길했던 장소에서 그분을 멀리 떼어놓으세요. 세계는 넓답니다. 왜 그분은 하필이면 이렇게 위험한 곳에서 살고 싶어 하는 거지요?"

"왜냐하면 이곳이 위험한 곳이기 때문이지요. 헨리 경은 그런 분입니다. 스태플턴 양이 좀 더 확실한 얘기를 해주실 수 없다면 헨리 경을 딴 곳으로 보내는 것은 불가능할 것입니다."

"나는 확실하게 말할 게 없어요. 왜냐하면 확실히 아는 게 없으니까요."

"스태플턴 양, 한 가지만 더 묻겠습니다. 당신의 말에 방금 말한 것 외의 의미가 없다면, 왜 오빠가 알까 봐 그렇게 두려워하시는 거지요? 오빠든 누구든 알아서 안 될 만한 내용은 없잖습니까?"

"오빠는 바스커빌관에 꼭 주인이 살아야 한다고 생각해요. 왜냐하면 황무지의 가난한 사람들을 위해 필요하다고 생각하니까요. 오빠는 내가 헨리 경을 쫓아낼 얘기를 한 걸 알면 몹시 화를 낼 거예요. 하지만 저는 이제 의무를 다했으니까 더 이상 아무 말도 않겠어요. 가겠어요. 그러지 않으면 오빠가 내가 없어진 걸 알고 내가 박사님을 만나러 갔다고 의심할 테니까요. 그럼, 안녕!"

그녀의 뒷모습은 여기저기 흩어진 바위 사이로 어느새 사라져버렸다. 나는 뭔지 모를 두려움이 마음 가득 차오르는 것을 느끼며 바스커빌관을 향해 걸음을 재촉했다.

왓슨 박사의 첫 번째 보고서

내 앞의 탁자에는 내가 셜록 홈즈에게 보낸 편지가 쌓여 있다. 이제부터 나는 이 편지들에 의지하여 사건의 추이를 설명할 생각이다. 한 장이 없어진 것만 빼면, 이 편지는 기억보다 훨씬 정확하게 당시의 내 감정과 의혹을 표현하고 있다. 물론 당시의 비극적인 여러 사건에 대한 내 기억은 아직도 생생하지만.

바스커빌관, 10월 13일

친애하는 홈즈에게

나는 그간 자네에게 부친 사신(私信)과 전보를 통해, 신에게서 버림받은 세상의 한 모퉁이에서 일어난 모든 사건에 관한 소식을 알려왔네. 여기에 오래 머무를수록, 황무지의 넓과 광대함, 그 기묘한 매력이 영혼 속으로 스며들게 된다네. 황무지의 품에 안기는 순간 사람들은 현대 영국의 모든 것을 뒤로하는 한편, 사방에서 선사 시대 인간의 일과 삶을 의식하게 되지. 황무지를 걷노라면 어디에서나 이 잊힌 사람들의 주거지와 무덤, 그리고 사원의 표시로 추측되는 거석(巨石)들을 만나게 된다네. 회색 돌집이 상처 난 산허리에 박혀 있는 모습을 보면 자신의 시대에 대해서는 어느덧 까맣게 잊게 되지. 만약 벌거벗은 털북숭이 사나이가 얕은 문에서 기어 나와 부싯돌 활촉을 매단 화살을 시위에 매기는 모습을 보게 된다면 이 땅에는 그의 존재가 훨씬 자연스럽게 어울린다는 것을 느끼게 될 걸세. 이상한 것은 사람들이 가장 척박한 땅이었을 이곳에 그렇게 많이 모여 살았다는 것이네. 내게 역사 취미 같은 것은 없어도, 나는 이곳에 살았던 이들이 평화를 사랑하지만 핍박받는 종족이었던 까닭에 아무도 차지하지 않으려는 땅을 받아들일 수밖에 없었다고 상상한다네.

그러나 이 모든 것은 자네가 내게 부여한 임무와는 아무 상관 없는 것이지. 그리고 자네의 극단적으로 실용적인 정신은 이런 것에 거의 흥미를 느끼지 못할 터이고 말이야. 나는 아직도 태양이 지구 주위를 도는지, 혹은 지구가 태양 주위를 도는지의 문제에 관한 자네의 완전한 무관심을 기억하고 있네. 그래서 이만 헨리 바스커빌 경에 관한 이야기로 돌아가려 하네.

자네가 지난 며칠 동안 아무 보고를 받지 못한 것은 오늘까지 별로 얘기할 거리가 없었기 때문이었어. 그런데 놀라 자빠질 만한 사건이 일어났지. 그 이야기는 좀 이따가 하기로 하고, 먼저 그와 관련된 제반 정황에 대해 이야기하기로 하겠네.

먼저 황무지로 달아난 탈옥수에 관한 얘기를 하지. 지금 그자가 멀리 도망쳤다고 믿을 만한 이유가 있는 까닭에, 이 외진 곳의 주민들은 안도의 한숨을 쉬고 있거든. 그자가 탈옥한 지 벌써 2주가 지났는데, 그동안 그를 본 사람도 그에 관한 얘기를 들은 사람도 없으니까 말이야. 그자가 그동안 황무지에서 버틸 수 있었다고 생각하는 것은 언어도단이지. 물론, 은신할 곳이야 많지. 산비탈의 돌집 아무 곳에나 들어가서 숨어도 되니까. 하지만 황무지의 양을 잡아먹지 않는 이상 그곳에 먹을 것이라곤 전혀 없네. 그래서 우리는 그자가 멀리 도망쳤다고 생각했던 것이지. 덕분에 인근의 농부들은 발 뻗고 자게 되었다네.

바스커빌관에는 사지가 멀쩡한 남자들이 넷이나 있어서 자위 능력은 충분하다네. 하지만 스태플턴네를 생각하면 불안을 느낄 때가 한두 번이 아니었어. 그 집은 누군가의 도움을 받으려면 족히 몇 킬로미터는 걸어야 하는 외딴곳에 자리 잡고 있는 데다가, 집에는 하녀 하나와 늙은 종복, 그리고 오누이뿐이거든. 게다가 스태플턴은 강한 남자 축에는 못 드니까 말이야. 노팅힐 살인범처럼 물불을 가리지 않는 자가 들이닥친다면 속수무책일 것이네. 헨리 경과 나는 그 집 형편이 걱정스러웠던 까닭에 마부 퍼킨스를 밤마다 그 집에 빌려주겠다고 했지. 하지만 스태플턴은 고집스럽게 헨리 경의 호의를 거절했다네.

우리 친구 헨리 경은 아름다운 이웃 아가씨에게 상당한 관심을 갖기 시작했네. 그처럼 힘이 넘치는 사나이가 이렇듯 외진 곳에서 사는 것이 쉽지 않은 일인 데다, 스태플턴 양이 말할 수 없는 매력과 아름다움을 갖춘 여성이라는 점을 생각해 볼 때 그건 별로 놀랄 만한 일이 아니지. 열대 지방에서 태어난 듯 이국적인 매력이 물씬 풍기는 스태플턴 양은 냉정하고 무감동한 오빠와 극히 대조적일세. 하지만 스태플턴도 내면에 불꽃을 감추고 있는 사나이라는 느낌을 준다네. 스태플턴은 누이동생에게 상당한 영향력을 행사하고 있는 것이 틀림없어. 나는 누이동생이 무슨 말을 할 때마다 오빠의 동의를 구하는 것처럼 끊임없이 그쪽을 곁눈질하는 모습을 자주 보았거든. 물론 그는 동생에게 상냥하게 대해 주겠지. 하지만 메마른 불꽃을 튕기는 그의 눈과 꼭 다문 얇은 입술은 강한 신념과 냉정한 기질을 드러내는 듯하네. 자네도 스태플턴이 재미있는 친구라는 걸 알게 될걸세.

스태플턴은 첫날 바스커빌관을 찾아왔고, 다음 날은 우리를 악당 휴고의 전설이 탄생된 곳이라고 전해지는 장소로 데려가주었다네. 거기까지는 황무지를 가로질러 족히 몇 킬로미터는 가야 하는데 역시 그런 이야기를 만들어내기에 족할 만큼 음침한 곳이더군. 험준한 작은 바위산 사이로 협곡이 있는데 그곳을 따라가다 보면 하얀 황새풀이 깔려 있는 탁 트인 풀밭이 나오지. 풀밭 한가운데 두 개의 큰 바위가 솟아 있는데 위쪽 끝이 날카롭게 모가 난 것이 꼭 무슨

괴물의 거대한 송곳니처럼 보여. 어느 모로 보나 그것은 옛 비극의 한 장면과 잘 어울린다네. 헨리 경은 강한 호기심을 드러내며 스태플턴에게 초자연적인 힘이 사람의 일에 간섭한다는 게 정말 가능하다고 생각하느냐고 몇 번씩이나 물었어. 스태플턴은 가벼운 말투로 대답했지만 마음속으로는 전혀 딴판으로 생각하고 있다는 것이 분명히 드러나 보였지. 그는 지극히 조심스럽게 대답했지만 그가 마음속의 말을 다 하지 않았다는 것, 그리고 헨리 경의 감정을 고려해서 자신의 생각을 솔직히 말하지 않았다는 것은 쉽게 알 수 있었지. 그는 여러 가문에서 어떤 악의 힘 때문에 고통을 당했던 비슷한 사례를 이야기해 주었어. 그런 것을 종합해 보면 스태플턴이 그 문제에 관해 농부들과 같은 견해를 가지고 있는 것은 분명해.

집에 돌아오는 길에 우리는 메리핏가에 들러서 점심 식사를 했다네. 헨리 경이 스태플턴 양을 처음 만난 것이 바로 그때였지. 헨리 경은 아가씨를 본 그 순간부터 완전히 매혹된 것처럼 보였어. 그리고 내 느낌에 의하면 양쪽 다 그런 감정을 느낀 것 같았네. 헨리 경은 집에 오는 길에 그녀 이야기를 하고 또 했네. 그리고 그다음부터 하루라도 그 오누이와 관계되어 있는 어떤 것을 보지 않고 지나간 날이 없었어. 그 오누이가 오늘 저녁 여기 와서 저녁 식사를 하면, 다음 주에는 우리가 그쪽에 가겠다는 얘기가 오가는 식일세. 언뜻 보기에 두 남녀의 결합은 스태플턴이 바라는 바일 것 같지? 하지만 나는 헨리 경이 그의 누이동생에게 어떤 관심을 드러낼 때마다 그의 얼굴에 몹시 싫은 기색이 스치는 것을 꽤 여러 번 보았다네. 스태플턴이 누이동생을 아끼는 것은 분명하고, 또 동생이 없으면 삶이 쓸쓸해질 터이지만, 그렇다고 누이동생이 그토록 빛나는 청년과 결혼하는 것을 방해한다면 그것은 이기심의 극치에 다름 아닐 것일세. 하지만 내가 보기에 스태플턴은 두 남녀의 관계가 사랑으로 발전하길 바라지 않는 것이 분명하네. 두 남녀가 은밀한 시간을 갖는 것을 어떻게 해서든 막으려고 애쓰는 모습을 여러 번 보았거든. 어쨌든 자네는 나더러 헨리 경이 혼자 밖에 나가지 못하게 하라고 했지만, 그렇잖아도 어려운 상황에 연애 문제가 보태진다면 그것은 점점 더 힘든 일이 될 것일세. 내가 자네의 지시를 곧이곧대로 이행하려 한다면 나는 당장 인기 없는 사람이 될 게 뻔하네.

지난 목요일, 좀 더 정확히 말하면 모티머 선생이 여기 와서 점심

식사를 한 날이었네. 모티머 선생은 롱다운에서 고분(古墳)을 하나 발굴하고 있는데 거기서 선사 시대의 두개골을 하나 주워서 뛸 듯이 기뻐하고 있다네. 세상천지에 그토록 외곬의 정열을 가진 사람은 다시없을 걸세! 나중에 스태플턴 오누이가 합류했는데, 헨리 경의 부탁으로 마음씨 좋은 의사 선생은 우리 모두를 그 주목 산책로로 데려갔다네. 그리고 그 무서운 밤에 사건이 벌어졌던 바로 그 장소를 우리에게 보여주었지. 주목 산책로는 길고 음침한 길이야. 주목 울타리가 높은 벽처럼 두 줄로 서 있고, 양쪽 가장자리에는 좁은 풀밭이 있어. 산책로 맨 끝에는 쓰러져가는 낡은 여름 별장이 서 있지. 그리고 중간쯤에는 찰스 경이 담뱃재를 털었던 황무지로 통하는 쪽문이 있네. 희게 칠한 쪽문은 빗장을 질러놓았더군. 그 너머

는 드넓은 황무지일세. 나는 그 사건에 관한 자네의 가정을 기억해 내고 그때 일을 머릿속에서 그려보았다네. '찰스 경이 거기 서 있는데 황무지에서 무엇인가 다가오는 것을 목격한다. 그것을 보고 깜짝 놀란 노인네는 공포에 질려 정신없이 도망치다가 순전한 공포와 육체의 피로로 인해 쓰러져 죽는다.' 찰스 경은 길고 어두운 터널을 따라 도망쳤지. 그렇다면 그 뒤를 쫓은 것은 무엇이었을까? 황무지의 양치기 개? 또는 괴물같이 시커멓고 조용한 사냥개 유령? 그 사건의 배후에는 인간 대리인이 있었던 것일까? 창백한 얼굴로 항상 주위를 경계하는 배리모어는 자신이 말한 것 이외의 사실을 더 알고 있을까? 모든 것이 다 어둡고 희미하지만 그 배후에는 음침한 범죄의 그림자가 드리워져 있네.

최근에 만나본 이웃은 래프터관의 프랭클랜드 씨라네. 그는 여기서 남쪽으로 6킬로미터쯤 떨어진 곳에 살고 있지. 프랭클랜드 씨는 불그레한 얼굴에 흰 수염을 기르고 걸핏하면 화를 내는 노인일세. 그는 영국 법 분야에 정열을 쏟고 있는데 수많은 소송을 하느라고 가산을 탕진했다고 하지. 프랭클랜드 씨는 순전히 싸우는 기쁨을 위해서 싸우는 사람이고 또 기분 내키는 대로 입장을 바꾸는 사람이기 때문에 그가 자신의 취미를 값비싼 오락으로 생각하는 것도 무리가 아닐세. 그는 어떤 때는 마음대로 길을 막아버려서 군 당국과 통행권을 놓고 싸움질을 한다네. 또 어떤 때는 제 손으로 남의 집 문짝을 떼어내고 옛날부터 그곳을 지나는 길이 있었다고 주장하지. 이렇게 해서 집주인이 무단 침입죄로 자신을 고소하게 만드는 것일세. 그는 영지와 공유 재산권에 관해서는 모르는 것이 없는데, 자신이 가진 지식을 어떤 때는 페른워시의 주민들을 위해서 사용하고 또 어떤 때는 주민들의 이익에 반해서 사용하거든. 그래서 그는 가장 최근에 한 일의 공과(功過)에 따라 어떤 때는 승리의 월계관을 쓰고 거리를 행진하고, 또 어떤 때는 프랭클랜드 허수아비 화형식을 당하는 일을 주기적으로 반복한다네. 그는 현재 일곱 건 정도의 소송에 휘말려 있는데 이것이 아마 남은 재산을 다 잡아먹게 될 거라고들 하지. 재산을 다 들어먹으면 이빨 빠진 호랑이가 되어 아무에게도 해를 끼치지 못하게 되겠지. 하지만 소송 좋아하는 것만 빼면 그는 좋은 사람일세. 친절하고 호기로운 성품의 소유자야. 내가 굳이 이 노인네 이야기를 하는 것은 자네가 주위 사람들에 대해 알아보라고 당부했기 때문일세. 프랭클랜드는 아마추어 천문학자이기도 한데 성능 좋은 망원경을 소유하고 있네. 그런데 신기하게도 지금은 자기 집 지붕 위에 망원경을 설치해 놓고 하루 종일 황무지를 감시하고 있어. 탈옥수의 흔적을 찾아내려는 것이지. 그가 넘치는 정력을 이런 일에만 사용한다면 오죽 좋겠나. 그러나 들리는 소문에 의하면 그는 모티머 선생이 후손의 동의를 받지 않고 롱다운의 무덤을 파헤쳐 신석기 시대의 두개골을 캐냈다고 고소할 생각을 하고 있네. 아무튼 프랭클랜드는 이곳의 단조로운 생활에 재미있는 이야깃거리를 제공해 주고 있다네. 여기에는 그런 사람이 필요하긴 해.

그러면 탈옥수에서 스태플턴 오누이, 모티머 선생, 래프터관의 프랭클랜드 씨의 소식까지 두루 전해 주었으니까 중요한 얘기들은 끝난 셈이고, 이제 배리모어 부부에 관해, 특히 어젯밤에 일어난 놀라운 사건에 관해 이야기하기로 하겠네.

먼저 자네가 배리모어가 정말 여기 있는지 확인하려고 런던에서 보낸 전보 말일세. 나는 전신국장의 증언을 빌려 자네의 방법이 별 효과가 없었고 우리에게는 이렇다 할 증거가 없음을 이미 설명한 바 있네. 헨리 경에게 그 이야기를 하자 직선적인 성격의 소유자인 경은 당장 배리모어 집사를 불러들여 그 전보를 직접 받았는지 여부를 물었다네. 배리모어는 그렇다고 대답했지.

"그 애가 자네에게 직접 전보를 전했나?"

헨리 경이 물었지.

배리모어는 깜짝 놀라서 잠시 생각을 더듬었네.

"아닙니다. 저는 그때 골방에 있었고 제 아내가 그걸 가지고 올라왔습니다."

"회신은 자네가 직접 했나?"

"아닙니다. 제가 아내에게 답장 내용을 불러주었고 아내가 아래층으로 내려가서 그대로 옮겨 적었습니다."

그런데 저녁때 배리모어가 그 얘기를 다시 꺼냈다네.

"주인님, 저는 주인님이 오늘 아침에 무슨 이유로 그런 질문을 하셨는지 전혀 이해가 가지 않습니다."

배리모어가 말했지.

"그 사람들이 제가 주인님의 신뢰를 잃을 만한 짓을 했다고 말하지는 않았으리라고 생각합니다."

헨리 경은 집사에게 그게 아니라고 해명하느라 진땀을 흘렸지. 그리고 자신이 입던 옷을 꽤 많이 주어서 달래야 했어. 런던에서 맞춘 옷이 전부 도착했거든.

몸집이 큰 배리모어의 아내는 상당히 흥미로운 여성이라네. 그녀는 품행이 단정하고, 고지식하고, 또 청교도적 기질도 있어. 자네는 그처럼 감정을 드러내지 않는 사람은 상상할 수 없을 거야. 하지만 나는 이곳에 온 날 밤에 가정부가 흐느끼는 소리를 들은 적이 있는데 그 뒤에도 얼굴에서 눈물 자국을 발견한 적이 몇 번 있지. 마음속에 어떤 깊은 한이 도사리고 있는 것일세. 어떤 때는 가정부가 죄의식에 시달리고 있는 게 아닌가 하는 생각이 들고, 또 어떤 때는 배리모어가 아내에게 폭군처럼 구는 게 아닌가 의심이 들기도 한다네. 나는 항상 이 사내에게 대단히 묘하고 미심쩍은 구석이 있다고 생각해 왔지만, 어젯밤에 있었던 일은 내 모든 의혹을 한꺼번에 들쑤셔놓았어.

하지만 그것은 별일 아닌지도 모르겠네. 자네도 알다시피 나는 잠을 푹 못 자거든. 더구나 나는 이 집에서 경호원 역할을 맡고 있기 때문에 평소보다 잠을 잘 못 자고 있네. 그런데 어젯밤 두시경에 누가 소리 죽여 방문 앞을 지나가는 소리에 잠이 깼어. 난 일어나서 문을 살짝 열고 밖을 살폈지. 복도에 검은 그림자가 길게 드리워져 있었네. 한 남자가 손에 촛불을 들고 복도를 살금살금 걷고 있었던 거야. 그는 옷을 걸치고 있었지만 발은 맨발이더군. 어두워서 자세히 보이지는 않았지만 키가 큰 걸 보니 그것은 배리모어였네. 그는 소리가 나지 않도록 아주 천천히 걷고 있었는데 어쩐지 아무도 모르게 떳떳지 못한 일을 하고 있는 듯한 인상을 풍기더군.

앞서 말했던 것처럼, 복도는 중간 부분에서 홀 전체가 내려다보이는 발코니로 이어지고, 그것은 다시 반대편 복도로 연결되지. 나는 배리모어 집사가 발코니로 들어설 때까지 기다렸다가 그의 뒤를 따르기 시작했네. 내가 발코니를 돌았을 때 그는 반대쪽 복도의 맨 끝에 있었어. 나는 문틈으로 흘러나오는 불빛을 보고 그가 방으로 들어갔다는 사실을 알 수 있었지. 그쪽 방들은 가구도 놓지 않았을 뿐 아니라 아무도 쓰는 사람이 없기 때문에 그의 행동은 더욱 수상쩍게 보였다네. 문틈으로 새어 나오는 불빛이 흔들림이 없는 것으로 보아 그는 꼼짝 않고 서 있는 것 같았어. 나는 되도록 소리 내지 않고 복도를 내려가 문틈으로 방 안을 엿보았지.

배리모어는 촛불을 손에 든 채 창문에 몸을 바짝 대고 있었어. 그는 이쪽으로 고개를 약간 돌리고 있었는데, 무엇인가를 찾아 황무지의 어둠 속을 응시하는 얼굴이 딱딱하게 굳어 있더군. 집사는 한동안 열심히 쳐다보고 서 있었네. 그러다 무슨 말을 내뱉더니 서둘러 촛불을 꺼버렸어. 나는 곧 내 방으로 돌아왔지. 잠시 후 살금살금 걸어서 방문 앞을 지나가는 소리가 다시 들렸다네. 한참 있다 살짝 잠이 든 나는 어딘가에서 열쇠 돌아가는 소리를 들었네. 하지만 그것이 어디서 나는 소리인지는 알 수 없었어. 이 모든 것이 무엇을 의미하는지는 알 수 없지만, 어쨌든 이 어두운 집에서 어떤 비밀스

러운 일이 벌어지고 있는 것만은 틀림없네. 조만간 우리는 그것이 어떤 일인지 똑똑히 알게 될 걸세. 자네를 내가 만든 이론으로 괴롭히지는 않겠네. 오로지 사실에만 충실해 달라는 자네 부탁이 있었으니까. 나는 오늘 아침에 헨리 경과 장시간 대화를 나누었고, 함께 모종의 작전 계획을 짰다네. 그것이 어떤 것인지 지금 당장 말해 주지는 않겠어. 그러면 나의 다음 보고서가 재미없어질 테니까.

왓슨 박사의 두 번째 보고서

황무지의 불빛

바스커빌관, 10월 15일

친애하는 홈즈에게

내가 여기 내려온 뒤 자네에게 별로 소식을 전하지 못한 것이 사실이라 해도, 자네는 내가 까먹은 시간을 벌충하고 있다는 걸 인정해야 할 걸세. 이제 사건들이 한꺼번에 터지고 있다네. 지난 보고서에서 나는 배리모어 집사에 관한 얘기로 끝을 맺었는데 이제 내 수중에는 자네를 깜짝 놀라게 해줄 만한 이야기보따리가 있다네. 예상치 못했던 일들이 차례로 일어났지. 어떻게 보면 상황은 지난 48시간 동안 더 분명해진 것 같기도 하고, 어떻게 보면 그사이에 더 복잡해진 것도 같네. 하지만 자네에게 모두 털어놓을 작정이니까 알아서 판단하게.

다음 날 아침, 나는 아침 식사 전에 반대편 복도로 내려가 전날 밤 배리모어가 들어갔던 방을 조사해 보았네. 나는 배리모어가 앞에 서서 뚫어지게 밖을 내다보던 서쪽 창이 집 안의 다른 창문과 다른 점이 있다는 걸 알아챘어. 그 창으로는 가까운 황무지가 훤히 바라다보였네. 두 그루의 나무 사이가 휑하니 뚫려 있어서 창가에 서면 황무지가 곧장 건너다보이는 거지. 하지만 집 안의 다른 창으로는 먼 곳의 풍경만 보이거든. 따라서, 배리모어가 굳이 이 창문을 택한 것은 그가 황무지에 있는 무엇인가 또는 누군가를 찾고 있기 때문이었네. 하지만 지난밤은 아주 어두웠기 때문에 배리모어가 이 창으로 어떤 사람의 모습을 볼 수 있었을 리는 만무하지. 그런데 문득 배리모어의 정부가 걸어서 이곳까지 온 게 아닐까 하는 생각이 들었네. 그렇다면 그가 비밀스럽게 행동했던 것이나 그의 아내가 불안해했던 것이 다 설명이 되거든. 배리모어는 시골 처녀의 마음을 사로잡기에 모자람이 없을 정도의 미남자니까 이러한 가정의 근거는 충분해 보였네. 내가 다시 침대에 누운 뒤 들었던 문 따는 소리는 그가 은밀한 약속을 지키기 위해 밖에 나가는 소리가 아니었을까? 어쨌든 나는 아침나절에 이런 식으로 추리했지만 결과적으로 그것은 근거 없는 추측이었다네.

하지만 배리모어의 그런 행동이 진짜 무슨 이유 때문이었든지 간에, 혼자서만 그 일을 알고 있는 것은 좀 감당하기 힘들게 느껴졌네. 그래서 나는 조반을 마친 후에 준남작을 서재에서 만나 내가 목격한 것을 낱낱이 얘기했지. 그는 별로 놀라는 눈치가 아니었네.

"나는 배리모어 집사가 밤마다 돌아다닌다는 사실을 알고 있었어요. 그래서 한번 집사를 만나 그 얘기를 할 생각이었죠."

준남작이 말했지.

"나도 왓슨 박사가 얘기한 그 시간 무렵에, 집사가 복도를 왔다 갔다 하는 소리를 두세 번 들었습니다."

"밤마다 그 창문을 찾아가는 모양이군요."

나는 말했지.

"아마 그럴 겁니다. 그러면 우리는 집사 뒤를 따라가서 그가 찾고 있는 것이 무엇인지 알아보기로 합시다. 홈즈 선생께서 여기 있다면 어떻게 할까요?"

"홈즈라면 경이 방금 말한 대로 행동할 겁니다. 배리모어가 무엇을 하는지 알아내기 위해 뒤를 밟을 거예요."

나는 말했지.

"그러면 우리 둘이 같이하면 되겠군요."

"하지만 우리가 따라가는 소리를 들을 텐데요."

"집사는 귀가 약간 어두워요. 그리고 들키는 한이 있어도 한번 해봐야지. 오늘 밤 내 방에 앉아 있다가 집사가 나올 때까지 기다립시다."

헨리 경은 기쁨을 감추지 못하고 두 손을 비볐네. 황무지에서의 단조로운 생활에 단비 같은 모험을 내심 반기는 것이 분명했지.

준남작은 찰스 경의 의뢰를 받아 설계도를 그렸던 건축가, 그리고 런던의 하청업자와 연락을 취하고 있으니 조만간 이곳에는 커다란 변화가 시작될 것 같네. 플리머스의 실내 장식가와 가구업자도 들락거리는 것으로 보아 우리 친구가 가문의 영광을 되살리려는 원대한 구상에 비용과 수고를 아끼지 않을 게 분명해. 저택의 개조와 가구 배치가 끝난다면 준남작에게 필요한 것은 오직 아내뿐일 것일세. 헨리 경이 아름다운 스태플턴 양과 함께 있는 모습을 보면 세상에 여자한테 저렇게 사족을 못 쓰는 남자도 있구나 하는 생각이 절로 드네. 그 숙녀가 기꺼워하지 않는다면 이 모든 것은 아무것도 아닐 거라는 것은 누가 봐도 분명하지. 하지만 헨리 경에게 진정한 사랑의 길은 예상보다 험난하네. 예를 들면 오늘, 전혀 예기치 못한 일이 생기는 바람에 우리 친구는 굉장히 당황하고 괴로워했지.

배리모어에 대한 얘기가 끝나자 헨리 경은 모자를 쓰고 외출할 준비를 했네. 당연히 나도 따라서 외출 준비를 했어.

"왓슨 박사, 뭘 하려고 그러십니까?"

준남작은 야릇한 표정으로 나를 쳐다보며 물었네.

"내가 뭘 할 건가는 경이 황무지에 가는지 안 가는지에 달려 있지요."

나는 말했네.

"그래요, 난 황무지에 갑니다."

"경도 나의 의무가 어떤 것인지 잘 알고 있습니다. 경의 사생활에 끼어들어서 미안하지만, 홈즈가 신신당부한 거 알고 있지요? 난 경을 혼자 보낼 수 없습니다. 특히 혼자 황무지에 나가는 일만큼은 절대 안 됩니다."

헨리 경은 유쾌한 얼굴로 내 어깨에 손을 얹었네.

"친애하는 벗이여, 아무리 지혜로운 홈즈 선생이라도 내가 이곳에 온 뒤에 생긴 일을 예상하지는 못했어요. 왓슨 박사는 나를 이해하지요? 박사님도 남의 흥을 깨는 사람이 되고 싶지는 않을 겁니다. 난 혼자 나가야겠습니다."

나는 진퇴양난이었네. 내가 우물쭈물하고 있는 동안 준남작은 지팡이를 집어 들고 나가버렸어.

하지만 양심에 비추어 생각해 보았을 때 어떤 이유 때문에든 그를 혼자 내보낸 것이 심히 후회스러웠네. 나는 런던으로 돌아가서, 자네의 지시를 따르지 않아 불행한 일이 생겼다는 얘기를 털어놓을 때 내 기분이 어떨 것인가를 상상했네. 정말이지 그 생각만으로도 얼굴이 붉어졌지. 헨리 경을 따라잡기에는 아직 늦지 않은 것 같아서 나는 당장 메리핏가가 있는 방향으로 달려갔네.

나는 길을 따라 힘껏 뛰어갔지만 황무지로 가는 갈림길이 나올 때까지 헨리 경은 그림자도 보이지 않았다네. 혹시 내가 엉뚱한 방향으로 온 것이 아닌가 하는 생각이 들어서 작은 동산 위로 올라갔지. 그것은 버려진 채석장이 있는 바로 그 산이었네. 꼭대기에 올라가자 헨리 경의 모습이 보이더군. 그는 앞쪽으로 500미터쯤 떨어진 곳에 있었는데 옆에 있는 숙녀는 다름 아닌 스태플턴 양이었네. 둘 사이에 이미 어떤 얘기가 오간 것이 분명했고, 사전 약속이 있었던 게 틀림없었지. 두 사람은 천천히 길을 걸으며 열심히 대화를 나누더군. 나는 스태플턴 양이 뭐라고 열심히 이야기하면서 빠른 손짓을 하는 걸 보았네. 헨리 경은 주의 깊게 듣는 모습이었지만 강한 부정의 뜻으로 한두 번 고개를 흔들었지. 나는 바위틈에 서서 두 사람을 지켜보고 있었지만 어떻게 해야 좋을지 갈피를 잡을 수가 없었다네. 물론 두 사람을 향해 달려가서 은밀한 대화를 방해하는 것도 차마 사람이 할 짓이 아니었지. 하지만 내게 주어진 의무는 잠시라도 헨리 경에게서 눈을 떼지 않는 것이 아닌가. 친구 몰래 뒤를 밟는다는 것은 정말 죽기보다 싫은 의무였네. 하지만 나는 산 위에서 그를 지켜보다가 나중에 내 행동을 고백해서 양심의 짐을 더는 것이 가장 나은 방법이라고 생각했네. 어떤 위험이 갑작스럽게 닥쳤을 때 준남작을 보호하기에는 내가 너무 먼 곳에 있었던 것이 사실이었지만 내가 곤란한 처지에 놓였다는 것과, 그 이상 할 수 있는 일은 없었다는 것을 자네는 이해해 주리라고 믿네.

우리의 친구 헨리 경과 숙녀분이 멈춰 서서 대화에 열중해 있을 때, 나는 문득 둘의 만남을 지켜보는 사람이 나 혼자만은 아니라는 사실을 깨달았어. 공중에 떠 있는 푸른색이 언뜻 보여서 눈을 들어 보니 그것은 막대에 달린 포충망이더군. 한 남자가 포충망을 들고 기복이 심한 땅에서 움직이고 있었네. 그것은 스태플턴이었지. 그는 두 남녀에게 나보다 훨씬 가깝게 접근해 있었을 뿐만 아니라 그쪽을 향해 움직이고 있는 듯했네. 그때 갑자기 헨리 경이 스태플턴 양을 와락 껴안았지. 경의 팔은 숙녀분을 안고 있었지만 그녀는 고개를 외면한 채 몸을 떼어내려고 애쓰는 것 같았네. 경은 그녀를 향해 고개를 숙였네. 스태플턴 양은 뭐라고 항의하는 것처럼 한 손을 들

어 올렸네. 다음 순간 나는 두 남녀가 황급히 떨어진 다음 등을 돌리는 모습을 보았네. 그것은 스태플턴 때문이었어. 그는 바보 같은 포충망을 등 뒤에 매달고 두 사람을 향해 미친 듯이 뛰어오고 있었네. 그는 두 연인 앞에서 흥분이 극에 달한 채 마구 손짓 발짓을 했어. 멀리서 보니 무슨 춤이라도 추는 것처럼 보이더군. 이해할 수 없는 장면이었지만, 스태플턴은 뭐라고 해명하는 헨리 경에게 욕을 퍼붓고 있는 것처럼 보였다네. 헨리 경도 자신의 해명이 받아들여지지 않자 점점 화가 나는 것 같더군. 숙녀는 옆에서 고고하게 침묵을 지키고 있었고. 마침내 스태플턴은 몸을 획 돌리더니 위압적인 태도로 누이동생에게 손짓했고 동생은 어쩔 줄 몰라 하며 헨리 경을 한 번 쳐다보고는 오빠를 따라 걸음을 옮겨놓았네. 박물학자의

화난 몸짓을 보니 누이동생에 대해서도 상당히 불쾌하게 여기고 있는 것 같더군. 준남작은 우두커니 서서 남매의 뒷모습을 바라보다가 돌아서서 천천히 걷기 시작했네. 고개를 푹 숙인 모습을 보니 그 심정이 얼마나 쓰라린지 알겠더군.

나는 이 모든 일이 무엇을 의미하는지는 알 수 없었지만 친구 몰래 그렇게 내밀한 만남을 지켜보았다는 것이 말할 수 없이 부끄러웠어. 나는 산을 뛰어내려 갔고 밑에서 준남작을 만났다네. 그는 화가 나서 얼굴이 붉게 달아오르고, 어떻게 해야 할지 모르는 사람처럼 눈살을 잔뜩 찌푸리고 있었네.

"아니, 왓슨 박사! 하늘에서 떨어지기라도 한 겁니까?"

헨리 경이 말했네.

"내가 그렇게 말했는데도 부득부득 내 뒤를 쫓아온 것은 아니겠지요?"

나는 준남작에게 있는 그대로 사실을 다 털어놓았네. 그를 혼자 내보내서는 안 된다고 생각했던 것, 그를 찾아서 달려왔던 것, 그리고 모든 일을 다 목격했던 것 등. 순간적으로 경은 화가 나서 나를 노려보았지만 내가 솔직하게 다 털어놓자 노여움이 씻은 듯 사라지는 것 같았네. 그는 마침내 처량하게 웃더군.

"들판 한가운데라면 남의 눈에 띄지 않고 은밀한 시간을 가질 수 있을 줄 알았죠."

그는 말했네.

"그런데 젠장, 온 마을 사람들이 다 나와서 내가 구애하는 장면을 지켜보고 있었단 말인가? 또 그 구애라는 것이 얼마나 형편없이 되었느냔 말이지! 박사는 도대체 어디에 자리 잡고 있었습니까?"

"나는 그 동산 위에 있었습니다."

"허, 우리 뒤쪽에 자리 잡고 있었네그려. 그 오빠라는 작자는 훨씬 앞쪽에 있었는데 말이오. 박사는 그자가 우릴 덮치는 모습을 보았나요?"

"보았지요."

"그 오빠라는 자 말입니다, 박사는 그자가 제정신이 아니라고 생각한 적이 있습니까?"

"그런 적은 없었습니다."

"나도 마찬가집니다. 오늘까지는 항상 그자가 정상이라고 생각했어요. 하지만 그자나 나, 둘 중의 하나는 반드시 정신 병원에 가야 해요. 도대체 나한테 뭐가 문제라는 거지? 왓슨 박사, 박사님은 몇 주 동안 나랑 같이 살아봤잖습니까. 솔직히 말해 봐요, 어서! 내가 사랑하는 여자에게 남편 노릇을 제대로 못 할 것 같습니까?"

"절대로 그렇지는 않습니다."

"나의 세속적 지위에 대해서는 시비할 것이 없을 터이니 그자가 싫어하는 것은 바로 나 자신일 겁니다. 뭐가 마음에 안 드는 것일까? 나는 평생 어느 누구에게도 해를 끼친 적이 없소이다. 그런데 그자는 내가 제 누이동생의 손가락 하나 건드리지 못하게 하겠다더군요."

"그 사람이 그렇게 말했나요?"

"그것 말고 몇 가지 얘기를 더 했어요. 정말이지 왓슨 박사님, 내가 스태플턴 양을 안 지는 몇 주밖에 안 됐지만, 처음부터 그 여성은 내 사람이라고 느꼈습니다. 그리고 스태플턴 양도 내가 옆에 있을 때 행복해했고요. 이건 장담할 수 있습니다. 굳이 말로 하지 않더라도 숙녀분의 눈빛만 봐도 알 수 있어요. 하지만 그자는 갖은 수단을 써서 우리 둘이 가까워지는 걸 막으려 했고, 그래서 나는 오늘에야 처음으로 숙녀분과 단둘이 몇 마디 말을 나눌 기회를 잡게 되었던 겁니다. 스태플턴 양은 흔쾌히 나와 만날 약속을 했지만 정작 둘이 만났을 때 한 얘기는 사랑 이야기와는 거리가 먼 것이었어요. 그리고 내가 그런 이야기를 꺼내자 들으려 하지도 않았습니다. 숙녀는 여기가 위험한 곳이고, 내가 여기 있는 한 결코 마음이 놓이지 않을 거라는 얘기를 되풀이했어요. 나는 그녀에게 일단 당신을 만난 이상 서둘러 이곳을 떠나지는 않을 것이고, 당신이 진정으로 내가 이곳을 떠나기를 원한다면 제발 나와 같이 가달라고 말했죠. 그 말은 다름 아닌 스태플턴 양에 대한 청혼이었어요. 그런데 그녀가 대답할 새도 없이 그 오빠라는 작자가 미친놈 같은 얼굴을 하고 들이닥쳤던 겁니다. 그 작자는 속으로 얼마나 화가 났는지 얼굴은 하얗게 질리고 회색 눈은 이글이글 타오르는 듯했어요. 도대체 내가 숙녀에게 무슨 짓을 했다고? 내가 싫다는 사람을 억지로 붙들고 늘어지기라도 했다는 건가요? 내가 준남작이라고 해서 무슨 짓이든 마음대로 할 수 있다고 생각한 걸까요? 그 작자가 숙녀분의 오라비만 아니었다면 나는 가만히 있지 않았을 겁니다. 사실 나는 그자에게, 당신 누이동생에 대한 내 감정에 부끄러운 점은 요만치도 없고, 당신 누이가 내 아내가 되어준다면 정말 좋겠다고 말했어요. 그래도 상황은 전혀 나아지지 않는 것 같았고, 그래서 나도 걷잡을 수 없이 화가 치밀어 올라 그자에게 앞뒤 가리지 않고 생각나는 대로 막 퍼부어댔습니다. 숙녀분이 옆에 있다는 걸 생각해서 내가 좀 참았어야 하는 건데. 그러자 박사도 보았다시피 그자는 동생을 데리고 횡하니 가버린 겁니다. 도대체 이제 나는 어떻게 해야 하는 거죠? 왓슨 박사, 도대체 이게 어떻게 된 노릇인지 말 좀 해주시오. 그러면 내 그 은혜는 잊지 않을 겁니다."

나는 한두 가지 측면에서 설명해 보려고 애썼지만 무엇보다 나 자신이 사태를 전혀 납득할 수 없었네. 우리의 친구는 작위, 재산, 나이, 성격, 외모, 무엇을 보든 나무랄 데 없는 신랑감 아닌가. 내가 알기로는 바스커빌 가문에 내려진 저주만 아니라면 헨리 경 자신에게는 전혀 흠잡을 구석이 없네. 그런데 경의 구애가 당사자인 숙녀분의 희망과는 전혀 상관없이 그렇게 거칠게 거절당했던 것이나, 숙녀분이 묵묵히 그런 상황을 받아들였던 것은 정말 의외였네. 하지만 우리의 이러저러한 추측은 오후에 스태플턴 자신이 찾아오면서 막을 내리게 되었지. 그는 아침나절의 무례에 대해 사과하고 헨리 경과 서재에 들어가 한참 이야기를 나누었다네. 그 결과 불화는 완전히 해소된 것으로 결론이 나고 그 표시로 우리는 금요일 날 메리핏가에 가서 저녁 식사를 하기로 했지.

"나는 이제 그자가 미쳤다고 말하지는 않겠습니다."

헨리 경이 말했네.

"하지만 오늘 아침 그자가 나에게 달려들 때의 눈빛을 잊을 수는 없어요. 물론 그자가 나중에 세상 어느 누구보다 정중하게 사과했다는 점은 인정해야겠지만 말입니다."

"왜 그런 행동을 했는지에 대해서도 설명하던가요?"

"그는 누이동생이 자기 인생의 전부라고 말하더군요. 그건 당연한 일이겠죠. 그 점에 대해서는 그가 숙녀분의 가치를 알고 있는 것 같아서 기분이 좋습니다. 그의 설명에 따르면 둘은 항상 같이 살았는데 누이동생은 자기 인생의 유일한 반려였다고 하더군요. 그래서 누이동생을 잃는다고 생각하니 정말 참을 수가 없었다고 했어요. 그는 내가 누이동생에게 남다른 감정을 품고 있다는 걸 몰랐다가 자신의 눈으로 그런 장면을 목격하고, 또 누이동생이 곁을 떠날지도 모른다는 사실을 깨닫자 너무 충격을 받아 순간적으로 이성을 잃었다고 하더군요. 그러면서 아까 일에 대해 아주 미안하게 생각한다고 했습니다. 또 자신의 누이동생처럼 아름다운 여자를 평생 옆에 잡아둘 수 있다고 상상했던 자신이 얼마나 어리석고 이기적이었는지를 깨닫게 되었다고 했고요. 그러면서 누이동생이 자기 곁을 떠나야 한다면 다른 사람보다는 나 같은 이웃에게 가는 편이 낫다고 생각한다고 했습니다. 그러나 어쨌든 그것은 자신에게는 타격이 될 터이니 마음의 준비를 할 수 있는 시간이 얼마쯤 필요하다고 하더군요. 그는 내가 결혼 얘기를 꺼내지 않고 세 달 동안 누이동생과 사랑이 아닌 우정을 나누는 데 만족하겠노라고 약속한다면 우리 둘이 결혼하는 데 어떤 반대도 하지 않겠다고 했어요. 나는 그렇게 하겠노라고 약속했고 그래서 결혼 문제는 유보되었어요."

이렇게 우리의 작은 수수께끼 하나는 풀렸다네. 우리가 허우적거리고 있는 이 진흙탕 속에서 뭔가가 바닥을 친 것일세. 우리는 이제 스태플턴이 누이동생의 구혼자에게, 그 구혼자가 헨리 경처럼 유망한 청년임에도 곱지 않은 시선을 보낸 이유를 알게 되었네. 그래서 이제 나는 뒤엉킨 실 꾸러미에서 뽑아낸 또 하나의 실을 더듬어 보려 하네. 그것은 한밤중의 울음소리, 배리모어 부인의 눈물로 얼룩진 얼굴, 집사가 밤마다 아무도 몰래 서쪽 창가를 찾아가는 이유에 관한 것이지. 친애하는 홈즈여, 축하해 주게. 그리고 내가 자네의 대리인으로서 자네를 실망시키지 않았다고 말해 주게. 자네는 나를 믿고 이곳에 보낸 것을 후회하지 않을 걸세. 이 모든 수수께끼는 하룻밤의 수고로 완전히 풀렸거든.

나는 '하룻밤의 수고'라고 했지만 사실 그것은 이틀 밤의 수고였지. 왜냐하면 첫날 밤에 우리는 완전히 허탕을 쳤으니까. 나는 헨리 경의 방에 가서 경과 함께 새벽 세시가 다 되도록 기다렸지만 층계참에 걸린 시계 종 치는 소리 빼고는 아무 소리도 들리지 않았다네. 그것은 참 처량맞은 불침번이었어. 우리는 결국 의자에 앉은 채로 잠이 들었지. 다행히도 우리는 실망하지 않았고 다시 한번 시도해 보기로 결의했네. 다음 날 밤, 우리는 등잔불을 낮춰놓은 채 아무 소리도 내지 않고 담배를 피우며 앉아 있었네. 시간은 정말 한없이 느리게 기어가더군. 그렇지만 우리 둘 다 인내심과 호기심 하나로 버티며 그 시간을 견뎌냈지. 사냥꾼이 덫을 놓은 다음 사냥감이 걸려들기를 바라고 그 앞에서 지킬 때의 심정이라고나 할까. 시계가 한시를 치고 두시를 쳤지. 시계가 두시를 쳤을 때 우리는 거의 자포자기 상태였네. 그러나 어느 순간 우리는 용수철이 튀어 오르듯 벌떡 일어나서 피곤에 전 신경을 곤두세웠네. 우리는 복도 마루가 삐걱거리는 소리를 들었어.

우리는 숨을 죽이고 발소리가 문 앞을 지나 멀리 사라질 때까지 기다렸네. 그런 다음 준남작이 소리 나지 않게 방문을 열었고 우리는 배리모어 집사의 뒤를 따르기 시작했지. 촛불을 든 집사는 벌써 회랑을 돌고 있었기 때문에 복도는 칠흑같이 어두웠네. 우리는 맞은편 복도를 향해 살금살금 걸어갔지. 큰 키에 검은 턱수염을 기른 집사가 곧 반대편 복도로 들어서는 모습이 보였네. 그는 어깨를 움츠린 채 뒤꿈치를 들고 살금살금 걸어가더군. 그리고 예전의 그 방으로 들어갔네. 어둠 속에서 방문의 윤곽이 촛불 빛을 받아 잠깐 드러나는가 싶더니 어두운 복도로 한 줄기 노란 불빛이 흘러나왔네. 우리는 복도 마루를 한 발자국 디딜 때마다 조심하고 또 조심하며 그 방을 향해 다가갔네. 우리는 미리 구두를 벗어놓고 나왔지만 그래도 낡은 마루가 발밑에서 삐걱거렸어. 집사가 이번에야말로 우리가 다가가는 소릴 들었을 거라는 생각이 들었던 적도 있었지. 하지만 다행스럽게도 집사는 약간 귀가 어두웠던 데다가 자신이 하는 일에 정신이 팔려 있었어. 마침내 그 앞에 이르러 문틈으로 들여다보니 집사가 손에 촛불을 들고 창문에 붙어 서 있는 모습이 보였네.

그는 전전날 밤과 똑같은 자세로 긴장한 하얀 얼굴을 유리창에 붙이고 있었지.

어떻게 할 것인지 사전에 계획을 세워놓지는 않았지만 준남작은 원래 거침없이 행동하는 직선적인 사람이라네. 그가 뚜벅뚜벅 방 안으로 걸어 들어가자 배리모어는 외마디 소리를 지르며 창가에서 비켜섰지. 그는 파랗게 질린 얼굴로 부들부들 떨며 우리 앞에 서 있었네. 그는 헨리 경과 나를 번갈아 바라보았네. 그의 치켜뜬 검은 눈동자에는 두려움과 놀람이 가득했지.

"배리모어, 여기서 대체 뭘 하고 있지?"

"아무것도 아닙니다, 주인님."

그는 어찌나 떠는지 말도 제대로 할 수 없을 지경이었어. 그가 손에 든 촛불이 흔들리면서 그림자들이 위아래로 춤을 추었지.

"창문 말입니다, 주인님. 밤에 창문이 제대로 닫혀 있는지 보려고 돌아다닙니다."

"2층을 말인가?"

"예, 주인님. 방마다 다 다니면서 살피지요."

"이보게, 배리모어."

헨리 경은 엄격한 목소리로 말했네.

"우리는 자네한테서 진실을 듣기로 작정했네. 그러니 사실대로 털어놓는 게 신상에 이로울걸. 어서 말하게! 거짓말은 말고! 도대체 자네 그 창문 앞에서 무엇을 하고 있었는가?"

집사는 어쩔 줄 모르고 우리를 쳐다보았네. 그리고 끝없는 의혹

과 고통에 몸부림치는 사람처럼 두 손을 쥐어짜더군.

"주인님, 제가 무슨 나쁜 일을 하고 있었던 건 아닙니다. 저는 그 저 촛불을 들고 창가에 서 있었습니다."

"왜 촛불을 들고 창가에 서 있었나?"

"묻지 말아주십시오, 주인님. 저한테는 묻지 말아주십시오! 분명 히 말씀드리지만, 그것은 저의 비밀이 아니기 때문에 주인님께 말 씀드릴 수 없습니다. 다른 사람이 아니라 오직 저하고만 관계된 일 이라면 주인님께 비밀로 하려고 애쓰지도 않을 것입니다."

문득 어떤 생각이 떠오른 나는 집사의 떨리는 손에서 촛불을 빼 앗아 들었네.

"이 사람은 이것을 신호로 사용했던 것이 틀림없습니다."

나는 말했지.

"응답이 있는지 보기로 하지요."

나는 그가 했던 것처럼 촛불을 들고 밤의 어둠 속을 응시했네. 달이 구름 속에 숨어 있었으므로, 나무의 검은 둑과 희끄무레한 황무지를 어렴풋이 분간할 수 있을 뿐이었지. 그러다 갑자기 점을 찍어놓은 듯한 노란 불빛이 검은 장막 위에 떠오르는 것을 보고 나는 탄성을 터뜨렸네. 불빛은 네모진 검은 창문 한가운데서 한결같이 빛나고 있었지.

"저거다!"

나는 외쳤지.

"아, 아닙니다, 선생님. 저건 아무것도, 아무것도 아닙니다!"

집사가 끼어들었네.

"정말입니다, 선생님……."

"왓슨 박사! 그 촛불을 움직여보시오!"

준남작이 소리쳤네.

"저 봐, 저쪽에 있는 것도 움직이고 있어! 자, 이 나쁜 자식, 그래도 저게 신호라는 걸 부정할 테냐? 어서 똑바로 말하지 못해? 저쪽에 있는 패거리는 누구고, 도대체 무슨 음모를 꾸미고 있는 거냐?"

사내의 얼굴에 노골적으로 반항하는 기색이 떠올랐네.

"이건 주인님 일이 아니라 제 일입니다요. 그러니까 말하지 않겠습니다."

"그러면 당장 이 집을 나가라."

"좋습니다. 나가야 한다면 나가지요."

"너는 불명예스럽게 쫓겨나는 거다. 젠장, 너는 부끄러운 줄 알아야 할 것이다. 너희 집안은 우리 집안사람들과 같이 100년 이상 한 지붕 아래서 살아왔다. 그런데 이제 와서 주인을 상대로 못된 흉계나 꾸미다니."

"아닙니다, 그건 절대로 아니에요. 주인님을 상대로 한 것이 아닙니다!"

갑자기 여자 목소리가 들려왔네. 그것은 배리모어의 아내였어. 가정부는 남편보다 더 창백하고 겁에 질린 얼굴로 문 옆에 서 있었네. 가정부의 얼굴에 떠오른 강렬한 표정만 아니었다면 스커트에 숄을 두른 뚱뚱한 몸집은 픽이나 우스꽝스럽게 느껴졌을 걸세.

"엘리자, 우린 가야 해. 이제 다 끝났어. 가서 짐을 싸도록 해."

집사가 말했지.

"오, 여보, 여보. 내가 왜 당신을 이 일에 끌어들였을까요? 주인님, 저 때문이에요. 모든 게 다 저 때문이에요. 남편은 저를 위해서, 제가 부탁했기 때문에 이 일을 한 겁니다."

"그러면 말해라! 도대체 그게 무슨 말이지?"

"제 불쌍한 동생이 황무지에서 굶어 죽어가고 있습니다. 우리는 차마 동생이 이 집 문 앞에서 굶주려 죽게 할 수는 없었지요. 이쪽의 불빛은 동생에게 음식이 준비되었다는 신호이고, 그리고 저쪽의 불빛은 우리가 음식을 가져갈 위치를 나타내는 신호입니다."

"그러면 그 동생이 바로……."

"탈옥수입니다, 주인님. 죄인 셀든이지요."

"아내의 말이 옳습니다, 주인님."

배리모어가 말했다.

"저는 아까 저의 비밀이 아니기 때문에 주인님께 말씀드릴 수 없다고 했습니다. 하지만 이제 자초지종을 들으셨으니 어떤 음모가 있었다 해도 그것이 주인님을 상대로 한 것은 아니라는 것을 아시겠지요."

그렇다면 한밤중에 몰래 집 안을 나다니고 창가에 촛불을 밝혔던 것이 바로 그 때문이라는 것인가. 헨리 경과 나는 놀라움을 금치 못하고 가정부를 쳐다보았네. 이 무표정하고 행실 바른 여자가 나라에서 가장 악명 높은 범죄자와 같은 핏줄을 타고났다는 게 정말 사실일까?

"그렇습니다, 주인님. 저의 처녀 시절 성은 셀든이었지요. 그리고 그 애는 제 막냇동생입니다. 그 애가 어렸을 때 집안에선 온갖 응석을 다 받아주었고 하고 싶다는 일은 뭐든지 다 들어주었습니다. 그 애는 자연히 세상이 온통 자기를 위해서 있는 줄 알고, 하고 싶은 일은 뭐든지 다 할 수 있다고 생각하게 되었지요. 그러다 나이가 들면서 못된 친구들을 사귀더니 새끼 악마가 되어 저의 친정 어미의 속을 숯검정으로 만들고 집안의 이름에 먹칠을 했습니다. 그리고 점점 더 무거운 죄를 지은 끝에 형장의 이슬로 사라질 뻔하다가 하느님의 자비심으로 간신히 목숨만 건지는 지경에 이르렀지요. 하지만 주인님, 저는 어린 그 애를 보살피고 함께 놀아주었던 누나입니다. 제게 그 애는 언제 봐도 어리기만 한 고수머리 남동생일 뿐이지요. 그 애가 탈옥한 것은 사실 저 때문이었답니다. 그 애는 제가 여기 있다는 사실을 알고 있었고, 우리 부부가 매정하게 저를 외면하지는 못하리라는 걸 알고 있었지요. 어느 날 밤, 피로와 굶주림에 지친 막내가 경비대원에게 바짝 쫓기는 상태로 이곳을 찾아들었을 때 저희가 어떻게 할 수 있었겠습니까? 저희 부부는 그 애를 집 안에 들이고 먹을 것과 입을 것을 주었습니다. 그러던 중 주인님이 돌아오셨고, 동생은 수색이 끝날 때까지 황무지에 있는 게 더 안전할 거라고 하며 저곳으로 나가 은신했지요. 하지만 이틀에 한 번씩, 저희는 그 애가 아직 거기 있는지 확인하기 위해 창가에 촛불을 밝혔습니다. 그리고 응답이 있으면 남편이 빵과 고기를 가져다주었지요. 저희는 매일같이 그 애가 어딘가로 가버리기를 기도했지만, 그 애가 거기 있는 이상 모른 척할 수는 없었습니다. 주인님, 저는 하느님을 믿는 정직한 여인으로서 모든 사실을 있는 그대로 말씀드렸습니다. 그러니 이제 주인님께서는 잘못한 것은 제 남편이 아니라 바로 저라는 사실을 아셨을 겁니다. 남편이 그렇게 한 것은 오로지 저 때문이지요."

여인의 말에는 절절한 감정이 녹아 있어서 도저히 그 진실성을 의심할 수가 없었네.

"그게 사실인가, 배리모어?"

"그렇습니다, 주인님. 한 치도 틀림없는 사실입니다."

"좋아, 자네가 아내 편을 들었다고 해서 욕할 순 없는 노릇이지. 내가 아까 한 얘기는 전부 잊어주게. 그리고 이제 방으로 물러가게.

이 문제에 관해서는 내일 아침에 좀 더 얘기해 보기로 하세."

부부가 방을 나간 뒤 우리는 다시 창밖을 내다보았네. 헨리 경이 창문을 활짝 열어젖히자 차가운 밤바람이 얼굴을 때렸지. 멀리 암흑 속에서 자그마한 노란 불빛 하나가 여전히 깜빡거리고 있었네.

"정말 대담하군요."

헨리 경이 말했네.

"불빛이 여기서만 보이도록 장치해 놓았을 겁니다."

"그렇겠군. 여기서 거리가 얼마나 될까요?"

"클레프트 토르 옆인 것 같은데요."

"여기서 삼사 킬로미터 정도 될 것 같은데."

"그 정도일 겁니다."

"흠, 배리모어가 먹을 것을 갖다줘야 한다면 그렇게 먼 곳일 리는 없습니다. 그리고 저 악당은 촛불을 켜놓고 옆에서 기다리고 있겠다. 젠장, 왓슨 박사, 난 저자를 잡으러 가야겠어요!"

실은 나도 똑같은 생각을 하고 있었네. 배리모어 부부가 자진해서 비밀을 털어놓은 것은 아니었어. 그들은 어쩔 수 없는 상황에서 자초지종을 고한 것이지. 셀든은 사회적으로 위험한 인물이고, 동정이나 용서가 불가능한 잔인한 범죄자였네. 그자가 아무에게도 해를 끼치지 못할 곳으로 다시 잡아넣는 것은 우리의 의무였지. 우리가 수수방관한다면 다른 사람이 그 잔인하고 폭력적인 범죄자에게 희생될지도 모르는 것이네. 예를 들면 그자는 밤에 스태플턴네 집을 습격할지도 모르거든. 그리고 헨리 경이 그렇게 안달하는 것은 바로 이런 우려 때문인 것 같기도 했고.

"나도 가겠습니다."

난 말했지.

"그러면 가서 신발을 신고, 그 리볼버 권총을 가져갑시다. 이왕이면 빨리 출발하는 게 좋을 겁니다. 놈이 불을 끄고 딴 데로 튈지도 모르니까."

5분 뒤에 우리는 현관을 나섰네. 우리는 신음하는 가을바람 소리와 바스락거리는 낙엽 소리를 들으며 어두운 관목 숲을 서둘러 지나갔지. 밤공기에는 축축한 썩은 냄새가 무겁게 스며 있었어. 달이 잠깐 얼굴을 내밀었지만 하늘에는 시커먼 구름이 깔려 있었지. 황무지로 접어들자 이슬비가 내리기 시작했네. 불빛은 여전히 앞에 있었고.

"경의 무기는?"

나는 물었네.

"나는 수렵용 채찍을 가지고 왔습니다."

"우리는 재빨리 놈을 포위해야 합니다. 놈은 막다른 골목에 몰린 쥐새끼와 같으니까요. 놈을 기습해서 저항할 틈을 주지 않고 제압하는 겁니다."

"왓슨 박사, 홈즈 선생이 여기 있다면 내게 무슨 말을 할까요? 악의 세력이 승한 밤 시간에는 황무지에 발을 들여놓지 말라고 하지 않았던가요?"

준남작의 말에 대답이라도 하듯, 끝없는 황무지의 어둠 속에서 갑자기 이상한 울부짖음이 들려왔네. 그것은 내가 전에 그림펜 대늪지 근처에서 들었던 소리였어. 적막한 밤 시간에 그 소리는 바람을 타고 전해 왔지. 긴 저음의 신음 소리는 높은 울부짖음으로 바뀌었고, 그것은 다시 구슬픈 신음 소리로 잦아들었네. 그 소리는 자꾸만 되풀이되었고, 대기는 온통 귀에 거슬리는 무서운 소리로 전율했네. 준남작은 내 옷소매를 붙들었지. 그의 얼굴이 어둠 속에서 하얗게 떠올랐네.

"맙소사, 박사님, 저게 무슨 소립니까?"

"잘 모르겠는데요. 황무지에서 나는 소리겠지요. 전에도 한 번 들어본 적이 있습니다."

소리는 멈추었고, 사방은 쥐 죽은 듯 조용했네. 우리는 귀를 쫑긋 세웠지만 아무 소리도 들리지 않았어.

"박사님, 그건 사냥개의 울부짖음이었습니다."

준남작이 말했어.

갑자기 공포에 사로잡힌 듯 그의 목소리는 갈라져 나왔고 나는 등골이 서늘해졌네.

"사람들은 이 소리에 대해 뭐라고들 합니까?"

준남작이 물었네.

"누구 말입니까?"

"이 고장 사람들 말이오."

"그들은 무지한 사람들입니다. 그들이 뭐라고 하든 신경 쓸 필요가 있나요?"

"박사님, 말해 봐요. 사람들이 뭐라고 하던가요?"

나는 망설였지만 그 질문을 피해 갈 순 없었네.

"사람들은 그 소리가 바스커빌가의 사냥개의 울부짖음이라고 하더군요."

그는 신음했고 잠시 말이 없었다네.

"맞아, 그건 사냥개였어요."

그는 마침내 말했지.

"하지만 그 소리는 여기서 몇 킬로미터 떨어진 곳에서 난 것 같았는데."

"소리가 어디서 났는지 확실한 방향은 알 수 없었지요."

"그 소리는 바람을 타고 날아왔어요. 혹시 그림펜 대늪지 쪽에서 난 게 아닐까요?"

"그건 맞는 얘깁니다."

"흠, 그쪽이었군. 여보세요, 왓슨 박사, 박사님도 그 소리가 사냥개의 울음소리라고 생각하셨죠? 나는 어린애가 아닙니다. 걱정하지 말고 진실을 말해 주시오."

"최근에 그 소리를 들은 것은 스태플턴과 같이 있을 때였지요. 그는 그 소리가 어떤 희귀조의 울음소리일지도 모른다고 하더군요."

"아니, 아니에요. 그건 사냥개의 소리였어요. 맙소사, 그 모든 이야기에 일말의 진실이 들어 있다는 것일까? 내가 저주받은 운명 때문에 정말 위험하다고? 박사님도 그렇게 생각하시나요? 어떻습니까, 왓슨 박사님?"

"물론, 그렇게 생각하지 않지요."

"런던에서는 그 모든 것이 우습게만 생각되었는데, 여기 황무지의 어둠 속에서 저 울음소리를 듣고 보니 전혀 다른 느낌이 드는군요. 게다가 내 숙부님 말입니다! 그분이 쓰러진 곳 옆에 사냥개의 발자국이 찍혀 있었다고 했어요. 모든 게 아귀가 들어맞는군. 박사님, 나는 겁쟁이는 아니지만 저 소리를 들으니 소름이 끼치는군요. 내 손 좀 만져보십시오!"

준남작의 손은 대리석처럼 차가웠네.

"내일이면 괜찮아질 겁니다."

"저 소리를 머릿속에서 지워버리지는 못할 것 같군요. 이제 어떻게 할까요?"

"돌아갈까요?"

"천만에. 젠장, 놈을 잡으러 나왔으니까 잡아야죠. 우리는 탈옥수와 지옥의 사냥개를 쫓고 있어요. 우리가 쫓기고 있는 것은 아니란 말입니다. 갑시다! 우리는 지옥의 악마 새끼들이 몽땅 황무지로 쏟아져 나왔는지 알게 될 거요."

우리는 어둠 속에서 천천히 기우뚱거리며 나아갔네. 주위에는 울퉁불퉁한 바위산들이 시커멓게 서 있었고 앞에는 노란 불빛 한 점이 또렷하게 떠 있었지. 그런데 칠흑 같은 밤에 불빛이 있는 곳까지의 거리만큼 종잡을 수 없는 것은 없다네. 어떤 때 그 불빛은 지평선 위에서 멀어지는 것 같기도 했고 어떤 때는 몇 미터 안쪽에서 나타날 것처럼 보이기도 했어. 하지만 마침내 불빛이 있는 곳이 똑똑히 보였고 우리는 그곳이 아주 가깝다는 것을 깨달았지. 촛농이 흐르는 촛불 하나가 바위 틈새에 놓여 있었어. 바위가 병풍처럼 촛불을 둘러싸서 바람을 막아줄 뿐 아니라 바스커빌관을 제외한 다른 방향에서는 불빛이 보이지 않게 가려주고 있더군. 우리는 커다란 화강암 뒤에 몸을 숨기고 저만치에 있는 신호용 촛불을 바라보았다네. 인기척이라곤 전혀 느껴지지 않는 황무지 한가운데서, 노란 촛불 하나가 바위 병풍을 두른 채 저 혼자 타고 있는 모습을 보니 이상한 기분이 들더군.

"이제 어떻게 할까요?"

헨리 경이 속삭였네.

"여기서 기다리도록 하지요. 놈은 저 촛불 근처에 있을 게 틀림없습니다. 놈이 나타날지 한번 보자고요."

내 말이 떨어지기가 무섭게 그자의 모습이 나타났네. 촛불이 켜져 있는 바위 틈새 안에서 흉악한 노란 얼굴이 고개를 내밀었지. 그것은 타락한 욕망이 얼굴 가득 아로새겨진 무서운 짐승의 얼굴이었다네. 더러운 진흙으로 뒤범벅이 된 얼굴에 더부룩하게 자란 수염과 수세미 같은 머리하며, 그것은 산비탈의 굴 속에 살았던 미개인의 모습이었어. 그자의 발치에 놓인 촛불이 작고 교활한 눈 속에 반사되었네. 그자는 사냥꾼의 발소리를 들은 교활하고 사나운 짐승처럼 어둠 속에서 날카롭게 좌우를 살폈네.

무엇인가가 놈의 의심을 불러일으킨 것이 틀림없었네. 우리가 모르는 어떤 신호를 보내기로 미리 약속되어 있었는지도 모르고, 다른 이유 때문에 그자가 낌새를 챈 것인지도 모르지. 나는 그자의 흉악한 얼굴에서 어떤 불안을 감지할 수 있었어. 놈은 금방이라도 불빛 속에서 뛰쳐나가 어둠 속으로 사라질 것 같았지. 그래서 나는 뛰쳐나갔고 헨리 경도 거의 비슷한 순간에 뛰쳐나갔네. 그 순간 탈옥수는 날카로운 목소리로 욕을 퍼부으며 돌멩이를 집어던졌고, 그것은 우리가 숨어 있던 바위에 정통으로 맞았다네. 그자가 튕기듯 일어나 달아나는 순간, 그자의 작달막하지만 탄탄한 체구가 보였어. 바로 그 순간 다행스럽게도 달이 구름 사이로 고개를 내밀었지. 우리는 산꼭대기를 넘어서 질주했고, 그자는 산양처럼 앞을 가로막는 바윗돌을 껑충껑충 뛰어넘으며 굉장한 속도로 산비탈을 내리뛰었네. 권총을 발사하면 맞힐 수도 있는 거리였네만, 총을 가지고 나온 것은 공격당했을 때 호신용으로 사용하기 위해서였지, 도망치는 비무장 탈옥수를 뒤에서 쏘기 위한 것은 아니었거든.

우리는 둘 다 걸음이 빨랐고 평소에 체력 단련도 잘해 둔 편이었지만 그자를 따라잡기는 역부족이었다네. 그가 달리는 모습이 달빛 속에서 오랫동안 보였네. 마침내 그자는 작은 점이 되어 멀리 있는 산비탈의 바위 사이를 빠른 속도로 이동했지. 우리는 숨이 턱에 닿을 때까지 달리고 또 달렸지만 그자와의 거리는 더욱 벌어지기만 했어. 마침내 우리는 걸음을 멈추고 숨을 헐떡거리며 바위에 주저앉았네. 그리고 그가 멀리 사라져가는 모습을 지켜보았지.

내가 너무도 이상한 일을 겪은 것은 바로 그 순간이었네. 우리는 헛된 추격을 포기하고 집으로 돌아가기 위해 바위에서 일어났어.

뾰족한 화강암 바위산의 정상에 은빛 달이 살짝 걸려 있었지. 막 몸을 돌리는 순간, 나는 그 바위산 정상에 한 남자가 서 있는 모습을 보았네. 빛나는 배경 앞에 선 그는 흑단 조각처럼 까맣게 보였지. 그 것은 다름 아닌 자네 홈즈였어. 내가 환상을 보았다고는 생각하지 않네. 내 평생 그렇게 똑똑하게 본 것은 없다고 장담할 수도 있어. 내가 본 것은 키 크고 야윈 남자의 모습이었네. 그는 팔짱을 낀 채 다리를 약간 벌리고 고개를 숙이고 있었네. 마치 그 앞에 펼쳐진, 이 탄과 화강암으로 이루어진 거대한 황야에 대해 깊이 사색하고 있는 듯한 모습이었어. 그는 그 끔찍한 황무지의 정령이었는지도 몰라. 그러나 탈옥수는 아니었다네. 그는 탈옥수가 사라진 방향과는 전혀 다른 곳에 서 있었거든. 게다가 그는 훨씬 키가 컸네. 나는 소스라치

며 헨리 경에게 그쪽을 가리켜 보였지. 하지만 내가 경의 팔을 잡기 위해 돌아선 그 짧은 순간에 그는 사라져버리고 말았다네. 달은 아직도 날카로운 화강암 바위산 정상에 걸려 있었지만 조용히 그 위에 서 있던 인물은 자취 없이 가버리고 말았네.

나는 당장 거기로 달려가서 그 일대를 다 뒤져보고 싶었지만 거리가 너무 멀었어. 준남작은 가문의 어두운 이야기를 연상시키는 그 울부짖는 소리 때문에 여전히 신경이 곤두서 있어서 새로운 모험을 할 기분이 아니었다네. 그는 바위산 정상에 홀로 서 있던 사람의 모습을 보지 못했으니 그 이상한 존재와 당당한 태도를 본 순간의 전율을 느낄 수 없었지.

"경비원일 겁니다."

그는 말했지.

"그자가 탈옥한 이후 황무지에는 경비원들이 좍 깔렸으니까요."

글쎄, 그의 말에도 일리는 있네. 하지만 나는 그 일에 관해 좀 더 조사해 보고 싶다네. 오늘 우리는 프린스타운 교도소에 황무지를 수색하라고 연락할 작정이네. 하지만 우리 손으로 그자를 잡지 못한 것은 천추의 한으로 남는군. 친애하는 홈즈, 어젯밤에 있었던 일도 그렇지만, 자네는 내가 보고서를 통해 자네에게 큰 도움을 주었다는 걸 인정해야 해. 내 얘기의 태반이 별 쓸모없는 것이겠지만, 그래도 나는 자네에게 모든 사실을 알려주어서 자네가 그중에서 도움이 될 만한 것들을 선택하는 게 제일 좋은 방법이라고 생각하네. 앞으로 조사를 좀 더 진전시킬 수 있을 걸세. 배리모어 부부에 관한

한 우리는 그들의 동기를 밝혀냈고 상황을 명쾌하게 정리했네. 하지만 황무지의 음산한 울음소리와 이상한 거주자들의 비밀은 아직도 풀리지 않았어. 다음 편지에선 이 문제에 관해서도 좀 더 밝혀낼 수 있겠지. 가장 바람직한 것은 자네가 직접 여기 내려오는 것일세. 어찌 됐건 며칠 안으로 또 소식 전하겠네.

왓슨 박사의 일기장

이제까지 나는 초기에 셜록 홈즈에게 보낸 나의 보고서를 인용할 수 있었다. 그러나 이제는 그런 방법을 버리고 당시에 써놓은 일기장의 도움을 받아 다시 기억에 의존해야 하는 시점에 이르렀다. 그때의 일기장을 읽어보니 마음속에 뚜렷이 아로새겨진 당시의 사건에 대한 기억이 새록새록 되살아난다. 이제 나는 탈옥수의 추적을 포기하고 돌아온 그다음 날 아침의 일부터 시작해서, 우리가 황무지에서 겪은 기묘한 일들에 관해 이야기하려 한다.

10월 16일. 가는 비가 흩뿌리는 축축한 날씨. 뭉클뭉클 피어오르는 구름이 저택을 둘러싸고 있다. 솟아오르는 구름 사이로 가끔씩 적막한 황무지의 굴곡이 드러난다. 산비탈에는 가는 은빛 암맥(岩脈)이 새겨져 있고, 멀리 있는 젖은 바위들은 햇빛이 비칠 때마다 잊지 않고 반짝거린다. 집 안팎이 온통 우울하다. 준남작은 어젯밤 사건 이후 우울한 무기력 상태에 빠졌고 나 자신도 가슴에 묵직한 돌덩이가 얹힌 듯하다. 위험이 다가오고 있다. 그 위험은 상존하고 있지만 어떤 것인지 말할 수 없기 때문에 더욱 끔찍하게 느껴진다.

그런 느낌이 자꾸 드는 것은 어떤 이유 때문일까? 여태까지 일어난 일련의 사건이 모두 가까운 곳에 도사리고 있는 어떤 불길한 힘을 가리키고 있다는 사실을 생각해 보자. 찰스 경의 죽음은 대대로 내려오는 전설에 예언된 그대로였고, 황무지에서 이상한 짐승을 보았다는 농부들의 목격담까지 자꾸 나오고 있다. 나도 두 번이나 사냥개의 울부짖음 비슷한 소리를 직접 들었다. 문제의 짐승이 정상적인 자연법칙을 벗어난 존재라는 것은 어불성설이다. 유령 사냥개가 실제로 발자국을 남기고 황무지가 쩌렁쩌렁 울리도록 울부짖는다니 그게 가당키나 한 소리인가. 스태플턴이라면, 그리고 모티머라면 그런 미신에 빠질 수도 있겠지. 그러나 내게 남보다 나은 것이 하나 있다면 그것은 상식을 갖고 있다는 점이다. 세상 누구도 내게 그따위 것에 대한 믿음을 강요하지는 못할 것이다. 그런 미신에 빠지는 것은, 악마의 개만으로는 성에 차지 않아 그 개가 눈과 입에서 지옥 불을 뿜어낸다고 떠들어대는 불쌍한 농부들과 똑같은 수준으로 전락하는 것이다. 홈즈라면 그런 터무니없는 이야기를 귓등으로도 안 들을 터인데 나는 그의 대리인이 아닌가. 하지만 사실은 사실이다. 나는 황무지에서 그런 울부짖음을 두 번 들었다. 정말 어떤 큰 사냥개가 황무지에서 살고 있다고 가정해 보자. 그것은 많은 것을 설명해 준다. 그러나 그 사냥개는 어디에 숨어 있고, 어디서 먹을 것을 구하며, 또 어디에서 왔단 말인가? 그리고 낮에 놈을 목격한 사람이 없는 것은 어찌 된 노릇인가? 진짜 사냥개가 살고 있다는 가정도 전설의 개 운운하는 이야기와 거의 비슷한 어려움에 부닥친다는 것을 고백하지 않을 수 없다. 또 사냥개와는 별도로, 런던에 인간 대리자가 있었던 것도 사실이란 말이다. 이륜마차 속의 남자, 헨리 경에게 황무지에 가지 말라고 경고했던 그 편지, 그것은 최소한 사실이었다. 물론 편지는 이쪽의 안위를 걱정하는 친구가 보낸 것일 수도 있지만 반대로 적이 보낸 것일 수도 있다. 그 친구인지 적인지는 지금 어디에 있는가? 그는 런던에 있는가, 아니면 우릴 따라 이곳까지 내려왔는가? 혹시, 혹시 그는 내가 보았던 바위산 정상의 그 인물이 아닐까?

나는 그를 언뜻 한 번 보았을 뿐이지만 내가 장담할 수 있는 것이 몇 가지는 된다. 그는 내가 이 지방에서 만난 사람이거나 이 근방에 사는 이웃은 아니다. 그는 스태플턴보다는 훨씬 크고 프랭클랜드보다는 말랐다. 배리모어라면 비슷하지만 그는 집에 있었다. 분명코 집사가 우리 뒤를 쫓아오지는 못했을 것이다. 그렇다면 런던에서 어떤 미지의 인물이 우리 뒤를 밟았던 것처럼 지금도 우리 뒤를 밟고 있다는 말인가? 우리는 그를 따돌리지 못했던 것이다. 그 인물이 누군지 알아낼 수만 있다면 우리는 갖은 어려움 끝에 마침내 자초지종을 알게 될지도 모른다. 이 한 가지 목적을 위해 나는 이제부터 내가 가진 모든 힘을 쏟아야 한다.

내가 맨 처음 느낀 충동은 헨리 경에게 나의 모든 계획을 밝히는 것이었다. 나의 현명한 지원자는 나를 도와줄 터이고 가능한 한 침묵을 지켜줄 것이다. 그러나 그는 지금 말도 없고 한마디로 넋이 나간 사람처럼 보인다. 황무지에서 그 이상한 소리를 들은 다음부터 그는 이상하게 신경을 곤두세우고 있다. 나는 그의 불안을 더해 줄 만한 얘기는 절대로 않겠지만, 내가 세운 목표를 이루기 위해 한 걸음씩 나아갈 것이다.

오늘 아침 조반을 마친 후 작은 사건이 있었다. 배리모어가 헨리 경에게 면담을 청했고, 두 사람은 서재에 들어가 잠시 이야기를 나누었다. 방에 앉아 있던 나는 큰 소리가 오가는 것을 듣고 둘이 지금 어떤 문제에 대해 이야기하는지 짐작하게 되었다. 잠시 후 준남작이 서재 문을 열고 나를 불렀다.

"집사가 할 말이 있답니다."

그는 말했다.

"우리한테 자진해서 비밀을 털어놓았는데도 우리가 처남을 잡으러 쫓아 나간 것이 부당한 일이라는군요."

집사는 얼굴은 창백했지만 극히 침착한 태도로 우리 앞에 서 있었다.

"제가 너무 흥분했는지도 모르겠습니다."

그는 말했다.

"혹시 그랬다면 부디 용서 바랍니다. 하지만 저는 오늘 새벽에 두 신사분께서 돌아오시는 소리를 듣고 셸든을 잡으러 나갔었구나 하는 걸 깨닫고 정말 소스라쳤습니다. 불쌍한 처남은 그렇잖아도 피해야 할 사람이 많은데 저 때문에 두 분에게까지 쫓기게 되었습니다."

"자네는 자진해서 말했다고 하지만 그건 전혀 사실과 다르네."

준남작이 말했다.

"자네는, 아니 자네 아내는 어쩔 수 없는 상황이 되자 할 수 없이 말한 것 아닌가."

"저는 주인님께서 제 말을 듣고 그렇게까지 하실 줄은 몰랐습니다. 정말입니다."

"셸든은 사회적인 위험인물일세. 황무지에는 외딴집들이 흩어져 있는데 그자는 흉포하기 짝이 없는 인간이지. 그건 그자의 얼굴만 한번 봐도 알 수 있어. 예를 들면 스태플턴 씨 댁을 생각해 보세나.

그 댁을 지킬 사람은 스태플턴 씨뿐이네. 셀든이 감옥으로 돌아갈 때까지는 누구도 안전을 장담할 수 없네."

"주인님, 처남은 남의 집에 침입하지 않을 것입니다. 저는 그 점에 대해서 맹세할 수 있습니다. 처남은 이 나라에서 다시는 누구도 괴롭히지 않을 겁니다. 정말입니다, 주인님. 며칠 안에 준비가 끝나면 처남은 남미로 가게 되어 있습니다. 주인님, 제발 부탁입니다. 처남이 아직 황무지에 있다는 걸 경찰에게 알리지 말아주십시오. 경찰은 황무지 수색을 포기했고, 그래서 처남은 배가 올 때까지 그곳에서 조용히 지낼 수 있습니다. 주인님께서 경찰에 알리신다면 저희 부부도 난처한 입장이 되고 맙니다. 부탁입니다, 주인님. 경찰에는 절대로 알리지 말아주십시오."

"왓슨 박사님, 어떻게 생각하십니까?"

나는 어깨를 들썩했다.

"셀든이 외국으로 고이 나가준다면 납세자들의 부담을 덜어주긴 하겠군요."

"하지만 배를 타기 전에 누굴 해코지하면 어쩌죠?"

"그런 미친 짓은 하지 않을 겁니다. 우리는 처남에게 필요한 것은 모두 가져다주었습니다. 다시 죄를 짓는 것은 자신의 은신처를 드러내는 거나 마찬가지 일이 될 겁니다."

"그건 사실이군."

헨리 경이 말했다.

"좋아, 그러면……."

"신의 축복이 함께하시기를, 주인님, 정말 진심으로 감사드립니다! 처남이 다시 감옥으로 잡혀갔다면 불쌍한 제 마누라는 가슴이 터져 죽었을 것입니다."

"결국은 우리가 중죄인을 비호하게 된 것 같군. 안 그런가요, 왓슨 박사님? 하지만 사정 얘기를 구구절절 다 듣고 나니 그자를 경찰에 넘길 수 없을 것 같군요. 그럼 이것으로 끝내기로 하세. 자, 이제 됐으니까 집사는 가보도록 하시오."

배리모어는 더듬거리며 감사의 말을 몇 마디 하고 돌아섰다. 그러나 가지 않고 우물쭈물하더니 다시 돌아섰다.

"주인님, 주인님께서 정말 고맙게 대해 주셨으니 제가 할 수 있는 가장 큰 보답을 하고 싶습니다. 사실은 제가 알고 있는 일이 있습니다. 그 얘기를 진작 했어야 했지만 제가 그 일에 대해 알게 된 것은 수사가 끝나고 나서도 한참 지난 뒤였지요. 저는 아직까지 그 얘기를 어느 누구에게도 해본 적이 없습니다. 그건 찰스 주인님이 돌아가신 사건에 관한 일입니다."

준남작과 나는 둘 다 벌떡 일어섰다.

"그분이 어떻게 돌아가셨는지 알고 있다고?"

"아닙니다, 주인님. 그런 것은 모릅니다."

"그러면?"

"저는 찰스 주인님이 그 시간에 왜 쪽문 앞으로 나가셨는지 압니다. 그것은 어느 여자분을 만나기 위해서였습니다."

"여자를 만나러? 숙부님이?"

"예, 주인님."

"그러면 그 여자의 이름은?"

"저는 이름은 모르지만 이름의 머리글자는 압니다. 그것은 'L. L.' 입니다."

"배리모어, 자넨 그걸 어떻게 알게 되었나?"

"예, 찰스 주인님께서는 그날 아침에 한 통의 편지를 받으셨습니다. 찰스 주인님은 유명 인사이기도 하셨지만 인정이 많다는 것이 소문나서 어려운 일을 당한 사람들은 너나없이 주인님께 도움을 청하곤 했습니다. 그런데 그날 아침에는 편지가 한 통밖에 안 와서 저는 그것을 유심히 보았지요. 그것은 쿰 트레이시에서 온 편지였고 주소는 여자의 필체로 쓰여 있었습니다."

"그래서?"

"예, 그다음에 저는 그 일에 대해서 까맣게 잊어버렸지요. 아마 아내가 아니었으면 그 편지에 대해 다시 생각하는 일은 없었을 것입니다. 그런데 몇 주 전에 아내가 찰스 주인님의 서재를 청소하다가 벽난로의 재받이 뒤쪽에서 불에 탄 편지를 발견했습니다. 그분이 돌아가신 뒤에 서재에 손을 댄 것은 그때가 처음이었지요. 편지는 거의 전부가 타 없어졌지만 맨 끝의 작은 조각 하나가 남아 있었습니다. 불에 탄 글씨는 검정 바탕에 회색으로 도드라져서 아직 읽을 수 있었습니다. 우리가 보기에 그것은 편지 말미에 추신으로 적은 부분 같았는데 이런 내용이었지요. '제발, 제발 부탁입니다. 당신은 신사이시니 이 편지를 태워 없애주시고, 열시까지 쪽문 앞으로 나와주세요.' 그리고 그 밑에 'L. L.'이라는 머리글자가 쓰여 있었지요."

"그것을 가지고 있나?"

"아닙니다, 그것은 우리가 집어 올리자 산산이 부서져버렸습니다."

"숙부께서 같은 필적의 편지를 더 받으신 적이 있나?"

"주인님, 저는 원래 찰스 주인님 앞으로 온 편지는 눈여겨보지 않았습니다. 그때도 그것 한 통만 왔으니 망정이지, 그렇지 않았다면 그런 편지가 온 줄도 몰랐을 겁니다."

"하지만 배리모어, 난 이해가 안 가는군. 어떻게 이 중요한 사실을 여태까지 숨기고 있었나?"

"예, 그 편지 조각을 본 건 그 골칫덩이가 이곳으로 굴러들어 오고 난 직후였습니다. 게다가 우리는 찰스 주인님을 아주 좋아했습니다. 그분이 저희 부부에게 베풀어주신 은혜를 생각하면 당연한 일이지요. 그런데 이런 일을 들춰내봤자 우리 가엾은 주인님께 득이 될 리 만무하다고 생각했습니다. 여자분이 관계된 일에 대해선 무조건 조심하는 게 상책입니다. 아무리 성인군자라 해도……."

"자네는 그 일이 숙부님의 평판에 누가 될 거라고 생각했다는 것이지?"

"그렇습니다. 저는 그 일을 들춰내는 것이 하나도 좋을 게 없다고 생각했습니다. 하지만 주인님께서 저희에게 너무도 고맙게 해주셨으니 제가 알고 있는 일을 모두 주인님께 털어놓는 것이 당연한 도리라고 생각한 것입니다."

"알았네, 배리모어. 이제 가보게."

집사가 나가자 헨리 경이 나에게 물었다.

"왓슨 박사님, 방금 들은 얘기에 대해 어떻게 생각하십니까?"

"사태를 더 종잡을 수 없게 만드는 것 같군요."

"나도 그렇게 생각합니다. 하지만 우리가 'L. L.'을 추적할 수만 있다면 진상이 백일하에 드러날 겁니다. 우리는 그 정도 단계에는 도달한 거예요. 사건의 열쇠를 쥐고 있는 사람이 어딘가 있다는 걸 알고 있는 거죠. 'L. L.'을 찾아낼 수만 있으면 좋겠는데. 이제 어떻게 해야 할까요?"

"당장 홈즈에게 이 모든 사실을 알려야 합니다. 이 정보는 홈즈의 수사에 한 가지 단서를 제공해 줄 겁니다. 내 판단에 의하면 홈즈는 이 소식을 들으면 여기 내려올 게 분명합니다."

나는 당장 내 방으로 가서 아침나절에 나눈 대화에 관한 보고서를 작성했다. 베이커가에서 아주 드물게, 그것도 짧은 답장이 날아오는 것을 보면 홈즈는 요즘 아주 바쁜 것이 틀림없다. 홈즈는 답장에서 내가 보낸 정보나 나의 임무에 대해서 별다른 언급은 하지 않고 있다. 공갈 사건에 온 역량을 다 투입하고 있는 것이 분명한 것이다. 하지만 이 새로운 정보는 이 사건에 대한 홈즈의 관심을 환기시킬 것이 틀림없다. 홈즈가 여기 오면 얼마나 좋을까.

10월 17일. 하루 종일 비가 쏟아졌다. 담쟁이덩굴은 비를 맞아 수선거리고 처마에선 물이 뚝뚝 듣는다. 나는 저 춥고 황량하고 쉴 곳

하나 없는 황무지의 탈옥수에 대해 생각했다. 불쌍한 악마! 그자가 어떤 죄를 지었든 그는 지금 고행으로 속죄하고 있는 것이다. 그리고 나는 또 다른 인물, 이륜마차 속의 얼굴, 달을 배경으로 서 있던 남자에 대해 생각해 보았다. 얼굴을 드러내지 않은 미행자, 어둠의 인간인 그도 지금 저 황야에 있을까? 저녁때 나는 비옷을 걸치고 시커먼 형상이 가득한, 질퍽거리는 황무지로 나갔다. 비가 얼굴을 때리고 바람은 귓전에서 윙윙거렸다. 신께서 지금 대습지로 들어가는 짐승들을 보살펴주시기를. 오늘 같은 날은 고지대의 굳은 땅도 푹 푹 빠지는 수렁이 되고 말 것이다. 나는 고독한 사나이가 서 있던 그 시커먼 바위산을 찾아냈다. 뾰족한 정상에서 음습한 산비탈을 내려다보니 거센 빗줄기가 적갈색 사면을 두드리고 있다. 대지에 낮게 드리운 먹구름이 기기묘묘한 바위산의 비탈을 따라 회색 소용돌이를 이루며 내려가고 있다. 멀리 왼쪽의 분지에는 비안개에 반쯤 가려진 바스커빌관의 뾰족탑 두 개가 나무 숲 위로 높이 솟아 있었다. 그것은 산비탈에 촘촘히 뚫려 있는 선사 시대의 주거지를 빼고는 이곳에서 보이는 인간 삶의 유일한 표시였다. 어디에도 내가 이틀 밤 전 바로 이곳에서 보았던 고독한 사나이의 자취는 없었다.

집에 돌아가는 길에 나는 모티머 선생을 만났다. 그는 풀미르의 외딴 농가에 갔다가 소박한 이륜마차를 타고 울퉁불퉁한 황무지 길을 달려 귀가하는 중이었다. 그는 헨리 경과 나를 각별히 챙겼고, 우리가 어떻게 지내는지 보기 위해 바스커빌관에 매일 들르다시피 했다. 나는 모티머 선생의 강권으로 이륜마차에 탔고 그는 나를 집까

지 태워다 주었다. 그는 애완견 스패니얼을 잃어버려서 몹시 속상하다고 말했다. 개가 황무지 쪽으로 나갔는데 그다음에는 감감무소식이라는 것이다. 나는 최선을 다해 위로해 주었지만 내 머릿속에 떠오른 것은 그림펜 습지에 빠진 조랑말이었다. 나는 모티머의 애완견이 집에 돌아올 거라고는 생각지 않는다.

"그런데 모티머 선생, 이 근방에서 사는 사람들치고 선생께서 모르는 사람은 별로 없죠?"

나는 물었다. 마차는 울퉁불퉁한 길에서 심하게 덜컥거렸다.

"거의 그럴 겁니다."

"그러면 혹시 이름의 머리글자가 'L. L.'로 시작되는 여자는 없습니까?"

그는 잠시 생각에 잠겼다.

"아니, 없는데요."

그는 말했다.

"집시하고 막노동꾼들 중에서 내가 모르는 이름이 몇 되긴 하죠. 하지만 농부나 상류층 가운데 그런 머리글자를 가진 사람은 없습니다. 가만, 생각 좀 해보죠."

그는 잠깐 말을 멈추었다.

"로라 라이언스라는 여자가 있어요. 이름의 머리글자가 'L. L.'이죠. 하지만 그 여자는 쿰 트레이시에 살고 있습니다."

"로라 라이언스가 누굽니까?"

나는 물었다.

"프랭클랜드의 딸입니다."

"뭐라고요? 그 괴짜 영감 프랭클랜드 말인가요?"

"맞습니다. 그 여자는 황무지를 스케치하러 온 라이언스라는 이름의 화가랑 결혼했어요. 라이언스는 과히 질이 좋은 자가 아니었는데 게다가 그녀를 차버리기까지 했죠. 내가 들은 바에 의하면 잘못이 꼭 어느 한쪽에만 있었던 것은 아닌 듯합니다. 프랭클랜드 영감은 딸이 자기가 반대하는 결혼을 한 데다가 두어 가지 다른 이유들 때문에 딸과의 관계를 아주 끊어버렸어요. 그래서 죄 많은 늙은이와 죄 많은 젊은이 사이에서 딸은 아주 어려운 시절을 겪고 있어요."

"그러면 그 여자는 생활을 어떻게 합니까?"

"내가 보기엔 프랭클랜드 영감이 돈푼을 좀 집어준 것 같습니다.

하지만 영감 자신의 사정이 썩 좋지는 않아서 많이 주지는 못했을 거예요. 그런데 여자가 어떤 잘못을 했건 간에 아무 희망 없이 곤두박질치게 놔둘 수야 있겠습니까. 그 여자의 일이 소문나면서 이곳에 사는 몇몇 사람들이 힘을 모아서 일을 할 수 있게 도와주었어요. 스태플턴이 돕고, 찰스 경이 도왔죠. 나도 약간 기여를 했고 말입니다. 그 여자는 타자 치는 일을 시작하게 되었죠."

모티머는 내가 그런 질문을 한 이유를 알고 싶어 했지만 나는 그의 호기심을 적당히 채워주면서 많은 이야기를 하는 것은 피했다. 제삼자에게 우리의 비밀을 털어놓을 필요는 없었기 때문이다. 내일 아침에는 쿰 트레이시에 갈 생각이다. 모호한 평판을 가진 로라 라이언스 부인을 만날 수만 있다면 이 알 수 없는 사건들의 연쇄에서 한 가지 일은 확실해질 것이다. 나는 뱀 같은 지혜를 갖게 된 것이 틀림없다. 왜냐하면 모티머가 점점 질문의 강도를 높이며 압박해 들어올 때 나는 프랭클랜드의 두개골이 어떤 유형에 속하는지를 슬쩍 물었으니까. 그러자 모티머는 오는 동안 내내 골상학에 대해서만 떠들어댔다.

비바람이 몰아치는 이 음습한 날에 한 가지 사건이 더 생겨서 그것을 기록할 필요가 생겼다. 그것은 방금 배리모어와 나눈 대화인데, 나는 적절한 시기에 그것을 또 하나의 비장의 카드로 쓸 수 있을 것이다.

모티머는 저녁 식사를 함께하고 준남작과 둘이서 카드놀이를 했다. 때마침 집사가 장서실에 있는 내게 커피를 가져다주었으므로 나는 그에게 몇 가지 질문을 던졌다.

"자네의 그 소중한 처남은 남미로 떠났나, 아니면 아직도 저곳에 숨어 있나?"

"모르겠습니다, 왓슨 박사님. 제발 덕분에 좀 가주었으면 좋겠습니다. 처남은 온통 폐만 끼치고 있으니까요! 사흘 전에 음식을 갖다 준 뒤로는 전혀 소식을 못 들었습니다."

"그러면 그때 얼굴을 보았나?"

"아닙니다. 음식을 갖다 놓았는데 다음에 가보니까 없어졌습니다."

"그러면 아직도 거기 있는 게 틀림없군."

"음식을 가져간 게 다른 사람이 아니라면 아마 그럴 겁니다."

나는 자리에 앉아서 커피 잔을 입으로 가져가다 말고 배리모어를 응시했다.

"그러면 거기에 누가 또 있다는 건가?"

"예, 왓슨 박사님. 황무지에 사는 사람이 또 있답니다."

"그를 본 적이 있나?"

"없습니다."

"그런데 그걸 어떻게 알지?"

"한 일주일쯤 전에 처남이 말해 줬습니다. 그 남자도 은신하고 있답니다. 하지만 제 느낌에 범죄자는 아닌 것 같았습니다. 왓슨 박사님, 저는 이런 게 정말 싫습니다. 솔직히 말씀드리는데, 저는 정말 싫습니다."

그는 갑자기 흥분한 어조로 말했다.

"배리모어, 내 말 잘 듣게! 나는 자네 주인 문제만 아니라면 이 일에 아무 관심도 없네. 내가 여기 온 목적은 오로지 헨리 경을 돕기 위한 것이지. 그러니 자네가 싫다는 게 무엇인지 솔직히 말해 주게."

배리모어는 순간 머뭇거렸다. 자신이 흥분해서 내뱉은 말을 후회하는 것도 같았고 자신의 감정을 말로 표현하기 어려운 듯도 했다.

"이 모든 상황이 그렇다는 것입니다."

마침내 집사는 큰 소리로 외치면서 황무지 쪽을 면하고 있는, 빗물이 흘러내리는 창문을 손으로 가리켰다.

"장담컨대 저기 어딘가에서 죄받을 일이 저질러지고 있습니다!

어떤 흉측한 음모가 꾸며지고 있는 겁니다! 헨리 주인님이 런던으로 다시 돌아가신다면 오죽이나 좋겠습니까!"

"어째서 그런 생각을 하게 되었나?"

"찰스 주인님이 돌아가신 일을 좀 생각해 보십시오. 검시관이 뭐라고 말했든 간에 그건 정말 이상한 일이었지요. 그리고 밤에 황무지에서 나는 소리를 좀 들어보십시오. 누가 돈을 준다고 해도 어두워진 다음에 저곳을 나다닐 사람이 있을까요? 또 저기 숨어서 뭔가를 지켜보며 기다리고 있는 묘한 인물을 생각해 보십시오! 그자는 무엇을 기다리고 있을까요? 그것은 무슨 의미일까요? 어쨌든 이 모든 것이 바스커빌 성을 가진 사람에게는 하나 좋을 턱이 없습니다. 그래서 저는 헨리 주인님의 새 하인들이 이곳을 넘겨받는 그날 얼씨구나 하고 이 모든 것과 하직할 겁니다."

"그런데 그 묘한 인물 말일세."

나는 말했다.

"그 사람에 대해서 뭐 아는 것은 없나? 셀든은 뭐라고 하던가? 그자가 어디 숨어 있는지, 아니면 뭘 하는지 본 적은 없다던가?"

"처남은 그자를 한두 번 본 적이 있지만 그자는 자신에 대해서는 아무것도 드러내지 않았다고 했습니다. 처음에는 경찰인 줄 알았는데 나중에 보니까 딴 일을 하고 있는 것 같더랍니다. 처남이 보기에는 꼭 신사 같기도 한데 도대체 무슨 일을 하는지는 알 수 없다고 했습니다."

"그런데 그 사람은 어디 살고 있나?"

"옛날 사람들이 살던 그 산비탈의 돌집 어딘가에 산다고 했습니다."

"그러면 음식은 어떻게 하고?"

"처남이 보니까 아이 녀석이 하나 딸려 있어서 그 애가 필요한 걸 날라 온다고 합니다. 그 애는 아마 필요한 물건을 조달하러 쿰 트레이시로 갈 겁니다."

"알았네, 배리모어. 언제 또 이 문제에 대해서 얘기해 보기로 하세."

집사가 물러간 뒤 나는 어두운 창가로 다가갔다. 흐린 유리창으로 먹구름이 몰려오고 바람이 나뭇가지를 뒤흔드는 모습이 보였다. 집 안에서도 이 밤은 뒤숭숭하지만 황무지의 돌집에서라면 더 말할 나위가 없을 것이다. 도대체 어떤 원한을 품은 인간이기에 이런 때에 저런 곳으로 숨어들게 되었을까! 그리고 얼마나 크고 무거운 목표가 있기에 그런 시련을 견뎌내고 있는가! 저 황무지 위의 돌집에 나를 그토록 지독하게 괴롭혀온 문제의 핵심이 자리 잡고 있는 듯하다. 나는 내일 당장 수수께끼의 핵심을 찾아내기 위해 인간이 할 수 있는 모든 일을 다 하리라고 맹세한다.

바위산 위의 사나이

　지금까지 나는 일기장의 일부를 발췌하여 10월 18일까지의 일에 대해 설명했다. 그다음부터 끔찍한 종말에 이르기까지 기묘한 사건들이 꼬리를 물고 일어났다. 마지막 며칠 동안의 사건은 내 기억 속에 또렷이 남아 있는 관계로, 당시에 작성한 기록을 참고하지 않고도 이야기할 수 있다. 나는 이제 쿰 트레이시의 로라 라이언스가 찰스 바스커빌 경에게 편지를 써서 경이 죽음을 맞은 바로 그 시각, 그 장소에서 경을 만나기로 약속했던 것과, 황무지에 은신하고 있는 인물이 산기슭의 돌집에 기거하고 있다는 두 가지 중요한 사실을 밝혀낸 그다음 날부터 이야기를 하려고 한다. 그때 나는 이 두 가지 사실을 알아내고도 사건의 수수께끼를 풀지 못한다면 그것은 내 지성이나 용기가 부족한 탓일 거라고 생각했다.

　나는 라이언스 부인에 대해 알게 된 사실을 그날 저녁 준남작에게 말할 틈이 없었다. 왜냐하면 모티머가 밤늦게까지 바스커빌관에 머물며 준남작과 카드놀이를 했기 때문이다. 그다음 날 아침 식사를 하는 자리에서 나는 준남작에게 내가 알아낸 사실을 알려주고 쿰 트레이시에 같이 갈 생각이 없는지 물었다. 처음에 그는 반색을 하고 같이 가겠다고 했지만 둘이서 다시 생각해 보니 혼자 가는 것이 더 좋은 결과를 낳을 듯했다. 아무래도 방문이 공식적인 것이 될수록 얻을 수 있는 정보는 적지 않겠는가. 그래서 나는 별다른 양심의 가책 없이 헨리 경을 혼자 남겨놓고 조사를 위해 마차로 떠났다.

쿰 트레이시에 도착했을 때 나는 퍼킨스에게 말을 매어놓으라고 이르고 내가 만나봐야 할 여인의 거처를 수소문했다. 라이언스 부인이 세 든 집을 찾는 것은 별로 어렵지 않았다. 셋집은 편리한 위치에 있었고 설비가 훌륭했다. 하녀가 나와서 별다른 격식을 차리지 않고 나를 집 안에 들였다. 거실에 들어서자 레밍턴 타자기 앞에 앉아 있던 여성이 반갑게 웃으며 벌떡 일어났다. 그러나 내가 모르는 사람이라는 사실을 알자 그녀는 고개를 떨구고 다시 자리에 앉아 내게 찾아온 용건을 물었다.

라이언스 부인의 첫인상은 굉장한 미인이라는 것이었다. 부인의 눈과 머리카락은 똑같이 선명한 갈색이었고, 두 뺨은 주근깨가 좀 많기는 했지만 화사한 홍조, 즉 장미꽃처럼 고운 분홍빛으로 물들어 있었다. 다시 한번 말하지만 부인의 첫인상은 감탄을 자아냈다. 그러나 그다음부터 흠이 눈에 띄었다. 얼굴은 미세하게 균형이 안 맞는 데가 있었고 표정은 다소 천박한 듯했으며 눈에 깃든 차가움과 흐트러진 입술 모양이 완벽한 아름다움과는 거리가 있었다. 그러나 물론, 이러한 생각이 든 것은 나중 일이었다. 당장에는 대단한 미인이 내 앞에 있다는 것과 그녀가 나에게 찾아온 용건을 묻고 있다는 사실만을 의식했을 뿐이다. 나는 그 순간까지 내 임무가 얼마나 예민한 것인지를 깨닫지 못하고 있었다.

"저는 부인의 친정아버님과 교우하는 즐거움을 누렸지요."

그것은 서툴기 짝이 없는 접근이었고 라이언스 부인은 노골적으로 그것을 표시했다.

"우리 부녀 사이에는 아무런 공통점도 없답니다."

부인은 말했다.

"나는 아버지에게 빚진 것이 아무것도 없고, 그리고 아버지의 친구가 내 친구는 아닙니다. 돌아가신 찰스 바스커빌 경을 비롯한 인정 많으신 여러분이 아니었다면 나는 아버지를 두고도 굶어 죽었을지 몰라요."

"제가 오늘 부인을 뵈러 온 것은 다름 아닌 돌아가신 찰스 바스커빌 경의 일 때문입니다."

부인의 얼굴의 주근깨가 더욱 선명해졌다.

"그분에 관해서 무슨 말씀을 듣고 싶으세요?"

그녀는 타이프라이터의 자판 위에서 신경질적으로 손가락을 놀리며 물었다.

"그분을 알고 계셨지요?"

"이미 말씀드린 것처럼 나는 그분에게 큰 은혜를 입었습니다. 내가 생활을 꾸려갈 수 있는 것은 주로 그분이 나의 불행한 처지에 관심을 가져주신 덕분이에요.”

“찰스 경과 편지 왕래를 하셨나요?”

부인은 갈색 눈에 노여운 빛을 띠고 재빨리 나를 올려다보았다.

“왜 그런 질문을 하는 거죠?”

부인은 날카롭게 물었다.

“쓸데없는 소문이 나는 것을 막기 위해서입니다. 다른 사람이 없는 곳에서 질문하는 편이 나을 거라고 생각했습니다.”

라이언스 부인은 침묵을 지켰다. 얼굴은 여전히 창백해 보였다. 마침내 부인은 대담하고 도전적인 태도로 나를 올려다보았다.

“좋아요, 대답하지요.”

부인은 말했다.

“알고 싶은 게 뭔가요?”

“찰스 경과 편지 왕래를 하셨습니까?”

“그분의 관대한 배려에 감사하기 위해 한두 번 편지를 보낸 적이 있어요.”

“편지를 보낸 날짜를 기억하십니까?”

“아뇨.”

“찰스 경을 만난 적이 있으십니까?”

“예, 한두 번쯤. 그분이 쿰 트레이시에 오셨을 때요. 찰스 경은 아주 조용한 분이셨고 남몰래 선행을 베푸는 걸 좋아하셨어요.”

“하지만 부인이 찰스 경을 뵌 적도, 경에게 편지를 쓴 적도 별로 없다면 도대체 어떻게 그분이 부인의 일을 알고 그렇게 많은 도움을 줄 수 있었다는 겁니까?"

부인은 내 질문을 간단하게 받아넘겼다.

"저의 슬픈 사연을 아는 신사분들이 몇 분 계셨는데 그분들이 합심해서 저를 도와주셨어요. 그중 한 분이 스태플턴 씨이죠. 그분은 찰스 경의 이웃에 사시면서 경과 아주 친하게 지내셨을 뿐 아니라 마음이 비단결처럼 고운 분이세요. 찰스 경이 제 일에 대해 알게 된 것은 다 그분을 통해서였습니다."

나는 찰스 바스커빌 경이 스태플턴을 내세워 여러 차례 선행을 베풀었다는 사실을 이미 알고 있었으므로 라이언스 부인의 그런 진술은 신빙성이 있다고 생각했다.

"찰스 경에게 한번 만나달라는 내용의 편지를 쓴 적이 있습니까?"

나는 계속해서 질문했다.

부인의 얼굴이 다시 노여움으로 발그레 물들었다.

"참 묘한 질문을 하시는군요."

"죄송합니다, 부인. 하지만 저는 그것을 꼭 알아야 하겠습니다."

"그러면 대답하죠. 나는 그런 편지를 쓴 적이 없습니다."

"찰스 경이 사망한 그날에도 말씀입니까?"

홍조는 순식간에 사라지고 죽은 사람처럼 하얗게 질린 얼굴이 눈앞에 나타났다. 부인은 메마른 입술을 움직여서 "아니요."라고 말했지만 거의 들리지 않았고, 나는 그것을 부인의 입 모양을 보고 알았다.

"기억을 제대로 못 하시는 모양입니다."

나는 말했다.

"저는 부인이 쓴 편지의 한 구절을 인용할 수도 있습니다. '제발, 제발 부탁입니다. 당신은 신사이시니 이 편지를 태워 없애주시고, 열시까지 쪽문 앞으로 나와주세요.'"

처음에 나는 라이언스 부인이 기절한 줄 알았다. 그러나 그녀는 온 힘을 다해 정신을 수습했다.

"세상에 신사란 없군요."

부인은 숨을 몰아쉬었다.

"그것은 찰스 경에게는 부당한 말씀입니다. 경은 분명히 편지를 태우셨습니다. 하지만 타버린 편지도 해독 가능한 경우가 있으니까요. 부인은 이제 자신이 그 편지를 썼다는 것을 인정하십니까?"

"그래요. 내가 썼어요."

부인은 한마디 한마디에 영혼을 담아 퍼붓듯이 소리쳤다.

"그 편지는 내가 썼어요. 내가 왜 그걸 부정해야 합니까? 나는 부끄러워해야 할 이유가 하나도 없어요. 난 찰스 경의 도움을 받고 싶었어요. 찰스 경에게 이야기하면 그분의 도움을 얻을 수 있을 거라고 생각했고, 그래서 그분께 만나자고 했어요."

"하지만 하필이면 왜 그런 시간에?"

"왜냐하면 나는 그분이 런던에 가서 몇 달 동안 집을 비우실 예정이라는 사실을 그 전날에야 알았으니까요. 또 거기에 더 일찍 갈 수 없었기도 했고요."

"하지만 왜 집으로 찾아가지 않고 밖에서 만나자고 했습니까?"

"그럼 여자 몸으로 그런 시간에 혼자 사는 남자분의 집을 찾아갈 수 있다고 생각하시나요?"

"좋습니다. 부인이 거기 갔을 때 어떤 일이 있었지요?"

"난 그곳에 가지 않았어요."

"라이언스 부인!"

"소중한 모든 성물(聖物)에 걸고 맹세해요. 나는 그곳에 가지 않았어요. 무슨 일이 생겨서 못 가게 되었습니다."

"무슨 일이었습니까?"

"그건 사적인 일이라 말씀드릴 수 없어요."

"그러면 부인은 찰스 경이 죽음을 맞은 그 시각, 그 장소에서 경과 만나기로 약속했던 것은 인정하지만 그 약속을 지키지는 않았다고 말씀하시는 거군요."

"사실이에요."

나는 거듭 질문했지만 부인에게서 그 이상의 대답을 얻어낼 순 없었다.

나는 별 소득 없는 긴 대화를 마치고 일어서면서 말했다.

"라이언스 부인, 경솔하게도 부인은 알고 계신 것을 솔직히 털어놓는 것을 거부함으로써 큰 책임을 떠안게 되었습니다. 제가 만일 경찰에 도움을 요청할 경우 부인은 대단히 어려운 처지에 놓일 겁니다. 부인이 정말 결백하다면, 왜 처음에는 찰스 경에게 편지를 써보낸 일을 부정하셨습니까?"

"나는 섣불리 그 얘기를 했다가 오해받아서 아름답지 못한 소문에 휘말릴까 봐 무서웠으니까요."

"그러면 찰스 경에게 편지를 없애달라고 간절히 부탁한 이유는 무엇이었습니까?"

"댁이 편지를 읽었다면 다 아실 것 아니에요?"

"나는 편지를 전부 다 읽었다고 말하지는 않았습니다."

"그중 일부를 인용하셨잖아요."

"나는 추신을 인용했습니다. 아까 말씀드린 대로, 편지는 태워졌기 때문에 전부를 다 읽을 수는 없었습니다. 다시 한번 묻겠습니다. 찰스 경에게 그 편지를 태워달라고 그렇게 간청했던 이유가 무엇이었습니까?"

"그것은 사적인 일이에요."

"경찰의 심문을 피하고 싶으시다면 그런 대답으로는 부족합니다."

"그럼 말씀드리죠. 혹시 나의 불행한 과거 이야기를 들으신 적이 있는지 모르겠지만 나는 경솔하게 결혼 결정을 했다가 그것을 후회할 만한 일을 겪게 되었습니다."

"그것은 잘 알고 있습니다."

"나는 혐오스러운 남편으로부터 끊임없이 괴롭힘을 당하며 살아왔어요. 하지만 법은 남편의 편이고 남편은 언제 법정의 동거 명령을 받아서 나를 끌고 갈지 모릅니다. 내가 찰스 경에게 편지를 쓴 것은 어느 정도의 비용만 있으면 내가 다시 자유를 얻을 수 있다는 걸 알게 됐기 때문이었어요. 자유는 내게 마음의 평화, 행복, 자신을 소중히 여기는 것, 이 모든 것을 다 의미했지요. 난 찰스 경이 관대한 분이라는 걸 알고 있었고, 그분에게 직접 호소한다면 날 도와주실 거라고 생각했어요."

"그런데 어째서 거기 가지 않은 겁니까?"

"편지를 보낸 직후에 다른 분에게서 도움을 받았으니까요."

"그런데 왜 찰스 경에게 편지해서 그 사실을 알리지 않았습니까?"

"다음 날 조간신문에서 그분의 사망 기사를 읽지 않았다면 그렇게 했을 거예요."

라이언스 부인의 이야기에는 조리가 있었고, 어떤 질문을 던져도 빈틈은 보이지 않았다. 나는 부인이 정말 남편을 상대로 이혼 소송을 냈는지 여부와, 비극이 일어난 시간에 대해 확인해 보는 수밖에 없었다.

라이언스 부인이 바스커빌관에 갔으면서도 그런 적 없다고 부인하는 것은 아닌 듯했다. 왜냐하면 그곳까지 가기 위해선 마차가 필요했고, 또 그곳까지 갔다면 쿰 트레이시에 되돌아온 시간은 아무리 빨라봤자 새벽이었을 것이다. 그런 여행을 비밀에 부치는 것은 불가능했다. 따라서 부인이 사실을 말하고 있거나, 아니면 적어도 사실의 일부를 말하고 있는 것은 틀림없었다. 나는 실망과 낭패감을 감추지 못하고 부인 집을 나섰다. 다시 한번 막다른 골목에 몰린 것이다. 내가 임무를 수행하기 위해 벌인 일은 번번이 실패로 돌아가는 것 같았다. 하지만 라이언스 부인의 표정과 태도에 대해 생각할수록, 그녀가 무엇인가를 감추고 있다는 생각은 점점 굳어졌다. 부인은 왜 그렇게 창백해졌을까? 왜 모든 사실을 그렇게 감추려고 애를 썼던 것일까? 왜 비극이 일어난 시간에 관해 그렇게 입을 다물고 있는 것일까? 이 모든 의문에 관해 생각해 보면 부인이 결백하다는 사실을 도저히 믿을 수 없었다. 하지만 그쪽으로는 더 이상 진전이 없었기 때문에 황무지의 돌집 사이에서 다른 단서를 찾아볼 수밖에 없었다.

그리고 다른 단서를 찾는 일도 막연하기 짝이 없었다. 나는 돌아오는 길에 선사 유적지가 황무지의 바위산 곳곳에 널려 있다는 사실을 깨달았다. 배리모어가 가르쳐준 것은 제3의 사나이가 이 버려진 돌집 어딘가에 살고 있다는 것뿐이었지만 황무지에는 수백 개의 돌집이 여기저기 흩어져 있었다. 그러나 나는 그 사나이가 블랙 토르의 정상에 서 있는 모습을 본 적이 있었다. 나는 그곳부터 차근차근 뒤져나갈 것이다. 나는 그자가 기거하는 곳을 찾을 때까지 황무지의 돌집이란 돌집은 다 뒤질 것이다. 만일 그자를 찾을 경우, 필요하다면 권총을 들이대고서라도 그자가 누구이고, 왜 그렇게 오랫동안 우리를 쫓아다녔는지에 대해 자백받을 것이다. 그자가 사람들로 붐비는 리젠트가에서는 우리를 따돌릴 수 있었을지 몰라도 이 적막한 황무지에서 그렇게 하는 것은 쉽지 않을 것이다. 하지만 그자가 돌집을 비웠을 경우엔 그가 돌아올 때까지 시간이 얼마나 걸리든 돌집 안에서 기다려야 한다. 홈즈는 런던에서 그를 놓쳤다. 대가가 못 한 일을 내가 해낼 수 있다면 그것은 정말 찬란한 승리 아니겠나.

이번 사건에서 행운의 여신은 자꾸만 우리를 외면했지만 이제 드디어 나를 돕기로 작정한 듯하다. 행운의 사자는 다름 아닌 프랭클랜드 씨였다. 불그레한 얼굴에 잿빛 구레나룻을 기른 그가 정문 밖에 나와 서 있었다.

"안녕하쇼, 왓슨 박사."

프랭클랜드가 소리쳤는데 웬일인지 기분이 퍽 좋아 보였다. 그에게는 드문 일이었다.

"말도 쉬게 할 겸 이리로 들어와서 포도주 한잔 마시면서 나를 축하해 주구려."

프랭클랜드가 딸을 어떻게 대했는지 알게 된 다음부터 그에 대한 내 감정은 그다지 호의적인 것이 못 되었다. 그러나 나는 마부 퍼킨

스와 마차를 집으로 돌려보낼 구실을 찾지 못해 안달하고 있었으므로 기쁘게 그의 초대를 받아들였다. 나는 마차에서 내린 다음 퍼킨스에게 저녁 식사 전까지 건너가겠다고 헨리 경에게 전하라고 일렀다. 그리고 프랭클랜드 씨를 따라 그의 집 식당으로 들어갔다.

"오늘이 나한테는 아주 기쁜 날이오. 일생일대의 기념일이지."

그는 싱글벙글하며 큰 소리로 말했다.

"나는 일을 두 개나 벌여놓았더랬소. 이 지역에 사는 것들에게 법은 법이고, 법에 호소하는 것을 두려워하지 않는 사람이 여기 있다는 걸 가르쳐줄 심산이었지. 나는 미들턴 영감탱이의 정원 한가운데를 질러갈 수 있는 통행권을 확보했다오. 그 영감탱이의 현관문에서 100미터 안쪽을 보란 듯이 지나가는 거요. 어떻소? 나는 부자

놈들에게 서민의 권리를 함부로 짓밟을 수 없다는 걸 가르칠 거요. 육시할 것들! 그리고 나는 페른워시 사람들이 자주 소풍 나가는 숲을 폐쇄했소이다. 그 벼락 맞을 인간들은 아마 그 숲이 사유지가 아니기 때문에 신문이랑 술병을 들고 아무 데나 모여 앉을 수 있다고 생각했을 거요. 하지만 둘 다 판결이 났는데 내가 다 승소했소이다. 존 몰란드 경이 자기 소유의 야생 조수 사육 허가지에서 총을 쏘았을 때 내가 불법 침입죄로 걸어서 친 적이 있는데 그 일이 있은 뒤에 이렇게 경사스러운 날은 처음이오."

"도대체 어떻게 그렇게 하셨지요?"

"왓슨 박사, 그건 판례집을 보면 다 나와 있소이다. 볼만할 거요. 퀸스 벤치 법정의 프랭클랜드 대 몰란드 사건. 소송 비용으로 200파운드를 없앴지만 내가 승소했지."

"그렇게 해서 무슨 이득을 보셨습니까?"

"아니, 그런 건 없소. 나는 내가 그런 문제에 이해관계가 없다는 걸 자랑스럽게 말할 수 있소이다. 나는 오로지 공적 책임감에 따라서 행동하오. 예를 들면, 페른워시 놈들은 오늘 밤에 내 허수아비를 태울 게 분명해요. 전에도 그런 일이 있었을 때 나는 경찰에게 그런 악질적인 시위는 중단시켜야 한다고 말했지. 왓슨 박사, 지금 군의 경찰력은 한심하기 짝이 없는 상태에 있어요. 나는 당연히 보호받을 권리가 있는데도 경찰은 그것을 지켜주지 못하거든. 프랭클랜드 대 레지나 소송 사건은 이 문제를 만천하에 폭로할 거요. 나는 경찰한테 나를 이렇게 대접한 것을 후회할 때가 있을 거라고 말해 줬는데 내 말이 벌써 그대로 이루어지고 있소이다."

"어떻게 말입니까?"

나는 물었다.

노인은 교활한 표정을 지었다.

"나는 그자들이 알고 싶어서 안달하는 정보를 가지고 있지. 하지만 그 악당들은 무슨 짓을 해도 나의 조력을 받을 수 없을 거요."

사실 나는 마음속으로 영감에게서 벗어날 수 있는 구실을 찾고 있었지만 지금은 그 이야기가 좀 더 듣고 싶어졌다. 나는 죄 많은 영감이 뭐든지 반대로만 한다는 걸 알고 있었다. 강한 호기심을 드러내면 영감이 입을 다물 것이 틀림없었다.

"무슨 사유지 침범 건이겠지요?"

나는 무관심을 가장하여 말했다.

"하하, 이런 젊은 친구하고는. 이것은 그보다 훨씬 중요한 문제라오! 황무지에 숨은 탈옥수 기억나오?"

나는 깜짝 놀랐다.

"설마 그자가 숨어 있는 곳을 안다는 뜻은 아니겠지요?"

나는 말했다.

"그자가 어디 있는지 정확히는 몰라도, 경찰이 그자를 체포하게 해줄 수 있다는 것은 분명하지. 탈옥수가 먹을 것을 구하는 경로만 알아내면 그자를 확실히 붙잡을 수 있다는 생각이 안 드시오?"

프랭클랜드 영감은 위험할 정도로 진실에 가까이 가 있는 것이 분명했다.

"그렇군요. 하지만 그자가 황무지 어딘가에 숨어 있다는 걸 어떻게 아십니까?"

"심부름꾼이 먹을 것을 나르는 걸 내 눈으로 직접 봤으니 하는 말이오."

나는 배리모어를 생각하고 가슴이 철렁 내려앉았다. 남의 일에 참견하기를 좋아하는 이 심술쟁이 영감에게 걸려들다니 정말 보통 일이 아니었다. 하지만 영감의 다음 말은 내 마음을 가볍게 해주었다.

"그자에게 음식을 날라다 주는 것이 꼬마 녀석이라는 걸 알면 박사는 놀라 자빠질 거요. 난 지붕에 설치한 망원경을 통해서 그 녀석을 매일 보고 있소이다. 그 녀석은 매일 같은 시간에 같은 길을 지나가는데 그렇게 음식을 받는 사람이 탈옥수가 아니면 도대체 누구겠소?"

나는 속으로 쾌재를 불렀다! 그렇지만 조금이라도 호기심이 드러나지 않도록 애썼다. 아이라니! 배리모어는 황무지에 은거한 사나이에게 필요한 물건을 날라다 주는 사람이 아이라고 했다. 그게 탈옥수라고 생각하다니 프랭클랜드는 완전히 잘못 짚은 것이다. 하지만 프랭클랜드의 정보를 얻을 수만 있다면 나는 한참 동안 힘들게 돌집을 뒤지고 다니는 수고를 하지 않아도 될 것이다. 하지만 내가 가진 가장 효과적인 카드는 불신과 무관심임이 분명했다.

"내 생각엔 아버지에게 저녁밥을 날라다 주는 황무지의 양치기 소년일 것 같은데요."

조금이라도 반대하는 뜻을 내비치자 늙은 독재자는 몸에 불이라도 붙은 듯 펄펄 뛰었다. 그는 무시무시한 눈으로 나를 노려보았다. 잿빛 구레나룻이 화난 고양이의 털처럼 바짝 곤두서 있었다.

"아니, 그걸 말이라고!"

그는 드넓게 펼쳐진 황무지를 가리키며 소리 질렀다.

"저 너머에 있는 블랙 토르가 안 보이시오? 가시덤불이 자라는 그 너머의 얕은 산이 안 보이시오? 저기는 황무지에서도 제일 바위가 많은 지대요. 저런 곳에 양 떼를 풀어놓을 양치기가 어디 있단 말이오? 박사는 정말 어리석은 말을 했소."

나는 유순하게 잘 모르고 말했다고 대답했다. 내가 고분고분하게 나가자 기분이 좋아진 영감은 이야기보따리를 더 풀었다.

"자, 박사는 이제 내가 근거도 없이 어떤 주장을 하지는 않는다는 걸 알겠지요? 나는 그 꼬마가 짐 보따리를 들고 저 길을 오가는 걸 보았소. 녀석은 매일같이, 어떤 때는 하루에 두 번씩……, 어? 잠깐만, 내 눈에 헛것이 뵈는지, 아니면 지금 비탈에서 뭔가가 움직이고 있는 건지 모르겠구먼."

그곳은 몇 킬로미터 떨어진 곳이었지만, 나는 흐린 녹색과 회색이 섞인 산비탈을 따라 작고 검은 점 하나가 움직이고 있는 것을 또렷이 볼 수 있었다.

"자, 박사, 빨리 가봅시다!"

프랭클랜드는 층계를 뛰어오르며 소리쳤다.

"박사가 직접 눈으로 확인하고 판단해 보시오."

천하무적의 막강한 기구 망원경이 평탄한 지붕에 놓인 삼발이 위

에 얹혀 있었다. 프랭클랜드는 망원경에 눈을 척 갖다 붙이고는 만족스러운 탄성을 질렀다.

"어서, 왓슨 박사, 어서 와봐요. 녀석이 산을 넘어가기 전에!"

분명히 보였다. 어깨에 보따리를 들쳐멘 작은 소년 하나가 천천히 산을 기어오르고 있었다. 소년이 산꼭대기에 올라섰을 때 아무렇게나 입은 남루한 옷이 차가운 푸른 하늘을 배경으로 일순 또렷하게 부각되었다. 소년은 뒤를 밟는 사람이 있을까 봐 두려운 듯 도망자처럼 은밀한 기색으로 사방을 살폈다. 그런 다음 작은 산을 넘어서 사라졌다.

"어때! 내 말이 맞지 않소?"

"정말 그렇군요. 저 아이는 꼭 비밀스러운 심부름이라도 하는 것 같습니다."

"그 심부름이 어떤 것인지는 군의 말단 경찰이라도 쉽게 알 수 있을 거요. 하지만 그자들은 내 입에서 한마디도 얻어듣지 못할걸. 왓슨 박사, 당신도 비밀을 지키겠다고 약속하시오. 한마디도 말해선 안 되오! 알아듣겠소?"

"말씀하신 대로 하겠습니다."

"그자들은 나를 고약하게 대접했소, 고약하게. 감히 단언하지만, 프랭클랜드 대 레지나 소송 사건에서 사실들이 터져 나오면 군 전체가 분노하게 될 거요. 그리고 내가 경찰을 도와주는 일은 죽어도 없을 거요. 페른워시의 악당들이 내 허수아비 대신 나를 말뚝에 매달고 화형식을 거행해도 경찰 놈들은 그저 보고만 있을 거외다. 아니, 벌써 집에 가시려고? 이 경사스러운 날을 기념해서 나랑 포도주잔이나 기울이십시다!"

하지만 나는 프랭클랜드가 잡는데도 부득부득 가겠다고 나섰을 뿐 아니라 그가 바스커빌관까지 동행해 주겠다는 것도 극구 사양했다. 나는 그의 시선이 미치는 곳까지만 길을 따라 걸었고, 그다음에는 황무지로 접어들어 소년이 넘어간 그 바위산을 향했다. 모든 것이 순조로웠고, 나는 행운의 여신이 모처럼 던져준 소중한 기회를 인내와 끈기로 붙잡고 말겠노라고 다짐했다.

바위산 꼭대기에 도착했을 때 해는 벌써 뉘엿뉘엿 지고 있었다. 발밑의 산 사면은 한쪽은 온통 황금빛과 녹색이었고, 다른 한쪽은 어스름에 잠겨 있었다. 벨리버와 빅센 토르의 환상적인 굴곡이 그려낸 아득한 지평선에는 안개가 낮게 깔려 있었다. 드넓은 공터 위에는 어떤 소리도 움직임도 없었다. 갈매기인지 마도요인지, 커다란 잿빛 새 한 마리가 푸른 창공 속으로 드높이 솟구치고 있었다. 거대한 창공과 드넓은 황무지 사이에 살아 있는 것이라곤 저 새와 나, 둘뿐인 듯싶었다. 황량한 풍경과 적막감, 그리고 내가 맡은 임무의 풀리지 않는 수수께끼와 긴박함으로 인해 내 가슴은 서늘해졌다. 소년은 어느 곳에도 보이지 않았다. 그러나 발밑에 있는 바위산의 오목한 틈새에 오래된 돌집들이 원형으로 배치되어 있는 게 보였는데 그중 가운데 것이 유난히 눈에 띄었다. 그것은 지붕이 멀쩡해서 비 가리개 구실은 훌륭하게 할 것 같았다. 그것을 본 순간 가슴이 뛰기 시작했다. 문제의 사나이가 은신하고 있는 곳임에 틀림없었다. 나는 마침내 그자의 코앞까지 와 있는 것이다. 그의 비밀은 이제 내 손아귀에 들어왔다.

스태플턴이 포충망을 들고 나비에게 접근할 때처럼 살금살금 걸어서 돌집을 향해 다가가는 동안, 나는 그곳이 정말 은신처로 쓰이고 있다는 사실을 확인할 수 있었다. 돌 사이로 난 희미한 길이 문 역할을 하고 있는 헐어빠진 틈새로 이어져 있었다. 안쪽은 아주 조용했다. 문제의 인물은 저 안에 숨어 있든지, 아니면 황무지를 배회하고 있을 것이다. 긴장감으로 인해 온몸의 신경이 다 쩌릿쩌릿했다. 나는 담배를 던져버리고 리볼버를 단단히 틀어쥔 다음 재빨리 문으로 다가가서 안을 들여다보았다. 집 안은 텅 비어 있었다.

하지만 돌집 안에 남아 있는 흔적을 보니 내가 헛다리를 짚은 것은 아니었다. 이곳은 그 사나이가 사는 집이 틀림없었다. 방수포로 싼 담요가 신석기 시대 사람들이 침상으로 사용했던 석판 위에 놓여 있고 조잡한 화로에는 재가 쌓여 있었다. 그 옆에는 약간의 조리 도구와 물 반 양동이가 놓여 있었다. 빈 깡통 무더기를 보니 이곳에서 사람이 기거한 기간이 꽤 되는 것 같았다. 내 눈이 돌집 틈새로 스며들어 오는 빛에 익숙해졌을 때, 방 한구석에 독한 술 반병과 금속 잔 하나가 놓여 있는 것이 보였다. 돌집 한가운데는 식탁 역할을 하는 납작한 돌이 하나 있었고 그 위에는 작은 보따리 하나가 놓여 있었다. 그것은 아까 망원경으로 본 소년이 메고 있던 그 보따리임에 틀림없었다. 그 속에는 빵 한 덩이, 혓바닥 통조림, 복숭아 통조림 두 개가 들어 있었다. 나는 보따리의 내용물을 검사한 뒤 다시 내려놓다가 그 밑에 메모 한 장이 놓여 있는 것을 발견했다. 나는 두근거리는 가슴으로 메모지를 집어 들었다. 그 위에는 흘려 쓴 연필 글씨로 다음과 같은 글이 적혀 있었다.

왓슨 박사가 쿰 트레이시에 갔음.

나는 메모지를 손에 든 채 이 짤막한 메시지의 의미를 반추해 보며 잠시 그 자리에 서 있었다. 그렇다면 이 수수께끼의 인물이 뒤를 밟은 것은, 헨리 경이 아니라 바로 나였던 것이다. 그리고 그 사나이는 나를 직접 미행하지 않고 대리인, 아마도 그 소년을 붙여놓았고, 이것은 분명 그 아이가 쓴 보고서인 것이다. 나는 이 황무지에 온 이래 일거수일투족을 감시당했던 것이다. 항상 보이지 않는 힘이, 미세한 그물망이 무한히 섬세하고도 정교하게 우리를 포위하고 있는 듯한 느낌을 받기는 했다. 너무도 가볍게 그물을 들어 올리는 솜씨 때문에 우리는 마지막 순간에야 비로소 자신이 미세한 그물코에 걸려들었다는 사실을 깨닫게 되는 것이다.

보고서가 더 있을지도 모르므로, 나는 돌집 안을 뒤져보았다. 그러나 그런 것은 눈에 띄지 않았고, 이 특별한 곳에 기거하는 사나이의 정체나 의도를 추측할 수 있을 만한 표시도 찾을 수 없었다. 분명한 것은 그가 스파르타식 생활 습관을 가지고 있고, 생활의 편리에 크게 연연해하지 않는다는 점이었다. 지붕 사이에 벌어져 있는 틈새를 보니 요즘 비가 그렇게 쏟아졌는데 이런 곳에서 불편한 생활을 감수하려면 웬만한 목적의식으로는 안 될 거라는 생각이 들었다. 그는 무서운 적일까, 아니면 우리의 수호천사일까? 나는 그 사실을 확인하기 전까지는 이곳에서 떠나지 않으리라 맹세했다.

해는 지평선 너머로 사라지고 있었고 서쪽 하늘은 진홍과 황금빛으로 물불어 있었다. 멀리 그림펜 대늪지의 물웅덩이에는 여기저기 붉은 노을이 내려와 있었다. 바스커빌관의 쌍둥이 탑이 보였고, 그림펜 마을이 있는 곳인 듯 멀리서 연기가 모락모락 피어올랐다. 그 사이에 조그마한 산을 앞에 두고 스태플턴가가 자리 잡고 있었다. 황금빛 저녁 햇살 속에서 모든 것은 그지없이 아름답고 평화로웠지만 그것을 바라보는 내 영혼은 자연의 평화를 함께 나누지 못하고, 시시각각 다가오는 알 수 없는 만남의 순간 앞에서 두려움에 떨고 있었다. 잔뜩 긴장했지만 확고한 목적의식을 가지고, 나는 돌집 안의 어둑한 귀퉁이에 웅크리고 앉아 주인이 돌아오기를 끈질기게 기다렸다.

마침내 그가 돌아오는 소리가 들려왔다. 멀리서 구둣발이 돌 위를 밟는 소리가 났다. 발소리는 한 걸음, 또 한 걸음, 점점 가까워지고 있었다. 나는 제일 어두운 구석에 몸을 붙이고 주머니 속에 든 권총의 공이치기를 잡아당겼다. 그리고 그자의 모습이 보이기 전에는 내 모습을 드러내지 않으리라 작정했다. 그가 걸음을 멈춘 듯 발소리가 뚝 그쳤다. 그리고 한참 뒤에 다시 발소리가 나기 시작했고 돌집 입구에 사람 그림자가 비쳤다.

"친애하는 왓슨, 정말 아름다운 저녁일세."

친숙한 목소리가 들려왔다.

"집 안보다는 바깥이 훨씬 편할 것 같군."

황무지에서의 죽음

순간 나는 숨을 멈추었다. 내 귀를 의심하지 않을 수 없었다. 그러다가 감각과 목소리가 되돌아왔고 내 영혼을 짓눌러온 책임감이 한 순간에 날아가버린 듯했다. 그 차갑고 날카롭고 비꼬는 듯한 목소리는 세상에서 오직 한 사람만이 낼 수 있었다.

"홈즈!"

나는 외쳤다.

"홈즈!"

"밖으로 나오게."

그는 말했다.

"그리고 제발 그 권총 좀 조심하고."

나는 몸을 숙이고 조잡한 문틀 아래를 빠져나왔다. 홈즈는 바깥의 돌 위에 앉아 있었다. 그는 나의 놀란 표정을 보고 재미있다는 듯 빙글거렸다. 홈즈는 수척하게 여위었지만 여전히 날카로웠으며, 민감한 얼굴은 햇볕에 구릿빛으로 그을고 바람에 거칠어져 있었다. 트위드 정장에 천 모자를 쓴 그는 황무지의 여느 관광객들과 다를 바 없어 보였다. 그리고 고양이 같은 청결함을 좋아하는 성격 그대로, 베이커가에 있을 때와 다름없이 말끔하게 면도한 얼굴에 깨끗한 옷차림을 유지하고 있었다.

"내 평생 사람을 보고 이렇게 반가워하긴 처음이네."

나는 그와 힘주어 악수하며 말했다.

"또 이렇게 놀란 적도 없었겠지? 그렇지 않나?"

"응, 솔직히 말하면 그러네."

"하지만 자네만 놀란 게 아닐세. 나는 자네가 내 비밀 아지트를

찾아낼 줄은 몰랐지. 더구나 자네가 여기 와 있으리라고는 상상도 못 했고. 적어도 문에서 20보 이내의 거리에 오기 전까지는 그랬다는 말일세."

"그런데 내 발자국을 보았나?"

"왓슨, 그렇지는 않아. 나는 세상의 모든 발자국 중에서 자네의 발자국을 알아보는 재주는 없어. 자네가 나를 정말 속이고 싶거든 담배를 다른 것으로 바꿔야 하네. 왜냐하면 '옥스퍼드가, 브래들리'라는 글씨가 찍혀 있는 담배꽁초를 보았을 때, 나는 내 친구 왓슨이 이 근처에 와 있다는 걸 알았거든. 저 길옆에 가보면 그 담배꽁초가 있어. 자네는 분명히 빈 돌집을 덮치기 직전에 그걸 던져버렸을 거야."

"맞아."

"나는 또 자네의 감탄할 만한 끈기를 잘 알고 있었기 때문에 자네가 무기를 소지한 채 집 안에 매복한 채 주인이 돌아오기를 기다리고 있을 거라고 확신했지. 그런데 자네는 정말 내가 범인이라고 생각했나?"

"나는 자네가 누군지는 몰랐지만 정체를 꼭 밝혀내고 말겠다고 작정했지."

"왓슨, 정말 훌륭하이! 그런데 나에 대해서는 어떻게 알게 되었나? 아마 자네는 그 탈옥수를 추격하던 밤에 나를 보았겠지. 그때 나는 경솔하게도 떠오르는 달 앞에 서 있었으니까."

"그렇다네. 그때 자네를 보았네."

"그러면 자네는 내가 사는 데를 찾아내기 위해 돌집을 샅샅이 뒤지고 다녔겠군?"

"아니, 자네가 데리고 있는 꼬마를 본 사람이 있어서 그 덕분에 이 집을 찾아낼 수 있었다네."

"망원경을 설치해 놓은 그 영감 짓이 틀림없겠군. 처음에 나는 렌즈에 빛이 반사되는 걸 보고 어리둥절했지."

그는 일어서서 돌집 안을 들여다보았다.

"이런, 카트라이트가 뭘 좀 갖다 놓았군. 이 메모는 뭐지? 그래, 자네는 정말 쿰 트레이시에 갔었나?"

"응."

"로라 라이언스 부인을 만나러?"

"맞아."

"잘했네! 우리의 조사는 같은 방향으로 진행되고 있었던 게 분명하니까 우리 둘의 조사 결과를 합치면 사건의 전모를 웬만큼 이해할 수 있게 될 것 같네."

"그래, 나는 자네가 여기 와 있는 것이 말할 수 없이 기쁘다네. 책임감과 풀리지 않는 수수께끼는 내 신경에 지나친 부담이 되고 있었으니까. 하지만 자네는 도대체 어떻게 이곳에 오게 되었나? 그리고 무슨 일을 하고 있었지? 나는 자네가 베이커가에서 그 공갈 사건을 처리하고 있는 줄 알았는데."

"나는 자네가 그렇게 생각해 주기를 바랐네."

"그러면 자네는 나를 이용했고, 또 나를 믿지 못했다는 거구먼!"

나는 비통하게 소리쳤다.

"홈즈, 나는 자네에게 그보다 나은 대접을 받을 만한 가치는 있다고 생각하네."

"여보게, 다른 사건에서도 그랬지만 자네는 이 사건에서도 정말 귀중한 역할을 해주었네. 그리고 내가 자네에게 속임수를 쓴 것처럼 생각된다면 부디 용서해 주기 바라네. 사실 내가 그렇게 했던 것은 부분적으로는 자네를 위해서였지. 내가 여기 내려와서 사건 조사에 직접 뛰어들게 된 것은 자네에게 위험이 닥치고 있다는 판단 때문이었어. 내가 만약 바스커빌관에서 자네들과 같이 지냈다면 내 관점은 자네들과 똑같은 것이 되고, 또 나라는 존재는 우리의 무서운 적에게 경계심을 발동시켜 주었을 것이 틀림없네. 사실 바스커빌관에서 살았다면 그렇게 할 수 없을 만큼 나는 이 황무지에서 자유롭게 돌아다닐 수 있었지. 그리고 나는 이 사건의 숨은 패로 남아 있다가 결정적인 순간에 몸을 날려서 달려들 수 있는 것일세."

"하지만 왜 나한테는 비밀로 했는가?"

"왜냐하면 자네가 알게 되면 일에 도움이 되기보다는 내가 여기 있는 것이 노출될 우려가 컸기 때문이었네. 자네는 나한테 무엇인가를 말하고 싶었을 것일세. 아니면 내가 이렇게 있는 것이 안쓰러워서 이것저것 갖다주다가 불필요한 위험을 초래했을 가능성도 크지. 나는 카트라이트를 데리고 내려왔네. 그 심부름센터에 있던 꼬마 녀석 말이네. 그 애가 간단한 생필품을 챙겨주었지. 빵 한 덩어리와 깨끗한 셔츠 칼라 따위 말일세. 남자에게 거기서 뭐가 더 필요하겠나? 그 애는 또 두 개의 눈과 재빠른 두 다리를 내게 보태주었어. 둘 다 내게는 귀중한 역할을 했지."

"그러면 내가 쓴 보고서는 죄다 무용지물이 돼버렸군!"

보고서를 작성하느라 끙끙댔던 일을 떠올리자 내 목소리는 저절로 떨려 나왔다. 힘들었지만 그래도 얼마나 자부심을 느꼈던가.

홈즈는 주머니에서 종이 뭉치를 꺼냈다.

"여보게, 자네가 쓴 보고서는 여기 있네. 물론 자세하게 읽어보았지. 나는 빈틈없는 전달 체계를 만들어놓아서 편지가 내 손에 들어오기까지 하루가 더 걸렸을 뿐일세. 나는 자네가 대단히 까다로운 사건에 대해 발휘한 열정과 지성에 정말 탄복을 금치 못했지."

나는 홈즈가 나를 속였다는 사실 때문에 아직도 속이 쓰렸지만 그가 진심으로 칭찬하는 말을 듣자 어느덧 노여움이 풀렸다. 나는 또한 그의 말이 옳다는 것, 어느 모로 보나 그가 황무지에 있는 것을 내가 모르는 편이 더 나았다는 것을 마음속으로 인정할 수밖에 없었다.

"그래야지."

홈즈는 내 얼굴에서 그늘이 걷히는 것을 보고 말했다.

"그러면 이제 로라 라이언스 부인을 찾아갔던 일이 어떻게 됐는지 말해 주게. 자네가 라이언스 부인을 만나러 갔을 거라고 추측하는 것은 별로 어렵지 않았네. 나는 이 사건을 해결하는 데 도움이 될 만한 인물이 바로 쿰 트레이시의 라이언스 부인이라는 걸 알고 있었거든. 사실 자네가 오늘 그곳에 가지 않았다면 내가 내일 직접 그곳에 가야 했을 걸세."

해는 지고 황무지에는 어둠이 내리고 있었다. 밤이 쌀쌀해졌으므로 우리는 아직 온기가 남아 있는 돌집 안으로 자리를 옮겼다. 나는 어둑어둑한 돌집 안에서 라이언스 부인과 나눈 대화를 홈즈에게 들려주었다. 홈즈가 깊은 관심을 나타냈으므로 나는 그가 만족할 때까지 어떤 대목은 이야기를 두 번이나 되풀이해야 했다.

"정말 중요한 이야기네그려."

내가 말을 마치자 홈즈가 말했다.

"자네 이야기는 이 복잡한 사건에서 내가 아직 메우지 못한 부분을 이어주는 가교 역할을 하는군. 자네도 라이언스 부인과 스태플턴이라는 사내가 내밀한 관계를 맺고 있다는 걸 알고 있나?"

"나는 그런 것은 몰랐네."

"그 문제에 관해서는 의문의 여지가 없어. 두 사람은 만나고 서신 왕래를 한다네. 둘은 서로 완전히 통하지. 그런데 우리는 이 사실을 아주 효과적으로 이용할 수 있거든. 내가 스태플턴 부인에게 그 사실을 말한다면……."

"스태플턴 부인?"

"자네가 나한테 정보를 주었으니 그 답례로 나도 새로운 사실을 알려주겠네. 다들 스태플턴 양으로 알고 있는 그 여성이 사실은 스태플턴 부인이라네."

"맙소사, 홈즈! 그게 진짜 확실한가? 그런데 스태플턴은 어떻게 헨리 경이 자기 아내를 사랑하도록 놔둘 수 있었지?"

"헨리 경이 사랑에 빠지는 것은 당사자 말고는 아무에게도 해가 되지 않거든. 자네도 보았다시피 스태플턴은 헨리 경이 자신의 아내를 상대로 사랑의 '행위'를 하지 않도록 각별히 주의했네. 다시 말하지만 그 여성은 스태플턴의 누이동생이 아니라 아내일세."

"하지만 굳이 남들을 그렇게 속일 필요가 있었나?"

"왜냐하면 스태플턴은 자기 아내가 자유로운 몸일 때 훨씬 쓸모가 많을 거라고 예상했거든."

말로 표현되지 않았던 나의 모든 직감과 막연한 의심이 갑자기 박물학자를 중심으로 형태를 갖추기 시작했다. 밀짚모자에 포충망을 든 창백하고 무표정한 사내에게서 무서운 어떤 것이 느껴지는 듯했다. 그에겐 무한한 인내심과 간교한 계략이 있었다. 그는 웃는 얼굴에 살인자의 심장을 갖춘 인물이었다.

"그러면 런던에서 우리를 미행한 것이 바로 그자였나?"

"내 추리에 따르면 그렇다네."

"그러면 그 경고 편지는……, 그것은 스태플턴 부인이 보낸 것이 분명하구먼!"

"맞아."

그토록 오랫동안 나를 짓눌러온 기괴한 악행이 절반은 분명하게, 절반은 어렴풋이 어둠 속에서 모습을 드러냈다.

"하지만 홈즈, 그게 정말인가? 자네는 그 여성이 스태플턴 부인이라는 걸 어떻게 알았지?"

"그자는 자네를 처음 만났을 때 부주의하게도 과거지사의 일부를 사실대로 밝혔지. 내게는 그 말이 단서가 되어주었는데, 아마 그자는 그다음에 혀를 깨물고 싶을 만큼 후회했을 것이네. 스태플턴은 영국 북부에서 학교 교장을 지낸 적이 있어. 그런데 세상에 교장만큼 추적하기 쉬운 직업도 없거든. 교직 소개소가 있어서 그곳을 통하면 한때 교직에 몸담았던 사람은 누구라도 확인할 수 있다네. 내가 약간의 조사를 해본 결과, 북부의 어느 학교가 경영이 지독하게 어려워져서 문을 닫았는데 그 소유자가, 이름은 달랐지만 아내와 함께 종적을 감추었다네. 여러 가지 정황이 일치하더군. 나는 자취를 감춘 그 인물이 곤충학에 조예가 깊었다는 사실을 알고 그가 스태플턴이라는 사실을 확신할 수 있었지."

어둠은 걷히고 있었지만 아직도 많은 부분이 어둠 속에 가려 있었다.

"스태플턴 양이 그의 아내라면, 로라 라이언스 부인은 어떻게 된 거지?"

나는 물었다.

"그것이 자네의 조사가 빛을 발한 부분의 하나일세. 자네가 라이언스 부인과 나눈 이야기는 많은 부분을 설명해 주지. 나는 라이언스 부인이 남편과의 이혼을 계획하고 있는 사실은 몰랐어. 만약 그렇다면 부인은 틀림없이 미혼인 스태플턴과 결혼하려고 마음먹고 있을 걸세."

"그러면 부인에게 언제 사실을 말해 줄 건가?"

"흠, 우리는 부인의 협조를 얻을 수 있을지도 모르겠군. 내일 우리가 제일 먼저 해야 할 일은 부인을 만나는 것일세. 그런데 왓슨, 자네 임무를 너무 오랫동안 방치해 둔 것 아닌가? 자네가 있어야 할 곳은 바스커빌관이네."

서쪽 하늘에 남은 마지막 붉은 기운이 스러져갔고 황무지에는 밤이 내렸다. 짙은 보랏빛 하늘에서 별들이 희미하게 반짝거렸다.

"홈즈, 마지막으로 하나만 더 묻고 싶네."

나는 일어서며 말했다.

"자네와 나 사이에 더 이상 비밀이 있을 필요는 없을 것 같으니까. 그런데 이 모든 것은 무엇을 의미하지? 스태플턴의 목표는 무엇인가?"

홈즈는 착 가라앉은 목소리로 대답했다.

"왓슨, 그것은 살인이라네. 치밀하게 계획한 무자비한 살인. 나에게 자세한 것은 묻지 말게. 그자가 헨리 경을 향해 그물을 치고 있는 동안에도, 나의 그물망은 그자를 향해 점점 좁혀 들고 있으니까. 그리고 자네의 도움으로 그자는 이미 내 손아귀에 들어온 것이나 마찬가지일세. 앞에 도사리고 있는 위험은 하나뿐이지. 우리가 미처 준비를 끝내기도 전에 그가 먼저 손을 쓸지 모른다는 것. 그러나 하루, 아니면 기껏해야 이틀 안으로 나는 이 사건을 종결지을 생각이네. 그때까지 자네는 사랑 깊은 어머니가 아픈 자식을 옆에서 지키듯 자네의 경호 임무를 다해야 하네. 오늘 자네가 한 일은 정당했지만 한편으로는 헨리 경의 옆을 지키는 게 낫지 않았을까 하는 생각도 드는군. 앗, 잠깐!"

무서운 비명 소리, 고요한 황무지에서 공포와 고통에 찬 외침 소리가 길게 터져 나왔다. 그 끔찍한 소리를 듣자 온몸의 피가 다 얼어붙는 듯했다.

"오, 하느님!"

나는 숨을 헐떡이며 말했다.

"저게 무슨 소린가? 저게 도대체 무어냐고?"

홈즈는 용수철처럼 튀어 일어나 돌집 문에 붙어 섰다. 다부진 몸의 윤곽이 희끄무레하게 떠올랐다. 그는 상체를 앞으로 내밀고 어둠 속을 응시했다.

"조용!"

그는 속삭였다.

"조용!"

비명 소리는 그 격렬함으로 인해 크게 들렸으나 멀리 어두운 평원 어딘가에서 난 것이었다. 이제 그 소리는 좀 더 가까운 곳에서 더 크고 급박하게 귓전을 울렸다.

"대체 어디지?"

홈즈는 떨리는 목소리로 속삭였다. 이 철의 사나이도 영혼 깊이 동요하고 있는 것이다.

"왓슨, 저 소리가 어디서 나는 것인가?"

"저쪽인 것 같은데."

나는 어둠 속을 가리켰다.

"아냐, 저쪽이야!"

고통에 찬 비명 소리가 훨씬 가까운 곳에서 더 크게 고요한 밤하늘에 울려 퍼졌다. 이번에는 조금 다른 소리가 섞여 있었다. 그것은 끊임없이 들려오는 낮은 파도 소리처럼 높낮이가 있는 소리였다. 음악적이면서도 위협적인, 굵게 으르렁거리는 소리.

"사냥개닷!"

홈즈가 외쳤다.

"왓슨, 가세! 맙소사, 우린 너무 늦었어!"

홈즈는 황무지 위를 빠른 속도로 내닫기 시작했고, 나도 그의 뒤를 따랐다. 그러나 눈앞에 펼쳐진 요철이 심한 땅 어딘가에서 절망에 찬 마지막 비명 소리가 한 번 더 울리더니 쿵 하고 무거운 것이 떨어지는 소리가 났다. 우리는 걸음을 멈추고 귀를 기울였다. 바람 한 점 없는 밤에, 무거운 정적을 깨는 소리는 더 이상 들리지 않았다.

나는 홈즈가 혼란스러운 듯 이마에 손을 얹는 모습을 보았다. 그는 발을 굴렀다.

"왓슨, 그자가 우릴 물어뜯었어. 우린 너무 늦었어."

"아냐아냐, 절대로 그렇지 않네!"

"두 손 놓고 있었다니 얼마나 바보스러웠단 말이다. 그리고 왓슨, 자네도 임무를 게을리한 결과가 어떤지를 보았지! 오 하느님, 하지만 만약 최악의 사건이 벌어졌다면 그자에게 반드시 복수하고 말겠어!"

우리는 어둠 속을 무작정 내달렸다. 우리는 돌에 걸려 넘어질 뻔하기도 했고, 가시덤불을 억지로 뚫고 나가기도 했으며, 헐떡거리며 바위산을 올랐다가 쏜살같이 내리막을 뛰어내리기도 했다. 우리는 무서운 소리가 난 곳을 향해 한결같이 달렸다. 바위산에 오를 때마다 홈즈는 열심히 사방을 둘러보았지만 황무지에는 이미 짙은 어둠이 내렸고 황량한 평원에선 아무것도 움직이는 것이 없었다.

"뭐가 보이나?"

"아무것도."

"하지만 들어보게. 저게 무슨 소리지?"

언뜻 낮은 신음 소리가 들린 듯했다. 소리는 다시 왼쪽에서 들렸다! 그곳은 울퉁불퉁한 자갈밭이 깎아지른 절벽과 만나는 곳이었다. 자갈밭 위에 시커먼 물체가 활개를 펴고 누워 있었다. 그쪽을 향해 달려가니 희미한 윤곽이 분명한 형체로 모습을 드러냈다. 한 남자가 얼굴을 밑으로 하고 고꾸라져 있었다. 고개는 끔찍한 각도로 꺾여 있었고, 어깨는 둥글게 꺾였으며, 몸통은 마치 공중제비를 넘던 사람처럼 꼬부라져 있었다. 나는 너무도 기괴한 자세를 보고 그 신음 소리가 사람의 영혼이 빠져나가는 소리라는 걸 깨닫지 못했다. 발밑의 시커먼 형체에서, 이제는 신음 소리라고 할 수 없는 이상한 소리가 올라왔다. 홈즈는 그의 몸에 손을 대보았다가 무서운 듯 외마디 소리를 지르며 손을 뗐다. 성냥을 긋자 희생자의 그러쥔 손과 부서진 두개골 아래로 천천히 넓어지고 있는 소름 끼치는 피 웅덩이가 드러났다. 성냥불로 그 아래쪽을 비춰본 우리는 맥이 탁 풀리며 현기증을 느꼈다. 그것은 헨리 바스커빌 경의 시체였다!

우리는 베이커가에서 헨리 경을 처음 만났을 때 그가 입고 온 눈에 잘 띄는 빨간 트위드 정장을 잊지 않고 있었다. 성냥불은 빨간 옷을 밝게 비췄다가 깜빡거리더니 꺼져버렸고 우리의 영혼에선 희망이 빠져나갔다. 홈즈는 신음했다. 그의 얼굴이 어둠 속에서 하얗게 떠올랐다.

"짐승 같은 놈! 짐승 같은 놈!"

나는 두 주먹을 불끈 쥐고 외쳤다.

"아, 홈즈, 경을 혼자 남겨두어 이런 운명으로 몰아넣다니 나 자신을 절대로 용서하지 못할 걸세."

"왓슨, 비난받아야 할 사람은 자네가 아니라 날세. 나는 사건을 완벽하게 설명하기 위해서 의뢰인의 생명을 도외시했어. 내가 탐정 노릇을 시작한 이래 이보다 심한 타격은 없었네. 하지만 내가 그렇게 경고했는데도 경이 위험을 무릅쓰고 황무지로 나올 줄이야 어떻게 알았겠는가? 응?"

"우리는 경의 비명 소리를 들었지. 오, 하느님, 그 비명! 하지만 우리는 이분을 구하지 못했네! 경을 죽인 사냥개는 도대체 어디 있는가? 그 개는 지금 이 순간에도 저 바위틈 어딘가에 숨어 있을지 모르네. 그런데 스태플턴 그자는 어디 있지? 그자는 자신의 행동에 응분의 대가를 치러야 할 걸세."

"그렇고말고. 무슨 일이 있어도 그렇게 해줄 걸세. 삼촌과 조카가 살해당했어. 삼촌은 초자연적인 존재로 생각했던 짐승을 보고 극도의 공포 속에서 숨이 끊어졌고, 조카는 온 힘을 다해 그 짐승에게서 달아나다가 최후를 맞았지. 하지만 우리는 스태플턴과 그 사냥개의 관련을 증명해야만 하네. 우리가 들은 소리 말고 우리는 개의 존재조차 증명할 수 없어. 헨리 경은 추락사한 것이 분명하니까. 하지만 그자가 제아무리 날고뛴다 해도, 맹세코 나는 내일 안으로 그자를 잡고 말 것이네!"

우리는 비통한 심정으로 처참한 시신 곁에 서 있었다. 그동안의 힘겨운 모든 노력이 수포로 돌아간 이 갑작스럽고 돌이킬 수 없는 재앙 앞에 우리는 압도당해 있었다. 달이 떠올랐다. 우리는 가엾은 친구가 추락한 절벽 꼭대기로 기어올랐다. 그리고 절벽 위에서 어둠에 잠긴 황무지를 응시했다. 황무지의 반은 희멀건 은빛이었고 반은 암흑이었다. 저 멀리 몇 킬로미터 떨어진 곳에, 그림펜 방향으로 노란 불빛 하나가 은은히 빛나고 있었다. 그것은 스태플턴네 집의 불빛일 터였다. 나는 그곳을 향해 주먹을 흔들며 욕설을 내뱉었다.

"가서 당장 그자를 체포하면 안 될까?"

"이 사건에 대한 조사는 아직 끝나지 않았어. 그자는 무서울 정도로 조심성이 많고 교활한 녀석이지. 중요한 건 우리가 무엇을 알고 있느냐가 아니라, 무엇을 증명할 수 있느냐라네. 잘못된 포석을 놓았다가는 그 악당을 놓칠 수도 있네."

"그럼 어떻게 해야 하지?"

"내일은 할 일이 아주 많아. 오늘 밤에는 우리의 가엾은 친구를 위해 마지막 임무를 다하도록 하세."

우리는 가파른 절벽을 내려와서 시신을 향해 다가갔다. 시커먼 형체가 은빛 바위 위로 뚜렷이 떠올랐다. 고통스럽게 꺾인 사지를 보자 아픔이 치밀어 오르며 눈앞이 눈물로 흐려졌다.

"홈즈! 사람들을 불러와야겠네! 우리 힘으로는 시신을 바스커빌 관까지 옮길 수 없어. 맙소사, 자네 미쳤나?"

홈즈는 외마디 소리를 지르며 시신을 들여다보았다. 그러더니 웃고 춤추며 억세게 내 손을 붙들었다. 이 사람이 엄격하고 과묵한 내 친구란 말인가? 그에게 숨은 불꽃이 있는 줄은 몰랐다. 정말로!

"수염! 수염! 이 사람한테는 수염이 있어!"

"수염이라고?"

"이 사람은 준남작이 아니야. 이 사람은……, 저런, 나의 이웃인 탈옥수로군!"

우리는 둘이서 부랴부랴 시신을 뒤집어보았다. 젖은 수염이 차갑고 맑은 달을 삐죽이 가리키고 있었다. 툭 튀어나온 이마와 움푹 꺼진 짐승 같은 눈을 보자 더 이상 의심의 여지가 없었다. 그것은 촛불 빛 속에서 바위 너머로 나를 노려보던 바로 그 얼굴, 범죄자 셀든의 얼굴이었다.

그러자 순간적으로 모든 것이 분명히 이해되었다. 나는 준남작이 자신이 입던 옷을 배리모어에게 주었노라고 했던 일을 기억했다. 배리모어는 처남의 도피를 돕기 위해 그 옷을 셀든에게 주었던 것이다. 구두, 셔츠, 모자, 모든 것이 헨리 경의 것이었다. 이 사건은 여전히 비극임에는 틀림없었으나 최소한 이 남자는 모국의 법에 의해 사형 선고를 받을 만큼 나쁜 짓을 했다. 나는 홈즈에게 자초지종을 설명했다. 내 가슴은 감사와 기쁨으로 풍선처럼 부풀어 올랐다.

"그러면 이 옷이 불쌍한 악마에게 죽음을 가져다준 것이로군."

홈즈는 말했다.

"그 사냥개에게 헨리 경의 물건을 주어 냄새 맡게 한 것이 분명해. 호텔에서 슬쩍 훔쳐낸 그 구두를 주었겠지, 아마. 그래서 이 사내가 개에게 쫓긴 거야. 그렇지만 정말 이상한 점이 있네. 도대체 셸든은 어둠 속에서 사냥개가 자신을 쫓아오고 있다는 걸 어떻게 알았을까?"

"개가 쫓아오는 소리를 들었겠지."

"황무지에서 개가 쫓아오는 소리를 들었다고 이 정도의 사내가 공포에 질려서, 다시 붙잡힐 위험을 무릅쓰고 그렇게 미친 듯 비명을 질렀을까? 아까 들은 비명 소리로 미루어보면 셸든은 개가 자신을 쫓아온다는 사실을 아는 상태에서 아주 오랫동안 도망친 것이 틀림없네."

"지금 나한테 가장 궁금한 것은, 우리의 가정이 모두 옳다는 전제 하에서, 이 사냥개를 왜……."

"나는 아무것도 가정하지 않네."

"좋아, 아무튼, 이 사냥개를 왜 하필이면 오늘 밤에 황무지에 풀어놓았느냐는 것이네. 나는 그놈의 개가 항상 황무지를 돌아다닌다고 생각하지는 않네. 스태플턴은 헨리 경이 여기에 올 거라는 확신이 있었기 때문에 개를 풀어놓았을 거야."

"내 의문이 더 풀기 힘든 것이군. 자네의 의문은 금방 해명이 될 테지만, 내 것은 영원히 수수께끼로 남을 수도 있어. 이제 문제는 이 불쌍한 탈옥수의 시신을 어떻게 처리할 것인가이네. 여기 남겨두면 여우와 까마귀 밥이 될 텐데 그냥 놓아둘 순 없잖은가."

"일단 저 돌집에 넣어두었다가 경찰에 연락하는 게 어떨까."

"그게 좋겠군. 우리 둘이서 거기까지는 옮길 수 있을 걸세. 어라? 왓슨, 저게 누군가? 현장에 직접 출동하다니 배짱 한번 좋군! 우리가 저자를 의심하고 있다는 걸 눈치채지 못하도록 하게. 조심해. 그렇지 않으면 내 계획이 물거품이 되고 말 테니까."

한 사람이 황무지 저쪽에서 다가오고 있었다. 붉은 담뱃불이 흐릿하게 빛났다. 달빛 속에서 나는 박물학자의 단정한 모습과 경쾌한 걸음걸이를 알아볼 수 있었다. 그는 우리를 발견하고 걸음을 멈추었다가 다시 걷기 시작했다.

"이런, 왓슨 박사 아니십니까? 이런 밤 시간에 황무지에서 뵙게 될 줄은 꿈에도 몰랐습니다그려. 그런데, 맙소사, 이게 누굽니까? 누가 다쳤나요? 이런……, 혹시 우리 친구 헨리 경은 아니겠지요!"

스태플턴은 서둘러 시신에 다가가 자세히 살펴보았다. 나는 그가 헉 하고 숨을 들이켜는 소리를 들었다. 그의 손가락 새에서 담배가 떨어졌다.

"아니, 이게……, 이게 누굽니까?"

그는 말을 더듬었다.

"셀든입니다. 프린스타운에서 탈옥한 죄수이지요."

스태플턴은 유령 같은 얼굴로 우리를 돌아보고 놀라움과 실망의 감정을 애써 억누르고 있었다. 그는 날카로운 눈초리로 홈즈와 나를 번갈아 응시했다.

"이럴 수가! 얼마나 끔찍한 일입니까! 이 사람은 어떻게 죽었나요?"

"절벽에서 떨어져 목이 부러져 죽은 것 같습니다. 나는 이 친구와 함께 황무지를 산책하다가 비명 소리를 들었습니다."

"저도 비명 소릴 들었습니다. 제가 여기까지 나온 것이 그 때문이었지요. 헨리 경이 염려스러워서요."

"특히 헨리 경이 염려스러운 이유라도 있습니까?"

나는 참지 못하고 물었다.

"제가 헨리 경에게 우리 집으로 건너오라고 했으니까요. 그분이

오지 않아서 나는 놀랐습니다. 그런데 황무지에서 비명 소리가 들리자 당연히 그분의 안부가 걱정됐지요. 그런데……."

스태플턴은 나와 홈즈의 얼굴을 번갈아 쳐다보며 말했다.

"비명 소리 말고 다른 소리는 못 들으셨습니까?"

"아니요."

홈즈가 말했다.

"무슨 소릴 들으셨나요?"

"아닙니다."

"그런데 그런 건 왜 물으시지요?"

"아, 왜 농부들이 사냥개 유령이 나온다는 둥 떠들어대지 않습니까. 밤에 황무지에 나와 돌아다닌다고 하는 것 같던데. 오늘 밤 혹시 그런 소리에 대한 증거라도 잡지 않았나 궁금해서요."

"그런 소리는 전혀 못 들었습니다."

나는 말했다.

"그러면 이 불쌍한 친구가 죽은 건 무엇 때문이라고 생각하십니까?"

"이 친구는 불안한 도주 생활로 인해 정신이 나갔던 게 분명합니다. 제정신이 아닌 상태에서 황무지를 질주하다가 결국 여기 떨어져 목이 부러진 것이지요."

"진짜 그럴듯한 이야기입니다그려."

스태플턴은 말하고 한숨을 내쉬었다. 나는 그 한숨 소리를 그가 안심했다는 표시로 새겨들었다.

"그런데 셜록 홈즈 선생께서는 어떻게 생각하시는지요?"

내 친구는 가볍게 목례하며 칭찬을 늘어놓았다.

"사람을 보는 눈이 날카로우시군요."

홈즈가 말했다.

"왓슨 박사님이 여기 내려온 후로 여기서는 홈즈 선생이 오기만을 학수고대하고 있었으니까요. 그런데 선생님께서 이곳에 도착하자마자 비극적인 사건이 벌어졌군요."

"그렇군요. 어쨌든 나는 여기 이 친구의 말이 옳다고 생각합니다. 그리고 언짢은 추억을 안고 내일 런던으로 돌아갈 생각입니다."

"아, 내일 돌아가신다고요?"

"그럴 생각입니다."

"저는 선생께서 오셔서 우리를 놀라게 한 사건의 내막을 속 시원히 밝혀주셨으면 하고 바라고 있었는데요?"

홈즈는 어깨를 들썩했다.

"사람이 모든 일에서 항상 성공을 거둘 수는 없는 법입니다. 탐정에게 필요한 것은 전설이나 소문이 아니라 사실이지요. 이것은 썩 내키는 사건이 아닙니다."

내 친구는 최대한 솔직하고 무심한 태도로 말했다. 스태플턴은 여전히 홈즈를 뚫어지게 응시하고 있었다. 그러다 그는 나를 돌아보았다.

"이 불쌍한 친구를 우리 집에 끌어다 놓으면 좋겠지만 내 동생이 기겁을 할 테니까 그렇게는 못 할 것 같습니다. 제 생각에는 이 사람 얼굴만 좀 가려놓으면 내일 아침까지는 괜찮을 것 같습니다만."

그래서 우리는 그렇게 했다. 스태플턴이 저녁을 먹고 가라고 붙드는 것을 뿌리치고, 홈즈와 나는 바스커빌관을 향해 출발했다. 박물학자는 혼자 집으로 돌아갔다. 뒤를 돌아다보니 드넓은 황무지를 천천히 걸어가는 그의 모습이 보였고, 뒤편으로는 은빛 사면에 검은 얼룩 하나가 끔찍한 최후를 맞은 사내가 누워 있는 곳을 나타내고 있었다.

그물망 좁히기

"내 손아귀에 들어온 것이나 다름없어."

황무지를 가로질러 걷는 동안 홈즈가 말했다.

"정말 배짱 한번 두둑하군! 엉뚱한 사람이 자기 계략에 희생된 걸 알고 깜짝 놀랐으련만 아무렇지 않은 척하는 것 좀 보게. 왓슨, 런던에서도 자네에게 말한 적이 있지만 우리는 지금 호적수를 만난 걸세."

"그런데 스태플턴이 자네를 보았으니 어쩌지?"

"나도 처음에 그 점이 마음에 걸렸네. 하지만 그자를 피할 수가 없었으니까."

"자네가 여기 와 있는 걸 알고 그자가 계획을 변경할 것 같나?"

"앞으로 좀 더 신중하게 행동하거나, 아니면 필사적으로 행동에 돌입하겠지. 영리한 범죄자들이 대부분 그렇지만, 스태플턴은 자기 능력을 과신한 나머지 우릴 완벽하게 속여 넘겼다고 생각할 수도 있네."

"그자를 당장 체포하면 안 될까?"

"여보게, 왓슨, 자네는 타고난 행동주의자일세. 자네는 본능적으로 항상 활동적인 일을 지향하지. 하지만 우리가 그자를 당장 체포했다고 가정해 보자고. 도대체 무슨 이득이 있겠나? 우리는 그자의 혐의점을 입증할 수 있는 방법이 전혀 없네. 스태플턴의 계략은 정말 악질적이야! 그자가 다른 사람을 사주해서 일을 저질렀다면 어떤 증거가 남아 있을 걸세. 하지만 우리가 그 무지막지한 개를 밝은 곳으로 끌어내야 한다면 지금 주인의 목에 밧줄을 거는 것은 하등 도움이 안 될 걸세."

"하지만 우리에게는 사건이 있지 않나."

"아니야, 사건이 아니라 사건의 그림자뿐일세. 우리에게 있는 건 추측과 가정뿐이지. 그런 이야기에 그런 증거를 가지고 법정에 출두한다면 우리는 웃음거리가 되고 말 걸세."

"찰스 경이 사망했는데도?"

"찰스 경은 몸에 상처 하나 없이 죽은 채로 발견되었지. 자네와 나는 경이 순전한 공포 때문에 사망했다는 걸 알고 있어. 또 경이 무엇을 보고 그토록 큰 공포를 느꼈는지도 알고 있고. 하지만 열두 명의 둔한 배심원들을 무슨 수로 설득하겠나? 사냥개가 있다는 증거가 어디 있지? 사냥개의 이빨 자국은 어디에 남아 있고? 물론 우리는 사냥개가 시체를 물어뜯지 않는다는 것과 찰스 경은 개가 덤

벼들기 전에 사망했다는 사실을 알고 있어. 하지만 우리는 이 모든 것을 입증해야 하네. 그런데 우리에게는 증거가 없지 않나."

"좋아, 그렇다면 오늘 밤 사건은?"

"오늘 밤 사건이라고 해서 더 낫지는 않네. 우리는 사냥개와 셀든 의 죽음을 직접 연결시킬 수 없어. 사냥개를 직접 본 적이 없으니까. 물론 소리는 들었지. 하지만 개가 셀든의 뒤를 쫓아갔다는 사실을 증명할 수는 없네. 또 동기도 전혀 없거든. 여보게, 지금 우리에게는 어떤 사건도 없다네. 우리는 사건을 성립시키기 위해서라면 어떤 위험이라도 무릅쓸 가치가 있다는 걸 인정해야 해."

"그러면 자네는 어떻게 하자는 것인가?"

"나는 로라 라이언스 부인에게 큰 기대를 걸고 있어. 자초지종을 알게 되면 부인은 우리에게 협조할 공산이 높네. 그리고 내게는 또 다른 계획이 있지. 그 악당에 대해서라면 내일 하루면 족할 거야. 나 는 내일 밤이 되기 전에 승부를 끝냈으면 하이."

바스커빌관 앞까지 가는 동안, 홈즈는 아무 말 없이 생각에 잠겨 있었다.

"같이 올라갈 텐가?"

"그래. 더 이상 몸을 숨길 이유가 없으니까. 하지만 왓슨, 한 가지 더 말할 게 있네. 헨리 경에게 사냥개 얘기는 하지 말게. 셀든은 그 냥 절벽에서 추락사한 것으로 해두자고. 헨리 경이 앞으로 다가올 시련을 견디려면 담대해야 하지. 그런데 자네가 보고서에 내일 메 리핏가에서 저녁 식사를 하기로 했다고 쓴 것 같은데?"

"나도 같이 가기로 되어 있지."

"그러면 자네는 빠지고 헨리 경만 보내게. 일정을 조정하는 건 별로 어려운 일이 아니니까. 그리고 지금 저녁 만찬에 늦는다면 우리끼리만 식사를 하게 될 것 같군."

헨리 경은 셜록 홈즈를 보자 놀라기보다는 오히려 기뻐했다. 왜냐하면 그는 홈즈가 최근에 벌어진 일들 때문에라도 런던에서 내려와줄 거라고 은근히 기대하고 있었기 때문이다. 그렇지만 그는 내 친구가 짐도 없이 맨손으로 달랑 온 데다 그에 대해 아무런 설명도 하지 않자 놀라는 눈치였다. 헨리 경과 나는 홈즈에게 당장 필요한 물건들을 나누어주었다. 그리고 늦은 저녁을 드는 동안 우리는 준남작이 알아도 될 정도의 이야기만 들려주었다. 하지만 그 전에 나는 배리모어 부부에게 셀든의 소식을 알려주는 곤혹스러운 임무를 마쳐야 했다. 배리모어에게 그것은 한시름 더는 소식이었지만 가정부는 앞치마로 얼굴을 감싸 쥐고 비통하게 흐느꼈다. 셀든은 온 세상 사람들에게 반은 짐승이고 반은 악마인 범죄자였지만, 누나에게는 언제나 자신의 치맛자락에 매달려 있던 어린 고집쟁이 남동생일 뿐이었다. 진짜 악마는 자신을 위해 슬퍼해 줄 여인 하나 없는 남자이다.

"왓슨 박사가 아침에 외출한 다음 나는 온종일 집에 틀어박혀 울적하게 지냈습니다."

준남작이 말했다.

"하지만 나는 칭찬받을 만합니다. 약속을 지켰으니까요. 혼자 황무지에 나가지 않겠다는 약속만 안 했어도 나는 오늘 저녁을 훨씬 재미있게 보냈을 것입니다. 스태플턴이 나한테 건너오라는 연락을 해 왔거든요.”

“정말 훨씬 재미있는 시간을 보내셨겠군요.”

홈즈가 담담한 어조로 말했다.

“그런데 우리가 아까 절벽에서 떨어져 죽은 사람이 경인 줄 알고 슬퍼했던 일은 모르시겠지요?”

헨리 경은 눈이 휘둥그레졌다.

“아니 어떻게?”

“그 불쌍한 친구가 경의 옷을 입고 있었습니다. 혹시 이 댁 하인이 그자에게 옷을 준 일 때문에 경찰에 불려 가서 고초를 겪지 않을까 모르겠군요.”

“그럴 리는 없습니다. 내가 아는 한 그 옷에는 아무 표시도 없으니까요.”

“그것참 다행이군요. 사실 이 댁에 있는 모든 사람들이 불법 행위를 했다는 점을 고려해 보면 그것은 참으로 다행스러운 일입니다. 양심적인 탐정이라면 맨 먼저 이 집 안 사람들 모두를 체포할 겁니다. 가장 유력한 증거물은 왓슨의 보고서지요.”

“그런데 사건 조사는 어떻게 되었지요?”

준남작이 물었다.

“웬만큼 단서를 잡으셨나요? 우리가 여기 내려온 다음에는 별로 알게 된 것이 없는 것 같은데요.”

"조만간 사건의 진상에 대해 명확하게 알려드리게 될 겁니다. 이 사건은 대단히 까다롭고 복잡한 편에 속하지요. 아직 밝혀내지 못한 문제들도 몇 가지 있고요. 하지만 결국은 다 밝혀질 겁니다."

"왓슨 박사에게서 벌써 얘기를 들었겠지만 우린 황무지에서 사냥개 짖는 소리를 들었습니다. 그래서 나는 전설 속의 사냥개 얘기가 허황한 미신은 아니라고 단언할 수 있어요. 난 서부에 갔을 때 개를 키워본 적이 있습니다. 그래서 개 짖는 소리를 구분할 줄 알지요. 만약 홈즈 선생이 문제의 사냥개를 잡아서 끌고 온다면 나는 선생을 역사상 가장 위대한 탐정으로 인정할 겁니다."

"경이 나를 도와준다면 그 개의 입에 재갈을 물려서 끌고 오겠습니다."

"말씀만 하시면 무엇이든 하지요."

"좋습니다. 그런데 제가 요청하는 일에 대해서는 이유를 묻지 말고, 그냥 하셔야 합니다."

"그렇게 하지요."

"그렇게 해주신다면 문제의 신속한 해결에 도움이 될 겁니다. 내 생각에는 틀림없이……."

홈즈는 갑자기 말을 멈추고 내 머리 위로 시선을 고정했다. 고요히 열중한 그의 얼굴은 램프 불빛을 받아서 섬세하게 깎아놓은 고전 조각상처럼 보였다. 그의 집중한 얼굴에 어떤 강렬한 기대의 표정이 떠올랐다.

"무슨 일인가?"

"무슨 일이죠?"

경과 나는 홈즈에게 동시에 말을 건넸다.

나는 홈즈의 얼굴을 보고 그가 어떤 내적 감정을 억누르고 있다는 사실을 알 수 있었다. 그의 표정은 여전히 고요했지만 그 눈은 참을 수 없는 기쁨으로 빛나고 있었다.

"그림을 감상하느라 잠시 실례했군요."

홈즈는 건너편 벽에 줄줄이 걸려 있는 초상화들을 가리키며 말했다.

"왓슨은 내가 그림에 대해서는 아무것도 모른다고 하지만, 그것은 일종의 질투일 뿐이죠. 왜냐하면 우리가 그림을 보는 관점이 서로 다르니까요. 그런데 저쪽에 걸려 있는 초상화들은 정말 훌륭하군요."

"예, 그렇게 말씀해 주시니 기쁘군요."

헨리 경은 놀란 듯 내 친구 쪽을 바라보며 말했다.

"나는 저것들에 대해 아는 척하지 않겠습니다. 나는 그림보다는 말이나 수송아지를 감식하는 능력이 더 뛰어나니까요. 홈즈 선생께서 저런 것에 시간을 할애할 만큼 여유가 있는 줄은 몰랐는데요."

"나는 좋은 작품을 알아볼 줄은 압니다. 그리고 저 앞의 그림들은 좋은 작품들이군요. 저쪽 것은 넬러의 작품임에 틀림없습니다. 푸른 비단옷을 입은 부인 그림 말입니다. 그리고 가발을 쓴 뚱뚱한 신사의 그림은 레이놀즈의 그림이군요. 저것은 모두 조상들의 초상화지요?"

"그렇습니다, 모두."

"이름은 알고 계십니까?"

"집사에게 배우고 있는 중인데 지금은 꽤 많이 압니다."

"망원경을 든 저 신사는 누굽니까?"

"해군 제독 로드니 휘하에 있던 해군 소장 바스커빌입니다. 서인도 제도에서 복무하셨지요. 푸른 코트에 종이 두루마리를 든 분은 피트 시절에 하원 의장을 지낸 윌리엄 바스커빌 경입니다."

"그러면 이 앞의 기사는 누굽니까? 레이스 장식을 단 검은 벨벳 옷을 입으신 분?"

"아, 저이에 대해서는 당연히 아셔야 합니다. 저 사람이 바로 바스커빌가의 사냥개를 불러낸, 모든 재앙의 근원이 된 악당 휴고입니다. 절대로 잊어버릴 수 없는 사람이지요."

나는 휴고의 초상화를 유심히 살펴보고 약간 놀랐다.

"이럴 수가!"

홈즈가 말했다.

"언뜻 보기에 저 사람은 조용하고 유순해 보이는군요. 하지만 저 눈에는 악마가 숨어 있습니다. 사실 나는 휴고를 좀 더 건장하고 흉포한 모습으로 상상했지요."

"저 그림은 실물을 그린 것이 분명합니다. 캔버스 뒤에 쓰여 있는 이름과 1647년이라는 연대를 보면 알 수 있지요."

홈즈는 더 이상 말하지 않았지만 식사를 하는 동안 악당 휴고의 그림에서 눈을 떼지 못하는 걸 보면 그 그림에 매료된 모양이었다. 나는 얼마 지나지 않아, 헨리 경이 자신의 방으로 물러간 후에 홈즈의 생각을 들을 수 있었다. 홈즈는 자신의 방에서 가져온 촛불을 들고 나를 연회실로 이끌었다. 그리고 세월의 때가 묻어 있는 초상화를 향해 촛불을 높이 치켜들었다.

"어때, 뭔가 색다른 점이 안 보이나?"

나는 깃털을 꽂은 챙이 넓은 모자, 이마 위로 늘어뜨린 곱슬한 애교머리, 하얀 레이스 칼라, 그리고 그 사이에 자리 잡은 성색을 하고 있는 냉혹한 얼굴을 바라보았다. 그것은 짐승 같은 얼굴은 아니었다. 그러나 얇은 입술을 꼭 다물고 있는 그 얼굴은 깐깐하고 모질고 혹독해 보였으며, 눈빛은 냉랭하고 편협했다.

"자네가 아는 사람과 비슷하지 않은가?"

"턱이 헨리 경과 좀 비슷한 것 같은데."

"그렇게 볼 수도 있겠지. 하지만 잠깐 기다리게!"

홈즈는 의자 위에 올라서서 왼손으로 촛불을 잡고 오른팔을 구부려 챙 넓은 모자와 긴 고수머리를 가렸다.

"아니, 이게 누구야!"

나는 깜짝 놀라 소리쳤다.

캔버스에서 튀어나온 것은 스태플턴의 얼굴이었다.

"허, 이제야 보았구먼. 내 눈은 장식을 빼고 사람의 얼굴을 관찰하는 훈련을 받아왔네. 수사관이라면 변장을 꿰뚫어 보기 위해 제일 먼저 갈고 닦아야 할 능력이지."

"하지만 정말 놀라운걸. 꼭 스태플턴의 초상화 같아."

"그렇지. 신체적, 정신적 측면에서 동시에 나타나는 격세유전의 흥미로운 사례일세. 한 가문의 초상화를 연구하다 보면 저절로 환생 이론을 믿게 되지. 스태플턴은 바스커빌가의 후예임에 틀림없어."

"그 흉계까지 대물림하는군."

"맞아. 이 그림 덕분에 우리는 가장 찾기 힘들었던 연결 고리를 확보하게 되었네. 왓슨, 그자는 우리 손아귀에 들어왔어. 그자는 내일 밤까지는 제가 휘두르는 포충망에 걸린 나비 같은 꼴로 우리가 쳐놓은 그물에 걸려들 걸세. 우리는 핀과 코르크와 카드 하나만 있으면 그자를 베이커가의 수집품 목록에 끼워 넣을 수 있겠어!"

홈즈는 그림에서 시선을 거두며 웃음을 터뜨렸다. 그가 웃는 일은 드물었다. 그러나 그것은 누군가에게 항상 불길한 전조가 되곤 했다.

나는 아침에 일찌감치 일어났다. 그러나 옷을 입는 동안 창밖을 바라보니 홈즈가 진입로를 걸어 올라가는 모습이 보였다. 그는 더 일찍 일어난 모양이었다.

"그렇다네, 오늘 하루는 아주 바쁠 걸세."

홈즈는 그렇게 말하며 행동에 돌입하는 기쁨에 두 손을 비볐다.

"그물은 모두 쳐놓았고 이제 끌어당기기만 하면 돼. 우리는 오늘이 가기 전에 뾰족 턱의 대어가 잡혔는지, 아니면 그물망을 뚫고 달아났는지 알게 될 걸세."

"자네, 벌써 황무지에 나갔다 왔나?"

"셀든의 죽음에 관한 보고서를 프린스타운 감옥으로 보냈지. 내 약속하네만 그 문제 때문에 이 집에서 누군가가 다치는 일은 없을 걸세. 그리고 충실한 카트라이트에게도 메모를 남겨놓았지. 내가 안전하다는 사실을 알려주지 않으면 그 애는 주인의 무덤을 지키는 개처럼 잔뜩 걱정하면서 돌집 문 앞을 떠나지 않을 테니까."

"다음 할 일은 무엇인가?"

"헨리 경을 만나는 거지. 아, 마침 저기 오는군!"

"안녕히 주무셨습니까, 홈즈 선생."

준남작이 말했다.

"선생은 마치 참모를 데리고 전투 계획을 세우는 장군처럼 보이십니다."

"맞습니다. 왓슨은 지시를 구하고 있었지요."

"그러면 저한테도."

"좋습니다. 제가 알기론 오늘 밤에 스태플턴네랑 저녁 식사 약속을 정하신 것 같더군요."

"홈즈 선생도 같이 가십시다. 스태플턴네 오누이는 아주 좋은 사람들입니다. 선생을 뵙게 되면 매우 기뻐할 겁니다."

"안됐지만 왓슨과 나는 런던에 가야 합니다."

"런던에요?"

"그렇습니다. 지금은 그곳에 더 할 일이 많은 것 같으니까요."

준남작의 얼굴은 눈에 띄게 샐쭉해졌다.

"나는 선생이 사건을 해결해 주기를 바랐습니다. 황무지도 그렇지만 바스커빌관도 혼자 지내기에 그다지 유쾌한 곳이 아닙니다."

"친애하는 헨리 경, 경은 무조건 제 말을 믿고 따르셔야 합니다. 우리도 그 댁에 같이 갔으면 좋겠지만 급한 일이 생겨 런던으로 돌아갔다고 전해 주십시오. 우리는 빠른 시일 내에 데번으로 돌아올 수 있기를 희망합니다. 그분들에게 제 말을 전해 주시겠습니까?"

"선생께서 원하신다면."

"다시 한번 말씀드리지만 어쩔 도리가 없습니다."

준남작은 이맛살을 찌푸렸다. 그는 버림받았다는 생각에 몹시 마음 상한 듯했다.

"언제 떠나십니까?"

준남작은 냉랭하게 물었다.

"아침 식사를 마친 뒤 곧 가겠습니다. 우리는 쿰 트레이시까지 마차를 타고 갈 생각입니다. 하지만 왓슨은 다시 오겠다는 뜻으로 소지품을 남겨두고 갈 겁니다. 왓슨, 자네는 스태플턴 씨에게 저녁 만찬에 참석하지 못해서 유감이라는 쪽지를 보내도록 하게."

"나도 두 분과 같이 런던으로 가고 싶습니다."

준남작이 말했다.

"나 혼자 여기 있을 필요가 있을까요?"

"왜냐하면 경의 임무는 이곳을 지키는 것이니까요. 그리고 경은 내가 시키는 대로 하겠다고 이미 말했습니다. 여기 계십시오."

"좋습니다. 그럼 여기 있기로 하지요."

"한 가지 더! 이따가 메리핏가까지 마차를 타고 가고, 그곳에 도착하면 마차를 돌려보내십시오. 그 집 사람들에게 걸어서 집에 돌아갈 생각이라는 걸 분명히 알려주세요."

"걸어서 집에 가라고요?"

"그렇습니다."

"하지만 선생은 밤에 황무지를 다니지 말라고 몇 번이나 경고했잖습니까?"

"이번에는 안전할 겁니다. 제가 경의 용기와 담력을 믿지 못한다면 이런 말씀을 드리지도 않을 겁니다. 하지만 경이 제 말대로 하는 것이 아주 중요합니다."

"그러면 그렇게 하지요."

"그리고 목숨이 중하다면, 메리핏가에서 그림펜 도로까지 난 길을 이용하고 절대로 황무지의 다른 방향으로는 가지 마십시오."

"말씀하신 대로 하지요."

"좋습니다. 그러면 나는 식사를 마친 뒤에 마음 놓고 출발하겠습니다. 오후에 런던에 도착하려면 가능한 한 빨리 가야 하니까요."

나는 이 얘기를 듣고 어안이 벙벙했다. 전날 밤 홈즈가 스태플턴에게 내일 런던으로 떠날 예정이라고 말했던 것을 기억하고는 있었지만 나까지 데려갈 줄은 몰랐다. 또 홈즈가 자신의 입으로 지금이 아주 중요한 시기라고 말해 놓고서 둘 다 이곳을 비워도 되는 것인지도 이해할 수 없었다. 하지만 그의 말에 무조건 따르는 수밖에 없었다. 그래서 우리는 섭섭해하는 친구에게 작별을 고하고 두 시간 뒤에 쿰 트레이시의 기차역에 도착했다. 우리는 타고 온 마차를 돌려보냈다. 꼬마 녀석 하나가 플랫폼을 지키고 있었다.

"무슨 지시라도?"

"카트라이트, 너는 이 기차를 타고 런던으로 가라. 그리고 그곳에 도착하자마자 헨리 바스커빌 경에게 내 이름으로 전보를 쳐라. 내용은, 수첩을 두고 왔으니 그것을 찾아서 등기로 베이커가로 부쳐 주십사 하는 것이다."

"알겠습니다."

"그리고 역 사무실에 가서 내 앞으로 온 전보가 있는지 물어봐라."

꼬마는 전보를 한 장 들고 왔다. 홈즈는 그것을 내게 건네주었다.

전보 잘 받았음. 영장 지참하고 내려가겠음. 5시 50분 도착 예정.

— 레스트레이드

"이것은 내가 오늘 아침에 보낸 전보에 대한 답신이지. 레스트레이드는 단연 최고의 전문가일세. 우리는 그의 조력을 필요로 하게 될지도 몰라. 자, 왓슨, 이제 자네와 구면인 로라 라이언스 부인을 찾아가야 할 때가 된 것 같네."

홈즈의 작전 계획이 분명하게 윤곽을 드러내기 시작했다. 그는 준남작을 이용하여, 우리가 나중에 되돌아오는 한이 있어도 지금 당장은 여길 떠났다는 사실을 스태플턴이 믿게 만들려는 것이다. 헨리 경이 스태플턴에게 런던에서 전보가 왔다는 얘기를 하면 스태플턴은 의심을 완전히 거둘 것임에 틀림없다. 나는 벌써부터 우리가 친 그물이 저 뾰족 턱의 창꼬치고기를 향해 좁혀 들어가는 모습이 눈에 선했다.

로라 라이언스 부인은 사무실에 있었고, 부인과 마주 앉은 셜록 홈즈는 솔직하고 직선적인 태도로 말문을 열어 부인을 당황하게 만들었다.

"저는 돌아가신 찰스 바스커빌 경의 죽음에 관한 정황을 조사하고 있습니다."

그는 말했다.

"이쪽에 있는 제 친구 왓슨의 말에 따르면 그 문제에 관해 부인이 얘기하지 않은 부분이 있다고 하더군요."

"내가 얘기하지 않은 게 뭔가요?"

라이언스 부인은 도전적으로 물었다.

"부인은 찰스 경에게 밤 열시에 쪽문 앞으로 나와달라고 요청했다고 했습니다. 그런데 우리는 그 시각, 그 자리에서 찰스 경이 사망했음을 알고 있습니다. 부인은 이 두 사건의 관련에 대해 털어놓지 않으셨습니다."

"아무 관계가 없으니까요."

"그렇다면 정말로 희한한 우연의 일치인가 보군요. 하지만 저는 두 사건의 관계가 결국은 밝혀질 거라고 생각합니다. 라이언스 부인, 아주 솔직하게 말씀드리지요. 우리는 이 사건을 살인 사건으로 보고 있습니다. 그리고 우리가 수집한 증거에 따르면 이 사건에는 부인의 친구 스태플턴 씨뿐 아니라 그의 아내까지 연루되어 있는 듯합니다."

라이언스 부인은 튀어 오르듯 자리에서 일어났다.

"스태플턴 씨의 아내라고요!"

그녀는 외쳤다.

"그것은 더 이상 비밀이 아닙니다. 다들 스태플턴의 누이동생으로 알고 있는 여성이 실은 그의 아내입니다."

라이언스 부인은 털썩 주저앉았다. 부인은 두 손으로 팔걸이를 붙잡고 있었는데, 손에 얼마나 힘을 주었는지 분홍빛 손톱이 하얗게 바랬다.

"스태플턴 씨의 아내라고요!"

부인은 다시 한번 말했다.

"스태플턴 씨의 아내라니! 그분에게는 아내가 없습니다."

셜록 홈즈는 어깨를 들썩했다.

"증거를 대세요! 증거를 대라고요! 할 수 있으면 해보란 말이에요!"

무섭게 번쩍이는 부인의 눈이 무엇보다 많은 것을 말해 주고 있었다.

"그렇게 할 작정으로 준비해 왔습니다."

홈즈는 주머니에서 종이 뭉치를 끄집어내며 말했다.

"이것은 4년 전에 요크에서 찍은 스태플턴 부부의 사진입니다. 사진 뒷면에는 '반데로 부부'라고 쓰여 있지요. 부인께서 스태플턴 부인을 본 적이 있는지 모르겠지만 얼굴을 보면 누군지 쉽게 알 수 있습니다. 이 세 장의 진술서는 반데로 부부가 당시 세인트올리버 사립 학교를 운영했다는 것을 증명하는 믿을 만한 증인들의 서면 진술서입니다."

라이언스 부인은 사진과 서류를 들여다본 다음 절망으로 굳어진 얼굴로 우리를 올려다보았다. 부인이 말했다.

"홈즈 선생님, 이 남자는 내가 남편과 이혼하는 것을 조건으로 내게 결혼 신청을 했습니다. 이 악당은 온갖 거짓말을 다 늘어놓았지요. 이 사람의 입에서 나온 말치고 거짓이 아닌 것은 한마디도 없었습니다. 그런데 왜, 왜 그랬을까요? 나는 모두가 다 나를 위한 것이라고 생각했습니다. 하지만 이제 보니 나는 이 사람이 손에 쥔 도구에 지나지 않았군요. 그런데 내가 왜 내게 거짓말만 한 사람에게 신의를 지켜야 하지요? 내가 왜 악행을 저지른 사람을 감싸주어야 하나요? 뭐든지 물어보세요. 아는 대로 솔직히 다 털어놓겠습니다. 한

가지 꼭 말씀드리고 싶은 것은 제가 찰스 경에게 편지를 썼을 때 저는 그것이 그분에게 해가 되리라고는 추호도 생각지 못했다는 것입니다. 맹세합니다. 그분은 제게 누구보다 큰 은혜를 베풀어준 저의 친구셨으니까요."

"저는 부인이 하신 말을 다 믿습니다."

셜록 홈즈가 말했다.

"그때의 일들을 반복하는 것이 어려울 것 같으니 제가 말을 하겠습니다. 부인께서는 사실 여부만 확인해 주시기 바랍니다. 그 편지를 쓰도록 권유한 것이 스태플턴이었나요?"

"그 사람이 편지 내용을 불러주었습니다."

"스태플턴은 부인에게 이혼과 관련된 법적 비용 문제에 관해 찰스 경의 도움을 받아야 한다고 주장했지요?"

"예."

"그런데 부인이 편지를 부치고 난 뒤에 부인이 약속 장소에 나가는 것을 말렸지요?"

"그 사람은 그런 목적으로 쓸 돈을 다른 남자의 도움을 받아 마련한다는 것은 자존심이 용납하지 않는다면서, 비록 자신이 가난하지만 마지막 한 푼이라도 털어서 우리 둘의 결합을 가로막는 장애물을 제거하겠다고 말했습니다."

"참으로 양심적인 인물이군요. 그런데 부인은 신문에서 찰스 경의 사망 기사를 읽을 때까지 별다른 얘기를 못 들으셨지요?"

"예."

"그 뒤에 스태플턴은 부인을 만나 찰스 경에게 보낸 편지에 관해 입을 다물라고 시켰지요?"

"그랬습니다. 그 사람은 찰스 경의 죽음에 관해 설명되지 않은 부분이 많다고 했고, 그래서 만약 그 일이 알려지면 내가 의심받을 게 분명하다고 했습니다. 그 사람은 나한테 겁을 주어서 입을 다물게 했습니다."

"알겠습니다. 하지만 부인은 스태플턴에게 의혹을 느끼게 됐지요?"

부인은 잠시 머뭇거리다 고개를 떨구었다.

"그랬습니다."

부인은 말했다.

"하지만 그 사람이 내게 신의를 지켰다면 나도 그렇게 했을 거예요."

"그동안 부인은 대단히 운이 좋으셨습니다."

셜록 홈즈는 말했다.

"부인은 스태플턴을 의심했고 그도 그 사실을 알고 있었지요. 하지만 부인은 지금 살아 있습니다. 지난 몇 달간 부인은 낭떠러지의 가장자리를 따라 아주 위태롭게 걸어오신 것과 같습니다. 라이언스 부인, 이제 일어서야겠군요. 조만간 다시 연락하겠습니다."

"사건의 진상은 거의 다 밝혀졌네. 산적했던 어려움은 점점 사라지고 있어."

런던에서 급행열차가 도착하기를 기다리는 동안 홈즈가 말했다.

"나는 이제 이 시대 가장 기이하고 충격적인 범죄의 전모를 자세하게 설명할 수 있게 될 걸세. 범죄학자들은 1866년 소러시아의 고드노에서 일어난 유사한 사건들을 기억하고 있을 것이네. 물론 노스캐롤라이나의 앤더슨 살인 사건도 있지. 하지만 이 사건은 그 어느 것과도 비교할 수 없는 독특한 성격을 가지고 있네. 지금도 우리는 이 간교하기 짝이 없는 사나이의 혐의를 입증할 명백한 증거를 가지고 있지 못해. 하지만 오늘 밤 안으로 사건의 진상을 명명백백히 밝혀내지 못한다면 그거야말로 놀랄 일이 될 거야."

런던발 급행열차가 기적을 울리며 역으로 들어왔다. 일등실에서 작달막하지만 불도그처럼 강인하게 생긴 사나이가 뛰어내렸다. 우리 셋은 악수를 나누었고, 나는 레스트레이드가 홈즈를 존경의 눈길로 바라본다는 것을 금세 눈치챘다. 그는 홈즈와 손잡고 일하게 된 다음부터 그에게서 많은 것을 배운 것이 틀림없었다. 나는 논리적 인간의 이론이 처음에는 실용인의 내부에서 어떤 경멸을 불러일으키는지 잘 기억하고 있었다.

"무슨 좋은 일이라도?"

레스트레이드가 물었다.

"수년 만의 대사건입니다."

홈즈가 말했다.

"앞으로 두 시간 후에 출발할 예정이오. 그동안 저녁 식사라도 해두는 게 좋겠군요. 레스트레이드, 그런 다음 당신에게 다트무어의 순수한 밤공기를 쐬게 하겠소. 목구멍에서 런던의 안개가 쑥 빠져나갈 겁니다. 그곳에 한 번도 가본 적 없지요? 아, 좋습니다. 당신은 그곳을 찾은 첫날 밤을 절대로 잊지 못할 겁니다."

바스커빌가의 사냥개

  글쎄, 그걸 결함이라고 부를 수 있는지는 모르겠지만, 셜록 홈즈의 결함 중의 하나는 실행의 순간까지 다른 사람에게 전체 계획을 알려주는 것을 지나치게 싫어한다는 점이었다. 부분적으로 그것은 주위 사람들을 압도하고 놀라게 하기를 좋아하는 그의 개인적 기질 탓임에 틀림없었다. 또한 부분적으로 그것은 만약의 경우를 염려하는 직업적 조심성 탓이기도 했다. 그러나 그것은 그의 대리인이나 조수 역할을 하는 이들에게는 아주 가혹한 일이었다. 나는 그 때문에 힘들었던 적이 한두 번이 아니었지만, 이번에 어둠 속을 마자보 오랫동안 달릴 때만큼 힘든 적은 없었다. 우리 앞에는 굉장한 시련이 기다리고 있었다. 우리는 마침내 최종적인 행동에 돌입한 것이다. 그런데 홈즈에게선 아직 한마디도 없었고, 나는 그의 행동 계획을 오직 추측으로 알 수 있을 뿐이었다. 드디어 마차가 황무지로 접어들었을 때, 차가운 바람이 두 뺨을 스쳤고 좁은 길 양쪽으로는 어둡고 텅 빈 공간이 느껴졌다. 온몸의 신경이 어떤 기대로 날카롭게 곤두섰다. 말들이 한 걸음 달리고 마차 바퀴가 한 번씩 구를 때마다 우리는 점점 지상 최대의 모험에 가까워지고 있었다.

우리는 전세 마차의 마부에게 신경을 쓰느라 자유롭게 대화할 수가 없었다. 그래서 흥분과 기대로 신경이 팽팽하게 긴장할 때마다 잡담이라도 나눌 수밖에 없었다. 그렇게 억지로 견뎌낸 끝에, 마차가 드디어 프랭클랜드의 집 앞을 지나자 나는 적이 안도했다. 바스커빌관이 가까워지고 있었다. 우리는 저택의 진입로로 들어가지 않고 정문 앞에 마차를 세웠다. 그리고 요금을 치른 다음 마부에게 곧장 쿰 트레이시로 돌아가도록 명령했다. 우리는 메리핏가를 향해 걷기 시작했다.

"레스트레이드, 무기는 가지고 왔소?"

땅딸막한 형사는 씩 웃었다.

"바지라는 것을 입기 시작했을 때부터 뒷주머니에 무엇인가를 넣어가지고 다니는 것이 내 습관이 됐소."

"훌륭하군요! 내 친구와 나도 비상사태에 대비하고 있지요."

"홈즈 선생, 사건에 대해 입을 꽉 다물고 있는데 이제는 어떻게할 거요?"

"기다릴 겁니다."

"이런! 과히 기분 좋은 곳은 아니군."

형사는 몸을 부르르 떨며 어두운 산비탈과 그림펜 늪지 너머에 도사리고 있는 거대한 안개의 호수를 둘러보았다.

"저 앞에 불빛이 보이는데."

"저기가 우리의 목적지인 메리핏가요. 이제부턴 발꿈치를 들고 살살 걷기로 합시다. 말소리도 낮춰야 합니다."

우리는 길을 따라 살금살금 걸어갔다. 메리핏가까지 가는 줄 알았지만 홈즈는 집에서 200미터 정도 떨어진 곳에서 우리를 멈춰 세웠다.

"이 정도면 됐소."

그는 말했다.

"저 오른쪽에 있는 바위 뒤에 숨으면 되겠군."

"여기서 기다릴 건가?"

"그렇다네. 여기서 매복하는 것이지. 레스트레이드, 당신은 이 구덩이 안으로 들어가십시오. 그리고 왓슨, 자네는 저 집에 들어가본 적이 있지? 나한테 집 구조를 좀 알려주겠나? 이쪽 끝에 있는 격자 창은 뭔가?"

"부엌 창문 같은데."

"그러면 그 너머의 유난히 밝은 창은?"

"저건 식당이 분명하네."

"커튼을 활짝 열어놓았군. 이곳 지형을 제일 잘 아는 사람은 자네니까 조용히 저 앞으로 기어가서 사람들이 뭘 하고 있는지 좀 보고 오게. 하지만 들키면 절대로 안 돼!"

나는 살금살금 걸어서 키 작은 과수목을 둘러싸고 있는 야트막한 담 뒤로 숨었다. 그리고 담 밑을 기어서 커튼을 활짝 열어놓은 식당이 똑바로 들여다보이는 곳까지 갔다.

방에는 헨리 경과 스태플턴 단둘뿐이었다. 두 사람은 옆모습을 이쪽으로 한 채 원탁에 마주 앉아 있었다. 둘 다 담배를 피우고 있었고, 앞에는 커피와 포도주가 놓여 있었다. 스태플턴은 신이 나서 떠들고 있었지만 준남작의 얼굴은 파리했고 약간 멍해 보였다. 불길한 황무지를 혼자 걸어가야 한다는 생각이 마음을 무겁게 내리누르고 있는 모양이었다.

내가 지켜보는 동안 스태플턴은 일어서서 방을 나갔다. 헨리 경은 다시 잔을 채운 다음 의자에 등을 기대고 담배를 빨았다. 문이 삐걱 열리는 소리, 자갈 위를 밟는 구둣발 소리가 들렸다. 발소리는 내가 엎드려 있는 담 앞을 지나갔다. 담 위로 넘겨다보니 박물학자가 과수원 한쪽 구석에 있는 헛간 문 앞에 서 있었다. 그는 자물통을 따고 헛간 안으로 들어갔다. 그런데 흥미롭게도 안에서 누군가와 드잡이를 하는 듯한 소리가 들렸다. 시간이 1분 남짓 흘렀을까. 다시 열쇠 돌아가는 소리가 났고 스태플턴은 내가 숨어 있는 곳을 지나 다시 집 안으로 들어갔다. 그는 다시 손님과 어울렸다. 나는 내가 본 것에 대해 말해 주기 위해 친구들이 기다리고 있는 곳으로 살그머니 돌아갔다.

"스태플턴의 아내가 거기 없다고?"

내가 보고를 마치자 홈즈가 물었다.

"그렇다네."

"그러면 어디 있을까? 부엌 말고는 달리 불 켜진 방도 없지 않은 가?"

"어디 있는지 나도 모르겠네."

나는 그림펜 대늪지 너머에 짙은 안개가 하얗게 몰려 있다고 말해 주었다. 안개는 낮게 깔려 있었지만 아주 짙고 경계가 뚜렷했으며, 벽처럼 일어서서 이쪽을 향해 천천히 밀려오고 있었다. 그 위로 달이 둥실 떠 있었다. 달빛 아래서 안개의 무리는 꼭 거대한 얼음판처럼 보였고, 여기저기 솟아 있는 바위산의 꼭대기 부분은 마치 얼음판에 박혀 있는 바윗돌처럼 보였다. 홈즈는 그쪽으로 고개를 돌렸다. 그는 안개가 서서히 밀려오는 모습을 지켜보며 조바심을 쳤다.

"왓슨, 안개가 이쪽으로 몰려오고 있어."

"그게 문제가 되는가?"

"아주 나빠. 저 안개는 내 계획을 완전히 망쳐놓을 수도 있어. 하지만 헨리 경이 오래 있지는 않을 걸세. 벌써 열시니까. 작전의 성공뿐 아니라 경의 목숨까지도 경이 언제 나오느냐에 달려 있네. 안개가 길을 덮치기 전에 나와야 하는데."

밤하늘은 맑았다. 별들은 밝고 차가운 빛을 뿌렸으며 반달은 세상을 온통 부드러운 빛으로 적셔주었다. 집은 앞쪽에 시커멓게 웅크리고 있었다. 오톨도톨한 지붕과 삐죽 솟은 굴뚝의 윤곽이 별빛 가득한 밤하늘을 배경으로 또렷이 떠올랐다. 1층 창문에서 흘러나온 금빛의 넓은 띠가 과수원과 황무지 위로 길게 드리워졌다. 그런데 그중 하나가 갑자기 사라졌다. 하인들이 부엌에서 나간 것이다. 남은 것은 살인자 집주인과 불안해하는 손님이 여전히 담배를 피우며 잡담하고 있는 식당의 불빛뿐이었다.

황무지의 절반을 뒤덮은 새하얀 양털 초원은 시시각각 집을 향해 몰려오고 있었다. 안개 한 자락이 불 켜진 금빛 창문 위에서 벌써 너풀거리고 있었다. 과수원의 담 끝은 이미 보이지 않았고 나무들은 물결치는 새하얀 증기 한가운데 서 있었다. 우리가 보는 앞에서 안개의 소용돌이는 집의 양쪽 모퉁이를 돌아서 서서히 뭉치며 짙은 둑을 만들었다. 그 위로 솟아 있는 2층과 지붕이 유령의 바다에 떠 있는 이상한 배처럼 보였다. 홈즈는 손으로 바위를 탕탕 치더니 참지 못하고 발을 굴렀다.

"경이 15분 안에 안 나온다면 길은 안개에 덮이고 말 걸세. 30분이 지나면 우리는 코앞의 손도 볼 수 없게 될 거야."

"우리 좀 더 높은 지점으로 물러나는 게 어떨까?"

"그렇게 하세. 그게 낫겠네."

안개의 둑에 쫓겨 우리는 집에서 800미터쯤 떨어진 곳까지 물러났다. 달빛이 그 위를 은은히 비추는 가운데, 짙은 백색의 바다는 서서히 그러나 가차 없이 밀려들었다.

"우린 너무 멀리 왔어."

홈즈가 말했다.

"헨리 경이 여기까지 오기도 전에 공격당하면 안 되는데. 우린 무슨 수를 쓰더라도 지금 이 자리를 지켜야 하네."

홈즈는 무릎을 꿇고 땅에 귀를 갖다 댔다.

"하느님 감사합니다. 경이 오는 소리가 들리는 것 같네."

잰 발소리가 황무지의 정적을 뚫고 울렸다. 우리는 바위 사이에 몸을 웅크린 채 눈앞의 은빛 둑을 뚫어지게 응시했다. 발소리는 점점 커졌다. 그리고 우리가 기다리던 사나이가 커튼을 젖히고 나오듯 안개 속에서 걸어 나왔다. 별이 빛나는 맑은 대기 속으로 들어오자 준남작은 깜짝 놀라 사방을 두리번거렸다. 그리고 잔걸음으로 우리가 숨어 있는 곳 바로 앞을 지나서 긴 비탈길을 오르기 시작했다. 그는 불안한 듯 걸으면서도 끊임없이 좌우를 살폈다.

"조용히!"

홈즈의 외침과 함께 권총을 장전하는 날카로운 소리가 울렸다.

"저길 봐! 놈이 오고 있다!"

움직이는 둑 안의 어딘가에서 쉼 없는 발소리가 가늘게 들려왔다. 안개는 우리가 잠복해 있는 곳에서 50미터 안까지 접근해 왔고, 우리 셋은 어떤 끔찍한 것이 튀어나올지 모르는 안개 속에서 그것을 응시하고 있었다. 홈즈보다 아래쪽에 있던 나는 잠시 그의 얼굴을 올려다보았다. 그의 얼굴은 파리했지만 기대에 넘쳐 있었고 두 눈은 달빛 속에서 밝게 빛났다. 그러나 뚫어지게 응시하던 그의 두 눈이 갑자기 튀어나올 것처럼 보였다. 그는 놀라서 입을 딱 벌렸다. 레스트레이드는 공포에 못 이겨 비명을 지르며 땅에 얼굴을 처박았다. 나는 마비된 손으로 권총을 움켜쥔 채 벌떡 일어섰다. 안개 속에서 튀어나온 끔찍한 형상 앞에서 내 마음은 얼어붙었다. 그것은 석

탄처럼 새까만 사냥개였다. 그러나 살아 있는 인간이라면 한 번도 본 적이 없는 개였다. 쩍 벌린 입에서는 불길이 뿜어져 나왔고, 두 눈은 휘황한 빛으로 번쩍거렸다. 주둥이와 목덜미와 턱은 타오르는 불길에 휩싸여 있었다. 꿈을 꾸는 듯 뒤죽박죽된 머리로는 안개의 벽에서 튀어나온 저 시커먼 몸뚱이와 무시무시한 머리보다 무섭고 소름 끼치고 흉악한 모습은 생각해 낼 수 없었다.

크고 새까만 짐승은 우리 친구의 발자국을 쫓아서 긴 다리로 펄펄 뛰어갔다. 우리는 그 귀신 같은 형상에 마음이 얼어붙어 그것이 바로 앞을 지나갈 때까지 정신을 차리지 못하고 있었다. 홈즈와 나는 동시에 총을 발사했다. 적어도 그중 한 발은 명중한 듯했다. 짐승은 소름 끼치는 울부짖음을 토해 냈다. 그러나 그것은 멈추지 않고 계속 내달렸다. 저 앞에서 헨리 경이 뒤를 돌아보는 모습이 보였다. 달빛 속에서 하얗게 질린 얼굴이 떠올랐다. 그는 자신을 노리고 쫓아오는 끔찍한 형상을 무력하게 응시하며 공포에 질려 두 손을 치켜들었다.

그러나 사냥개가 토해 낸 고통스러운 울부짖음을 들었을 때 우리의 두려움은 한꺼번에 사라지고 말았다. 저것이 약하다면 귀신이 아니라는 것이고, 우리가 저것에게 부상을 입힐 수 있다면 죽일 수도 있는 것이다. 그날 밤 홈즈는 세상의 어느 누구보다도 빠르게 달렸다. 나도 남들이 알아주는 준족(駿足)이었지만 내가 키 작은 형사를 앞지른 만큼 홈즈는 나를 앞질러서 달려갔다. 길을 내닫는 동안, 앞쪽에서 헨리 경의 연속적인 비명 소리와 사냥개의 나지막한 울부짖음이 들려왔다. 짐승이 인간에게 덤벼들어 땅바닥에 쓰러뜨린 다음 그의 목덜미를 물어뜯는 모습이 보였다. 그러나 바로 그 순간 홈즈가 괴물의 옆구리를 향해 다섯 발의 총탄을 발사했다. 짐승은 고통에 찬 최후의 울부짖음을 토해 내고 허공을 한 번 크게 물어뜯더니 땅바닥에 굴러서 네 발을 거세게 버르적거리다 옆으로 폭 쓰러지고 말았다. 나는 숨을 몰아쉬며 번쩍거리는 끔찍한 머리에 총구를 갖다 댔다. 그러나 방아쇠를 당겨봤자 부질없는 짓이었다. 송아지만 한 개는 이미 죽어 있었다.

헨리 경은 쓰러진 채 인사불성 상태에 있었다. 우리는 그의 칼라를 떼어냈다. 목에는 아무 상처도 없었다. 구조가 제때 이루어졌다는 것을 깨닫고 홈즈는 감사의 기도를 토해 냈다. 우리 친구는 이미 눈꺼풀을 가늘게 떨고 있었고 조금씩 몸을 움직이려 애쓰고 있었다. 레스트레이드가 준남작의 입안에 브랜디를 흘려 넣자 그는 공포의 빛이 가득한 눈을 뜨고 우리를 올려다보았다.

"오, 하느님!"

그는 속삭이듯 말했다.

"그게 뭐였습니까? 도대체 그게 뭐였지요?"

"무엇이든 간에 그것은 죽었습니다."

홈즈는 말했다.

"우리는 바스커빌가의 유령을 영원히 끝장낸 것입니다."

그 크기와 힘만으로도 앞에 죽어 넘어져 있는 짐승은 충분히 무서웠다. 그것은 순종 블러드하운드도 아니었고 순종 마스티프도 아니었다. 포악하고 말라빠진 데다가 웬만한 암사자 뺨치게 몸집이 큰 그 개는 그 둘의 잡종인 듯했다. 죽어 자빠져 있는 지금도 무지막지하게 큰 턱에서는 푸른 불꽃이 흘러내리는 듯했고, 오목하게 들어간 작고 흉포한 눈에는 불의 테가 둘려 있었다. 나는 번쩍거리는 주둥이를 만져보았다. 손에 반짝이는 빛이 묻어났다.

"인이군."

나는 말했다.

"교묘한 연출이야."

홈즈는 죽은 짐승의 냄새를 맡아보며 말했다.

"개의 후각을 어지럽힐 만한 다른 냄새는 묻어 있지 않군. 헨리 경, 이렇게 놀라게 해드린 데 대해 깊이 사과드립니다. 개가 있는 줄은 알았지만 이런 괴물인 줄은 미처 몰랐습니다. 그런 데다 안개가 짙게 끼어서 놈을 볼 시간이 충분치 않았지요."

"선생께서 내 목숨을 구해 주셨습니다."

"먼저 경을 위험한 지경에 몰아넣었지요. 일어설 수 있겠습니까?"

"브랜디 한 모금만 더 마시면 괜찮아질 것 같습니다. 아! 이제는 조금만 잡아주시면 일어설 수 있을 것 같습니다. 이제는 어떻게 할 겁니까?"

"경을 여기 남겨놓고 가야겠습니다. 오늘 밤 경에게 더 이상의 모험은 무리이니까요. 여기서 기다리고 계시면 이따가 와서 집까지 모셔다 드리겠습니다."

헨리 경은 비틀거리며 일어섰다. 그러나 그는 여전히 핏기 없이 창백한 얼굴에 팔다리를 부들부들 떨고 있었다. 그를 부축해서 바위에 앉혀주자 그는 몸을 떨며 두 손에 얼굴을 묻었다.

"이제 가야겠습니다."

홈즈는 말했다.

"일을 마무리해야 하니까요. 1분 1초가 중요한 때입니다. 사건의 진상은 밝혀냈으니 이제 범인만 잡으면 됩니다."

"놈이 집에 있을 가능성은 거의 없네."

메리핏가에 이르는 길을 빠른 걸음으로 되밟아 가는 동안 홈즈가 말했다.

"총소리를 듣고 놈은 사태를 파악했을 걸세."

"집까지 거리가 꽤 먼 데다가 짙은 안개 때문에 잘 모를 수도 있지 않을까."

"놈은 사냥개를 불러들이기 위해 개 뒤를 따라왔을 걸세. 그것은 확실해. 아냐아냐, 놈은 벌써 사라졌을 거야! 하지만 집을 샅샅이 수색해서 확인해야 하네."

현관문이 활짝 열려 있었으므로 우리는 안으로 뛰어 들어가 방마다 돌아다니며 수색했다. 늙은 종복이 부들부들 떠는 몸으로 통로에 서 있다가 우릴 보고 화들짝 놀랐다. 홈즈는 식당에 하나뿐인 등불을 집어 들고 집 안을 샅샅이 뒤졌다. 우리가 찾고 있는 사나이는 자취 없이 사라져버렸다. 그러나 2층의 방 가운데 문이 잠긴 게 하나 있었다.

"누가 안에 있소이다."

레스트레이드가 소리쳤다.

"소리가 나는걸. 이 문을 열어야겠소!"

방 안에서 희미한 신음 소리, 바스락거리는 소리가 들려왔다. 홈즈가 구둣발로 문고리 바로 위쪽을 걷어차자 문이 활짝 열렸다. 우리 셋은 권총을 움켜쥔 채 일제히 방 안으로 뛰어들었다.

그러나 예상했던 것과 달리 방 안에서 우릴 기다리고 있던 것은 필사적으로 저항하는 악당이 아니었다. 눈앞에 펼쳐진 것이 너무도 의외의 광경이었으므로 우리는 순간적으로 깜짝 놀라 우두커니 보고만 있었다.

방은 작은 박물관으로 꾸며져 있었다. 유리 뚜껑을 덮은 상자가 온 벽을 뒤덮고 있었는데 그 속에는 나비와 나방 표본이 가득 차 있었다. 이 복잡하고 위험한 사나이에게는 표본 만드는 일이 휴식이었던 것이다. 방 중앙에는 오래되어 벌레 먹은 들보를 떠받치기 위한 기둥이 하나 세워져 있었다. 이 기둥에 한 사람이 묶여 있었다. 전신을 홑이불로 얼마나 감아놨는지 언뜻 보아서는 남자인지 여자인지조차 구별하기 어려웠다. 수건 한 장이 목을 휘감고 기둥 뒤쪽에서 매듭이 지어져 있었다. 또 한 장의 수건이 얼굴의 아래쪽 절반을 덮고 있었는데 그 위로, 슬픔과 부끄러움과 두려운 의문에 가득 찬 두 개의 검은 눈동자가 이쪽을 응시하고 있었다. 우리는 즉시 입에 물린 재갈을 빼고 결박을 풀었다. 그러자 스태플턴 부인은 우리가 보는 앞에서 스르르 주저앉았다. 부인이 아름다운 머리를 떨구는 순간 나는 그녀의 목에 붉은 채찍 자국이 선명하게 나 있는 것을 보았다.

"짐승 같은 놈!"

홈즈가 소리쳤다.

"레스트레이드, 어서 브랜디를! 부인을 의자에 앉히시오! 부인은 학대와 피로 때문에 기절한 겁니다."

부인은 다시 눈을 떴다.

"그는 무사한가요?"

그녀는 물었다.

"그는 도망쳤나요?"

"부인, 그 사람은 우리 손에서 도망칠 수 없습니다."

"아뇨, 제 남편을 말하는 게 아닙니다. 헨리 경 말이에요. 그분은

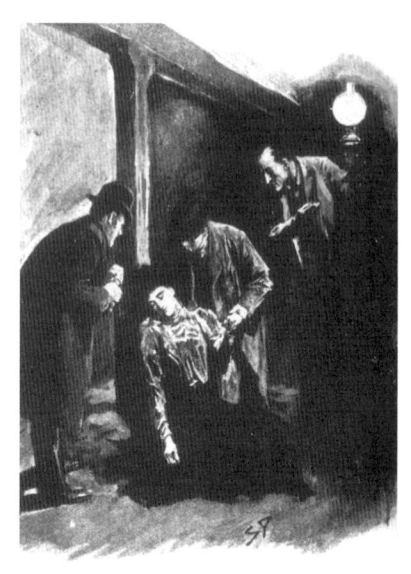

무사하신가요?"

"그렇습니다."

"그러면 개는?"

"죽었습니다."

부인은 안도의 한숨을 길게 토해 냈다.

"하느님, 감사합니다! 하느님, 감사합니다! 오, 그 악당! 그 인간이 저를 어떻게 취급했는지 한번 보세요!"

부인은 소매를 걷고 두 팔을 내밀었다. 우리는 부인의 팔이 온통 울긋불긋하게 멍든 것을 보고 경악할 수밖에 없었다.

"하지만 이건 아무것도 아니에요! 정말입니다! 그 인간이 고문하고 모독한 것은 내 마음이고 영혼이었어요. 그가 나를 사랑하고 있다는 희망을 간직하고 있는 한, 나는 그 모든 것을, 그 학대와 외로움과 남을 기만하는 생활을 다 견딜 수 있었습니다. 하지만 이제는 나 또한 그의 도구에 지나지 않았다는 사실을 깨달았어요."

그녀는 격렬히 흐느끼며 말했다.

"부인은 남편을 옹호하지 않으시는군요."

홈즈가 말했다.

"그러면 우리가 어딜 가야 그를 찾을 수 있는지 말씀해 주십시오. 부인은 남편의 악행을 도운 적이 있으니 이제는 우리를 돕는 것이 속죄하는 길입니다."

"그 인간이 갈 데라고는 오직 한 곳밖에 없어요."

부인은 대답했다.

"늪 가운데 있는 섬의 오래된 주석 광산이지요. 그는 거기에 개를 숨겨놓았을 뿐 아니라 나중에 은신처로 쓸 수 있도록 모든 준비를 마쳐놓았어요. 그가 도망쳤다면 그곳으로 갔을 겁니다."

안개의 둑은 마치 새하얀 양털처럼 창에 달라붙어 있었다. 홈즈는 창가에 등불을 비췄다.

"보십시오."

그는 말했다.

"오늘 같은 밤에 그림펜 늪지로 들어갈 수 있는 사람은 없을 겁니다."

부인은 깔깔거리고 웃으며 손뼉을 쳤다. 눈과 이가 감출 수 없는 기쁨으로 반짝거렸다.

"그 인간이 그곳으로 들어갈 순 있어도 다시 나올 순 없을 거예요."

그녀는 외쳤다.

"오늘 같은 밤에 길을 표시하는 막대기를 어떻게 볼 수 있겠어요? 우리는 늪지로 통하는 길을 표시하기 위해 둘이 함께 막대기를 꽂아놓았어요. 아, 오늘 밤에 내가 그 막대기들을 뽑아낼 수만 있다면. 그러면 그 인간은 꼼짝없이 잡히고 말 거예요!"

안개가 걷힐 때까지는 어떤 수색도 소용없으리라는 것이 분명했다. 레스트레이드에게 그 집을 맡겨놓기로 하고 홈즈와 나는 준남작과 함께 바스커빌관으로 돌아갔다. 스태플턴 부부의 이야기를 더 이상 그에게 감출 수는 없었다. 그러나 준남작은 사랑하는 여인의 진실을 알게 되었을 때 의연하게 그 타격을 견뎌냈다. 그러나 그날 밤에 충격적인 일을 내리 경험했던 그는 새벽부터 고열에 헛소리까지 하며 앓아누웠고 결국 모티머 선생이 왕진을 와야 했다. 나중에 두 사람은 함께 세계 일주 여행을 떠나게 되는데, 헨리 경은 여행을 통해서야 비로소 저 불길한 장원의 주인이 되기 전의 그 활기 넘치는 사람으로 되돌아갈 수 있었다.

지금까지 나는 이 이야기의 결말 부분을 향해 숨가쁘게 달려왔다. 나는 독자들을 위해 당시 우리의 삶에 그토록 오랫동안 먹구름을 드리우다가 결국은 비극적인 종말로 치달았던 그때의 음울한 공포와 막연한 예감에 관해 자세히 서술하려고 노력했다. 사냥개가 죽은 다음 날 아침, 우리는 안개가 걷힌 뒤 스태플턴 부인의 안내를 받아 늪지를 통과하는 길이 시작되는 지점으로 갔다. 그것은 단단한 토탄질 토양으로 이루어진 좁다란 반도였는데 반도의 끝에서부터 작은 막대기들이 드넓은 늪지 여기저기에 불규칙하게 꽂혀 있었다. 골풀 주위에 꽂혀 있는 막대기는 단단한 지대를 표시하고 있었다. 녹색 거품이 떠 있는 수렁과 고약한 냄새가 진동하는 늪지에 이방인들이 접근하는 것은 불가능했다. 우리는 부인을 반도에 남겨둔 채 막대기 표시를 따라 걸음을 옮겨놓았다. 무성한 갈대와 물 위에 빽빽이 떠 있는 진흙투성이 수생 식물에서는 부패한 냄새가 풍겨왔고 유독 가스가 코를 찔렀다. 우리는 한 발짝만 잘못 디뎌도 허벅지까지 빠지는 출렁거리는 시커먼 수렁에 발이 빠진 게 한두 번이 아니었다. 발을 디딜 때마다 주위의 습지가 몇 미터씩 부드럽게 출렁거렸다. 진흙탕은 끊임없이 발꿈치를 잡아당겼다. 그 속으로 발이 빠질 때마다, 그것은 마치 알 수 없는 깊이 속으로 우리를 끌어당기려 하는 악의를 품은 손길처럼 집요하고 끔찍하게 느껴졌다. 딱 한 번, 누가 먼저 이 위험한 길을 지나간 흔적이 보였다. 황새풀 군락 한복판에, 시커먼 진흙투성이 물체가 삐죽 튀어나와 있었다. 홈즈는 늪지의 좁은 길을 벗어나 수렁에 허리까지 빠져가며 그것을 건져냈다. 우리가 끌어당겨주지 않았다면 그는 두 번 다시 단단한 땅을 밟을 수 없었을 것이다. 그는 허름한 검은 구두 한 짝을 들어 올렸다.

'토론토, 메이어스'라는 글씨가 가죽 구두 옆면에 찍혀 있었다.

"진흙 목욕을 하고 건져낼 만한 가치가 있는 물건이야."

홈즈가 말했다.

"이건 우리 친구 헨리 경이 잃어버린 구두일세."

"스태플턴이 도망가다가 던져버린 것이로군."

"맞아. 그자는 사냥개를 풀어놓기 전에 이것을 한번 사용했네. 그 런 다음 사태를 파악하자 이걸 손에 든 채 도망친 걸세. 그리고 이 지점에서 던져버렸어. 그자가 적어도 여기까지는 무사히 온 게 분 명해."

그러나 결국 우리는 그 이상 알아내지 못했다. 물론 짐작해 볼 수 있는 단서는 많았다. 늪지에서 발자국을 찾아낸다는 것은 불가능했 는데 솟아오르는 진흙이 빠른 속도로 흔적을 지워버리기 때문이었 다. 습지 건너편의 단단한 땅에 도착했을 때 우리는 열심히 발자국을 찾았다. 그러나 우리가 찾는 것은 없었다. 땅이 진실을 말한다면 스태플턴은 지난 밤안개 속에서 이 섬의 은신처에 오기 위해 발버둥 쳤지만 결국 이곳에 도달하지 못한 것이 분명했다. 잔인하기 짝이 없는 냉혈한은 악취를 풍기는 그림펜 대습지 어딘가에, 그의 몸을 삼켜버린 거대한 진흙 수렁 속에 영원히 잠든 것이다.

스태플턴이 무시무시한 짐승을 숨겨놓았던 늪지의 섬에서, 우리는 그가 남겨놓은 많은 흔적들을 찾아냈다. 커다란 수레바퀴와 쓰레기로 반쯤 차 있는 굴대는 예전에 광산이 있던 자리를 나타내고 있었다. 그 옆에는 무너진 광원 사택이 줄지어 있었다. 광부들은 늪지의 지독한 악취에 쫓겨 이곳을 떠났으리라. 그중 한 곳에는 물어뜯은 뼈 한 무더기가 쌓여 있었고 거멀못과 사슬이 굴러다니고 있었다. 개를 가둬 기른 장소임에 틀림없었다. 그중에는 한 움큼의 갈색 털이 붙어 있는 해골도 있었다.

"개의 유골이로군!"

홈즈가 말했다.

"맙소사, 털북숭이 스패니얼일세. 불쌍한 모티머 선생은 다시는 애완견의 모습을 보지 못하겠군. 어쨌든 이곳에 우리가 알지 못하는 비밀이 남아 있을 것 같지는 않네. 그자는 개를 숨길 수는 있었지만 입을 막을 수는 없었어. 그래서 대낮에 들어도 섬뜩한 개의 울부짖음 소리가 흘러나왔던 것이지. 그자는 급할 때는 메리핏가의 헛간에 개를 숨겨놓았지만 그것은 항시 위험을 동반한 일이었네. 그래서 아주 특별한 날, 자신의 노력이 결실을 맺는 날이라고 생각되는 때에만 개를 데리고 나왔지. 이 깡통에 든 풀은 보나 마나 그 짐승에게 칠한 발광(發光) 도료일 걸세. 이런 소품은 물론 바스커빌 가의 지옥의 사냥개 이야기에서 착상한 것이겠지만, 찰스 경에게 극도의 공포를 안겨주어 죽이고 싶다는 욕구에서 비롯된 것이기도 하네. 그 불쌍한 탈옥수가 비명을 지르며 달아났던 것도 무리는 아니었어. 우리라도 그랬을 걸세. 우리 친구 헨리 경도 괴물 같은 개가 황무지의 어둠 속에서 자신을 향해 펄쩍펄쩍 뛰어오는 것을 보았을 때 그랬지 않았는가. 이것은 정말 간교한 도구였네. 이것은 목표물을 죽음으로 몰아넣기 위한 것만이 아니었어. 어느 농부가 지옥의 괴물을 보았다고 해서 감히 그것에 대해 자세히 알아보려고 하겠나? 이것은 효과적으로 목적을 달성했지. 왓슨, 누차 말했지만 우리가 추적했던 인간 중에서 저기 누워 있는 자보다 더 위험한 인간은 없었네."

홈즈는 긴 팔을 들어서 군데군데 녹색 얼룩이 진 거대한 늪지대를 가리켰다. 늪은 황무지의 적갈색 비탈까지 이어져 있었다.

회고

    그것은 11월 말이었다. 안개가 잔뜩 낀 으스스한 밤에, 홈즈와 나는 베이커가의 거실에 앉아 불을 쬐고 있었다. 데번 방문의 비극적인 결말 이후에 홈즈는 대단히 중요한 두 가지 사건을 처리했다. 하나는 논파레일 클럽의 유명한 카드 스캔들에 관한 업우드 대령의 악랄한 행위를 폭로한 것이고, 다른 하나는 양딸을 살해한 혐의로 기소되었던 불행한 몬펜셔 부인의 편에 서서 진실을 밝혀낸 것이다. 카레레 양은 6개월 뒤 뉴욕에서 발견되었는데 그녀는 살아 있었을 뿐 아니라 이미 결혼까지 한 몸이었다. 내 친구는 어렵고 중요한 사건을 연이어 성공적으로 마무리 지은 다음이라 한껏 들떠 있었고, 나는 그를 졸라 바스커빌 사건의 수수께끼에 대한 이야기를 자세히 들을 수 있었다. 사실 나는 끈덕지게 기회를 찾고 있었다. 왜냐하면 홈즈는 두 가지 사건에 관해 동시에 생각하지 않을 뿐만 아니라, 그의 명석하고 논리적인 정신은 과거의 추억을 반추하기 위해 현재의 작업을 미뤄놓지 않는다는 사실을 잘 알고 있었기 때문이다. 그러나 그때 헨리 경과 모티머 선생이 장기 여행을 떠나기 위해 런던에 올라와 있었다. 헨리 경이 정신적 충격에서 벗어나기 위해서는 여행을 하는 게 좋을 거라는 권고가 있었던 것이다. 바로 그 날 오후에 두 사람은 우릴 찾아왔고, 그래서 자연스럽게 그 사건이 화제에 올랐다.

홈즈가 말했다.

"사건의 전체적 경위는, 스태플턴이라는 자의 관점에서는 단순하고 명확한 것이었네. 하지만 처음에 우리에겐 그자의 동기를 밝혀낼 수 있는 방법이 없었던 데다가 단편적인 사실들만 알려져 있던

까닭에 모든 게 몹시 복잡해 보였지. 나는 스태플턴 부인과 두 차례 대화를 나누었고, 사건의 전모에 대해서는 이제 모르는 것이 없다네. 사건 파일에서 목차 B를 보면 그 사건에 관한 메모가 있어."

"자네가 기억하고 있는 사건의 경위에 대해서 말해 주지 않겠나?"

"내가 모든 사실을 다 기억하고 있는지는 모르겠지만 물론 그러겠네. 그런데 흥미롭게도 강한 집중은 과거의 사건에 대한 기억을 지워버리거든. 자신이 담당한 사건을 완벽하게 이해해서 전문가와 논쟁을 벌일 수도 있었던 변호사라 해도 법정에서 일이 주 뛰어다니다 보면 그 일에 대해 까맣게 잊어버리고 말아. 그래서 내가 어떤 사건을 맡게 될 경우 그 일은 그 전의 사건에 대한 기억을 밀어내버리지. 카레레 양은 바스커빌관에 대한 나의 기억을 흐리게 만들었네. 하지만 내일 다른 문제에 접하게 되면 그 아름다운 프랑스 여성과 악명 높은 업우드의 기억은 밀려나고 말겠지. 하지만 그 사냥개 사건에 관한 한, 사건의 경위를 아주 자세하게 말해 줄 수 있다네. 혹시라도 내가 잊어버린 게 있거든 서슴없이 지적해 주게나.

내가 조사한 바에 따르면 조상들의 초상화는 역시 거짓말을 하지 않았네. 스태플턴은 정말 바스커빌 가문의 후손이었어. 그자는 영국에서 악명을 떨치다가 남미로 달아난 찰스 경의 막냇동생 로저 바스커빌의 아들이었네. 로저 바스커빌은 남미에서 독신으로 죽었다고 했지만 사실은 결혼했고 아들을 하나 두었지. 그 아들은 아버지의 이름을 그대로 물려받아 로저 바스커빌로 불렸네. 그는 코스타리카의 아름다운 처녀 베릴 가르시아와 결혼했고, 상당한 액수의 공금을 횡령한 뒤 성을 반데로로 바꾼 다음 영국으로 도피해서 요크셔 동부에 학교를 설립했다네. 로저 바스커빌이 이런 특수한 사업을 시작한 것은 폐병에 걸려 고향에 내려가던 어느 가정 교사를 우연히 만난 것이 계기가 되었지. 그는 이 남자의 능력을 이용해서 사업을 성공으로 이끌었어. 그러나 프레이저라는 이름의 교사는 그만 죽고 말았지. 그리고 순조롭게 출발했던 학교도 점점 평판이 나빠지기 시작하더니 완전히 불명예스럽게 추락하고 말았네. 로저 바스커빌은 성을 다시 스태플턴으로 바꾼 다음 남은 재산을 정리해서 영국 남부로 옮겨 왔어. 스태플턴에게는 미래에 대한 계획과 함께 곤충학에 대한 취미가 있었지. 나는 대영 박물관에 갔다가 그가 곤충학 분야의 권위자라는 사실을 알았다네. 그가 요크셔 시절에 학계에서 최초로 발견한 어떤 나방에는 아예 '반데로'라는 이름이 붙기도 했지.

이제 스태플턴의 삶에서 우리가 깊은 관심을 가지고 있는 시기에 대해 말할 차례가 됐군. 그자는 조사를 통해 귀중한 재산을 가로채는 과정에서 방해물은 둘뿐이라는 사실을 알아낸 것이 틀림없네. 그자가 데번에 자리 잡았을 때 어떤 복안이 있었겠지만 아주 구체적인 것은 아니었을 거야. 하지만 아내를 누이동생이라고 속인 것만 봐도 처음부터 악행을 저지를 의사는 뚜렷했지. 아직 구체화된 계획은 없었지만 자신의 아내를 미끼로 이용하려는 생각은 분명하게 있었네. 그자는 재산을 가로채는 것을 목표로 삼았고 그것을 위해서는 수단과 방법을 가리지 않겠다는, 또는 어떤 위험도 무릅쓰겠다는 각오가 돼 있었네. 그자가 맨 처음 취한 행동은 대대로 내려온 저택 가까운 곳에 살 집을 마련하는 것이었고, 그다음에는 찰스 바스커빌 경을 비롯한 이웃들과 친분을 쌓는 것이었네.

찰스 바스커빌 경은 스태플턴에게 가문의 사냥개 얘기를 꺼냄으로써 죽음을 자초한 셈이 되었지. 스태플턴은 모티머 선생한테서 노인네의 심장이 약하다는 것과 심한 충격을 받으면 사망할지도 모른다는 얘기를 들었지. 또 찰스 경이 미신을 믿는 경향이 있는 데다가 그 불길한 전설을 아주 심각하게 받아들이고 있다는 사실을 알아냈네. 영리한 스태플턴은 준남작을 살해할 수 있는 방법을 재깍 생각해 냈지. 진짜 살인자가 죄책감을 느낀다는 것은 전혀 불가능한 일이거든.

방법을 정한 스태플턴은 그것을 교묘하게 실행에 옮기기 시작했지. 보통의 책략가라면 무서운 사냥개를 한 마리 데려오는 데 만족했을 걸세. 그러나 스태플턴은 인위적 수단을 써서 개를 괴물처럼 꾸몄고, 이것은 그의 편에서 보면 가히 천재적인 솜씨였네. 그는 런던 풀햄 로드의 로스 앤 맹글스란 가게에서 개를 사들였어. 그곳에 있는 개 중에서 제일 강하고 흉포한 놈이었지. 스태플턴은 노스 데번선 열차에 개를 싣고 와서 황무지를 횡단하는 그 먼 길을 걸어서 집까지 갔네. 사람들의 눈에 띄지 않으려고 말이야. 그자는 곤충 채집을 하다가 그림펜 늪지로 들어가는 길을 이미 알아놓은 상태였지. 개를 안전하게 숨겨놓을 수 있는 장소를 찾아낸 것일세. 스태플턴은 늪지에서 개를 기르며 기회를 노렸네.

하지만 기회는 쉽게 찾아오지 않았어. 찰스 경을 밤에 황무지로 유인해 낼 수가 없었던 것일세. 스태플턴은 몇 번인가 개를 끌고 나와 황무지에 잠복했지만 결과는 신통치 않았네. 이렇게 헛수고를 하는 동안 개가 농부들의 눈에 띄게 되고, 전설에 나오는 지옥의 개가 출현했다는 얘기가 퍼져 나가게 된 것일세. 스태플턴은 아내가 찰스 경을 유인해 내기를 바랐지만 뜻밖에 부인은 순순히 말을 들어주지 않았네. 부인은 찰스 경을 유혹해서 살인자의 손에 넘겨주려는 노력을 하지 않았지. 스태플턴은 부인에게 협박도 하고, 이런 말을 하기는 안됐지만 주먹질도 했다네. 하지만 부인은 전혀 나서려 하지 않았고 그래서 한동안 스태플턴은 이러지도 저러지도 못하고 있었어.

스태플턴이 난관을 타개할 수 있었던 것은, 스태플턴을 신뢰했던 찰스 경이 불행한 여인 로라 라이언스 부인을 돕는 과정에서 그를 대리인으로 내세웠기 때문이었네. 스태플턴은 독신남 행세를 함으로써 라이언스 부인을 손아귀에 넣었지. 그는 라이언스 부인에게 남편과 이혼한다면 자신이 결혼해 주겠노라고 약속했네. 그런데 찰스 경이 모티머 선생의 권고를 핑계로 바스커빌관을 떠날 거라는 사실을 알게 되면서 그의 계획은 갑자기 위기에 봉착했어. 그는 즉각 행동에 돌입해야 했네. 그렇지 않으면 목표물이 자신의 영향권에서 벗어날 테니까. 그래서 그자는 라이언스 부인을 움직여서 찰스 경에게 밤에 만나달라는 내용의 편지를 보낸 것이지. 그런 다음, 스태플턴은 그럴싸한 구실로 부인이 그곳에 가는 것을 말렸네. 이렇게 해서 그자는 기다리고 기다리던 기회를 잡은 것일세.

스태플턴은 저녁때 쿰 트레이시에서 돌아와 시간 맞춰 사냥개를 데리고 나갔지. 그자는 지옥 불을 칠한 개를 찰스 경이 기다리고 있는 쪽문 앞으로 내보냈어. 개는 주인의 명령에 따라 쪽문을 뛰어넘었네. 그리고 비명을 지르며 주목 산책로를 도망치는 불운한 준남작의 뒤를 쫓았지. 생각해 보게. 깜깜한 터널에서 턱과 주둥이에 불이 달린 새까만 괴물이 쫓아오는 모습이 얼마나 끔찍했겠는지. 공포에 질린 찰스 경은 결국 산책로 끝에서 심장마비를 일으켜 사망했네. 사람의 발자국만이 남아 있었던 것은 준남작이 길 위를 달린 반면 개는 풀밭 쪽을 달렸기 때문이지. 사람이 쓰러진 것을 보고 개는 가까이 다가가서 냄새를 맡아보았을 것이네. 하지만 사냥감이 죽은 것을 보고 돌아섰겠지. 모티머 선생이 목격한 개 발자국은 그렇게 해서 생긴 것일세. 스태플턴은 사냥개를 불러서 재빨리 그림펜 늪지의 은신처에 가둬놓았네. 이렇게 해서 알 수 없는 부분이 생겨났고, 이 때문에 경찰은 당황하고, 시골 마을은 공포에 떨고, 결국에는 나까지 이 일에 관여하게 된 거지.

여기까지가 찰스 바스커빌 경의 죽음에 관한 이야기라네. 스태플턴의 계략이 얼마나 악랄한 것이었는지 알겠지? 왜냐하면 그런 사건에서 진짜 살인범을 찾아내는 일은 거의 불가능하니까 말일세. 공범이라곤 개뿐인데 이것은 절대로 주인을 배신할 염려가 없는 데다가 그 괴기함과 상상을 초월하는 측면 때문에 효과가 배가되거든. 그리고 이 사건에는 두 여인이 관련돼 있었는데 이들은 스태플턴에 대해 강한 의혹을 품었네. 스태플턴 부인은 남편이 찰스 경을 향해 어떤 음모를 꾸미고 있다는 것과 사냥개의 존재를 알고 있었네. 라이언스 부인은 이런 것들은 전혀 몰랐지만 오직 스태플턴만이 알고 있는 그 시각, 그 장소에서 노인이 사망한 사실을 알고 의혹을 품었지. 하지만 스태플턴은 이 두 여성을 자신의 지배하에 두고 있었기 때문에 두려워할 이유가 전혀 없었어. 스태플턴은 임무의 절반을 성공리에 완수했네. 하지만 더 어려운 절반의 일이 아직 남아 있었네.

사실 스태플턴은 캐나다에 상속자가 있다는 사실을 몰랐을 수도 있네. 하지만 어찌 됐건 그는 모티머 선생을 통해 그 사실을 금방 알게 되지. 그리고 헨리 바스커빌 경의 귀국에 관한 이야기도 자세히 듣게 되고. 스태플턴의 처음 계획은 캐나다에서 오는 낯선 젊은이가 데번으로 내려오기 전에 런던에서 살해하자는 것이었네. 그는 부인이 찰스 경을 상대로 덫을 놓는 일에 협력하는 것을 거부한 다음부터 부인을 불신하게 되었네. 그는 부인에 대한 영향력을 상실할지도 모른다는 두려움 때문에 오랫동안 부인을 혼자 버려둘 수가 없었어. 그자가 부인을 데리고 런던에 온 이유가 바로 이것이었네. 알고 보니 두 사람은 크레이븐가의 멕스보로 프라이빗 호텔에서 묵었더군. 사실 이곳은 내 대리인이 증거 수집 차 들렀던 곳 중의 하나였는데 말이야. 그는 부인을 호텔 방에 가둬놓고 자신은 턱수염을 붙여 변장한 다음 모티머 선생의 뒤를 쫓아 베이커가까지 쫓아오고, 나중에는 역으로, 노섬버랜드 호텔로 갔지. 부인은 남편의 계획을 어렴풋이 알고 있었네. 하지만 비인간적인 학대를 일삼는 남편에 대한 두려움 때문에 위험에 처한 사람에게 감히 경고 편지를 보낼 생각을 하지 못했어. 만약 그 편지가 스태플턴의 수중에 떨어진다면 자신의 목숨이 위태로워질 테니까 말이야. 결국, 우리가 알고 있다시피 부인은 신문에서 단어를 오려내 문장을 만들고 그것을 몰래 보내는 편법을 썼지. 편지는 마침내 헨리 경의 손에 들어갔고 이것은 경을 향한 최초의 경고가 되었네.

스태플턴은 헨리 경의 소지품을 반드시 손에 넣어야 했어. 그래야 필요할 때 언제든지 개를 풀어놓을 수 있었으니까. 그는 특유의 기민함과 대담성으로 이 일을 해치웠네. 호텔의 구두닦이나 객실 담당 하녀가 뇌물을 듬뿍 받고 그자에게 협력했으리라는 것은 의심할 나위가 없네. 하지만 어쩌다 보니 처음에 슬쩍한 것이 새 구두였고 이것은 그에게는 무용지물이었어. 그래서 그는 그걸 도로 갖다 놓고 헌 신발을 가져갔네. 이것은 대단히 의미심장한 사건이었지. 나는 이것을 보고 진짜 개가 있다는 심증을 굳히게 되었네. 새 구두에는 전혀 관심이 없고 헌 구두만 손에 넣으려는 행위를 무슨 미신 때문으로 설명할 수는 없었으니까 말일세. 우리는 기괴망측한 사건일수록 응당 신중하게 관찰해 보아야 하네. 사건 전체를 복잡하게 만드는 듯한 측면에 대해 정당한 관심을 기울이고 과학적으로 조사한다면 이것이 바로 사건의 전모를 밝히는 열쇠가 될 가능성이 높지.

그리고 다음 날 아침에 우리 친구들은 이륜마차를 탄 스태플턴이 미행하는 줄도 모르고 이곳으로 찾아온 것일세. 스태플턴의 전반적인 행동 방식뿐 아니라, 그가 우리 집 주소와 나의 인상착의를 알고 있었던 점을 감안하면 그의 범죄 행각이 바스커빌 사건 하나에만 국한되지 않았으리라는 것이 나의 견해이네. 지난 3년 동안 서부 지역에서 큰 강도 사건이 네 건 일어났네. 그러나 범인은 체포되지 않았어. 그중 마지막 것이 지난 5월의 포크스턴 궁 강도 사건이었네. 그것은 단독 범행이었는데 복면을 쓴 강도는 자기를 놀라게 한 시동(侍童)에게 무자비하게 총질을 해서 부상을 입혔다네. 나는 스태플턴이 이런 식으로 해서 바닥나는 자금을 보충했을 거라고 믿어 의심치 않네. 그러고 보면 수년 동안 그자는 지극히 위험천만한 인물이었어.

그자가 얼마나 임기응변에 뛰어난 자인가는 그날 아침에 우리가 보는 앞에서 유유히 도주했던 것, 그리고 대담하게도 마부를 통해 나에게 내 이름을 되돌려준 것만 봐도 알 수 있지. 그자는 내가 사건을 의뢰받았다는 사실을 알고 런던에서는 기회가 없을 거라고 생각했네. 그는 다트무어로 돌아가 헨리 경이 오기를 기다렸어."

"잠깐!"

나는 말했다.

"자네는 사건들을 시간 순서대로 정연하게 설명해 주었어. 하지만 빼놓은 게 하나 있군. 스태플턴이 런던에 와 있을 때 그 개는 어떻게 됐지?"

"나는 그 문제에 관해서도 조사했다네. 그것은 중요한 문제임에 틀림없으니까. 스태플턴에게 심복이 있었던 것이 분명하네. 물론 그 심복에게 쓸데없이 자신의 계획 전체를 털어놓는 짓 따위는 하지 않았겠지만 말이야. 메리핏가에는 안소니라는 이름의 늙은 종복이 있지. 안소니가 스태플턴 부부와 인연을 맺은 것은 수년 전으로 거슬러 올라가네. 그것은 스태플턴이 학교를 경영하던 시절의 일이었어. 노인은 안주인과 바깥주인이 실제로는 부부간이라는 사실을 알고 있었을 걸세. 실은 이 노인도 자신의 나라에서 도망쳐 나온 사람일세. 그것은 안소니라는 이름이 영국에서는 흔한 이름이 아니라는 사실만 봐도 알 수 있지. 하지만 안토니오는 스페인이나 스페인계 미국인들 사이에서는 아주 흔한 이름이라네. 또 그 노인은 스태플턴 부인과 마찬가지로 영어를 유창하게 구사하지만 말투에 이상하게 혀짤배기소리가 섞여 있거든. 나는 노인이 스태플턴이 표시해놓은 길을 따라 그림펜 늪지 안으로 들어가는 광경을 직접 목격한 적도 있네. 따라서 주인이 없을 때 개를 돌본 것은 십중팔구 그 노인이었을 걸세. 물론 이 사람도 어떤 목적으로 개를 키우는지는 꿈에도 몰랐을 것이네만.

그 후 스태플턴 부부는 데번으로 내려갔고 뒤이어 헨리 경과 자네가 내려갔지. 잠깐 여기서 그 당시에 내가 어떻게 지냈는지에 대한 이야기를 하겠네. 자네도 아마 내가 그 경고 편지를 조사할 때 물방울 떨어진 흔적이 없는지 자세히 들여다보았던 일을 기억할 걸세. 그때 나는 편지를 눈앞에 바짝 대고 살펴보다가 하얀 재스민이라는 이름의 희미한 향수 냄새를 맡았네. 세상에는 75종의 향수가 있는데 범죄 전문가라면 반드시 그 냄새를 구분할 줄 알아야 하지. 나만 하더라도 냄새를 재빨리 알아채는 능력 덕분에 사건을 해결할 수 있었던 일이 몇 번이나 되지. 향수 냄새는 여성의 존재를 암시했고 나는 이미 스태플턴 부부를 주목하고 있었어. 나는 또 사냥개의 존재를 확인했고, 서부 지역으로 가기 전부터 범인을 대략 짐작하고 있었네.

나의 주된 목표는 스태플턴을 감시하는 것이었네. 하지만 바스커빌관에서 같이 살면서 그렇게 하기는 힘들었지. 내가 내려온 걸 알면 그자가 바짝 경계할 테니까. 그래서 나는 자네를 포함해 모두를 다 속였다네. 나는 비밀리에 그곳에 내려갔어. 그때 나는 자네가 생각하는 것만큼 고생하지는 않았다네. 또 그런 사소한 일이 사건 수사에 영향을 미쳐서도 안 되고 말이야. 나는 주로 쿰 트레이시에 머물렀고 현장을 지킬 필요가 있을 때만 황무지의 돌집에서 지냈다네. 나는 카트라이트를 데리고 내려갔는데 그 애는 시골 소년으로 변장하고 나를 많이 도와주었지. 그 애는 우선 먹을 것과 세탁한 옷을 공급해 주었다네. 또 내가 스태플턴을 감시할 때 그 애는 주로 자네를 지켜보았지. 이렇게 해서 나는 전체 상황을 훤하게 꿸 수 있었던 거야.

전에도 얘기했던 것처럼 자네 보고서는 베이커가에서 쿰 트레이시로 즉각 전송되었기 때문에 금방 받아볼 수 있었네. 그것은 나한테 큰 도움이 되었지. 특히 스태플턴이 본의 아니게 자신의 과거를 사실 그대로 털어놓은 부분은 정말 유용했어. 덕분에 나는 스태플턴 오누이의 정체를 파악할 수 있었고 내가 정확히 어떤 행동을 취해야 하는지 알게 되었네. 그런데 탈옥수 사건과, 그와 배리모어 부부의 인연 때문에 이 사건은 상당히 복잡해졌어. 자네는 이 부분도 대단히 효과적으로 정리해 주었지. 물론 나는 내 눈으로 직접 관찰한 뒤에 이미 자네와 똑같은 결론에 도달했지만 말이야.

자네가 황무지에서 나를 보았을 무렵 나는 사건의 전모를 완전히 파악하게 되었다네. 하지만 배심원 앞에 내놓을 만한 결정적인 증거는 확보하지 못했지. 스태플턴이 헨리 경을 살해하려다 불행한 탈옥수를 죽음으로 몰아넣은 그 사건조차도 그자의 살인 혐의를 입증하는 데는 별 도움이 안 됐어. 그자를 현장에서 덮치는 것 외에는 별다른 대안이 없어 보였다네. 그래서 우리는 헨리 경을 미끼로 활용할 수밖에 없었고, 경을 홀로, 아무런 보호 조치 없이 황무지에 내보냈던 것이네. 우리는 결정적 증거를 잡아서 스태플턴을 때려잡기 위해 의뢰인에게 지독한 충격을 주는 일도 불사했던 것이지. 이제 고백하네만, 헨리 경에게 그런 충격을 준 것은 정말 불명예스러운 일이라네. 나의 일 처리가 완벽하지 못했던 거야. 하지만 우리는 그런 괴물이 튀어나와서 모두들 그렇게 공포에 떨게 되리라고는 전혀 예상하지 못했어. 또 안개가 심하게 끼는 바람에 가시거리가 짧아져 마음의 준비를 할 시간이 없었던 것도 예상하지 못했던 부분이지.

우리의 친구는 이제 장기간의 여행을 통해 정신적인 충격을 극복하고 상처 입은 감정을 다스릴 수 있겠지. 헨리 경은 마음을 다해 그 여성을 깊이 사랑했네. 이 암울한 사건에서 경에게 가장 슬픈 부분은 바로 그 여성이 자신을 기만했다는 사실이었어.

이제 남은 부분은 스태플턴 부인이 사건 전체에서 어떤 역할을 했는가에 관한 것이네. 스태플턴이 부인에게 영향력을 행사했던 것은 분명하네. 남편에 대한 부인의 감정은 사랑이었을 수도 있고 두려움이었을 수도 있어. 어쩌면 둘 다였을 수도 있지. 그 두 가지가 양립할 수 없는 감정은 아니니까 말이야. 어쨌든 스태플턴의 지배가 대단히 효과적이긴 했어. 남편의 명령에 따라 부인은 누이동생 행세를 하는 데 동의했으니까. 하지만 스태플턴은 부인을 살인의 공범으로 만들려고 했을 때 자신의 힘의 한계를 실감했네. 부인은 남편에게 해를 끼치지 않는 범위 내에서 헨리 경에게 경고하려고 마음먹었고, 반복해서 경에게 경고를 보냈지. 스태플턴은 준남작이 부인에게 구애하는 모습을 보고 질투를 억누르지 못한 것 같아. 그것이 자신의 작전 계획의 일부였음에도 그는 미친 듯 화를 내며 두 남녀 사이에 끼어들 수밖에 없었지. 그것은 그자가 그토록 점잖은 태도로 교묘하게 감추고 있던 그 불같은 기질 탓이었네.

스태플턴은 두 남녀의 관계를 발전시켜서 헨리 경이 메리핏가에 자주 오게 만들었지. 그렇게 해서 그자는 조만간 원하는 기회를 잡으려고 했어. 하지만 거사 당일, 부인이 갑자기 그에게 저항했네. 부인은 탈옥수의 죽음에서 낌새를 챘고 더구나 헨리 경이 오기로 한 저녁에 사냥개를 헛간에 데려다 놓은 것을 알았지. 부인은 남편에게 범죄를 꾸미고 있지 않느냐고 따지고 들었고 뒤이어 격렬한 대치 상황이 펼쳐졌네. 스태플턴은 아내 앞에서 처음으로 헨리 경을 연적으로 몰아붙였지. 남편에게 정절을 지켜왔던 부인은 순간 뿌리 깊은 증오심에 사로잡혔고 그는 아내가 자신을 배신할 거라는 사실을 알았네. 그래서 그자는 부인이 헨리 경에게 경고하지 못하도록 부인을 묶어놓았어. 그자는 그 지역 사람들이 준남작의 죽음을 가문에 내린 저주 탓으로 돌릴 거라고 생각했고, 그렇게 되면 아내가 다시 자신의 품으로 돌아와 기왕에 벌어진 일을 어쩔 수 없는 것으로 받아들이고 침묵을 지킬 거라고 생각했네. 이 점에서 그자의 계산은 완전히 빗나간 것 같네. 만약 우리가 그곳에 없었더라도 그자의 죄상은 만천하에 폭로되었을 걸세. 스페인계 여성은 그런 상처를 그렇게 가볍게 용서해 주지 않거든. 여보게, 사건 기록을 보지 않고 이 흥미로운 사건에 대해 이 이상 자세하게 설명할 수는 없네. 이제 중요한 얘기는 다 한 것 같군."

"하지만 헨리 경이 경의 숙부처럼 사냥개를 보고 놀라서 심장마비로 죽기를 바랐다는 것은 무리가 아니었을까."

"그 개는 흉포한 데다가 굶주려 있었네. 개를 보고 놀라서 죽지는 않는다 해도 온몸이 마비되어 저항 능력을 상실할 것은 틀림없지."

"그건 그렇군. 그런데 설명하기 어려운 문제가 하나 남았네. 만약에 스태플턴이 상속 순위에 들게 되었을 때, 그자는 자기가 신분을 숨기고 저택에서 그렇게 가까운 곳에 살았던 사실에 대해 어떻게 설명할 수 있었을까? 그가 용의 선상에 오르지도 조사를 받지도 않고 상속권을 주장할 수 있었을까?"

"그것은 정말 풀기 어려운 문제지. 내가 그 문제에 대해 완벽한 답을 해주기를 바란다면 그건 지나친 요구야. 과거와 현재는 나의 조사 범위에 속하지만, 한 인간이 미래에 어떻게 행동할 것인가는 난문 중의 난문이거든. 스태플턴 부인은 남편이 몇 번 그 얘기를 꺼낸 적이 있다고 말했네. 방법이 세 가지가 있다고 했다더군. 첫째는 영국에 오지 않고 남미에서 재산권을 주장하는 것이지. 영국 관리들이 건너와서 자신의 신분을 조사하기 전에 재산을 손에 넣는 것이네. 아니면 교묘하게 변장하고 단기간 런던에 체류하는 방법도 있네. 또 중간에 제삼자를 세워서 그에게 상속인임을 증명하는 증거 서류를 제공하고 그 대가로 일정한 지분을 받아내는 방법도 있지. 스태플턴 그자의 됨됨이로 봐서는 아무리 어렵다 해도 틀림없

이 어떤 방법을 찾아내고야 말았을 걸세. 여보게, 우리는 지난 몇 주 동안 과중한 업무에 시달려왔네. 그러니 하루 저녁 정도는 좀 더 즐거운 방향으로 생각을 돌려도 괜찮지 않을까? 난 오페라 「위그노교도」의 특석을 예약해 놓았다네. 자네 레슈케의 노래를 들어봤나? 그럼 30분 뒤에 출발할까? 그리고 가는 길에 마르시니에 들러서 간단하게 저녁 식사를 하도록 하세."

옮긴이 | 백영미

서울대학교 간호학과를 졸업했으며, 현재 전문 번역가로 활동하고 있다. 옮긴책으로『셜록 홈즈 마지막 날들』,『황금 두루마리의 비밀』,『죽음 너머의 세계는 존재하는가』,『타이타닉의 수수께끼』,『히말라야에서 만난 성자』,『의식 혁명』등이 있다.

셜록 홈즈 전집 3

바스커빌 가문의 개

1판 1쇄 펴냄 2002년 2월 5일
1판 67쇄 펴냄 2015년 3월 2일
2판 1쇄 펴냄 2015년 11월 6일
2판 19쇄 펴냄 2026년 2월 13일

지은이 | 아서 코난 도일
옮긴이 | 백영미
발행인 | 박근섭
편집인 | 김준혁
펴낸곳 | 황금가지

출판등록 | 2009. 10. 8 (제2009-000273호)
주소 | 06027 서울 강남구 도산대로 1길 62 강남출판문화센터 5층
전화 | 영업부 515-2000 **편집부** 3446-8774 **팩시밀리** 515-2007
홈페이지 | www.goldenbough.co.kr

도서 파본 등의 이유로 반송이 필요할 경우에는 구매처에서 교환하시고
출판사 교환이 필요할 경우에는 아래 주소로 반송 사유를 적어 도서와 함께 보내주세요.
06027 서울 강남구 도산대로 1길 62 강남출판문화센터 6층 민음인 마케팅부

㈜민음인은 민음사 출판 그룹의 자회사입니다.
황금가지는 ㈜민음인의 픽션 전문 출간 브랜드입니다.